L'Envol de L'Euthalia

Maud Servignat

L'Envol de L'Euthalia

ISBN numérique : 979-10-262-9640-9

EAN papier : 9791026296416

Librinova

Courriel : contact@librinova.com
Internet : www.librinova.com

PROLOGUE

Le claquement sec de la porte fut décisif. Elle venait de prendre sa décision.

Elle n'avait jamais oublié ce matin d'hiver, lorsque assise auprès d'elle, la pauvre femme s'était effondrée en lui avouant son terrible secret. Elle présumait alors que sa confession n'était qu'une affabulation. Lui avait-elle dit la vérité ? Le soir même, elle mettrait fin à ce doute dévorant.

Armée d'une pelle, elle était sortie discrètement de l'appartement après avoir attendu qu'ils soient tous endormis. Uniquement couverte de sa chemise de nuit et de son pardessus, elle frissonnait, terrorisée à l'idée de croiser un voisin suspicieux. Seul un léger vacillement de flamme indiquait sa présence dans le grand escalier.

Son corps entier se relâcha lorsqu'elle atteignit le sous-sol. Sans difficulté, elle ouvrit la porte qui donnait sur l'arrière-cour de l'immeuble. Celle-ci avait subi des transformations des années auparavant, mais l'emplacement qu'elle lui avait indiqué lors de son récit – un petit coin de terre à l'angle des deux murs de clôture et camouflé par ceux du potager – était resté inchangé, à l'abri des regards. Elle l'avait souvent observé, perplexe, appuyée contre la vitre de la fenêtre de sa cuisine.

Les murs du jardin lui assuraient une relative invisibilité mais l'espace restreint limitait ses mouvements. Stimulée par l'adrénaline, les mains engourdies par le froid, elle poignarda le sol glacé avec une force herculéenne. Elle frappa et frappa encore, seule face à un adversaire impassible devant ses efforts.

Elle avait perdu la notion du temps. Combien de minutes avait-elle lutté contre cet opposant inflexible ? Cela n'avait aucune importance, elle était déterminée à creuser jusqu'au centre de la terre pour obtenir réponse à sa question.

Au moment où ses capacités semblèrent l'abandonner, elle sentit la pelle s'enfoncer plus rapidement dans la terre ameublie. Sans réfléchir, elle se jeta au sol avec urgence et commença à creuser à l'aide de ses mains brûlées par le froid.

À l'instant où ses bras contractés vacillèrent, ses doigts rencontrèrent une surface solide. Après quelques derniers efforts, le corps douloureux, elle vit enfin apparaître une partie de l'objet qu'elle espérait tant trouver.

Dans la nuit claire, elle tenait entre ses mains tachées de sang, la grande boîte à biscuits en tôle jaune. Malgré la propagation méticuleuse de la rouille, elle reconnut la description qu'elle lui en avait faite. Elle tenta de l'ouvrir, mais elle résista. Elle s'empara alors d'une pierre trouvée à proximité pour faire éclater la corrosion qui la scellait. Après quelques coups, elle entendit le son sourd d'un appel d'air à l'intérieur. Son contenu venait d'être libéré.

Comme elle aurait exhumé le coffre à trésor d'un navire englouti, les yeux brillants et le souffle court, elle découvrit le contenu de la boîte jaune, miraculeusement épargné par les ravages du temps.

Elle eut honte d'avoir douté d'elle durant toutes ces années.

Assise en tailleur sur le sol givré, sidérée mais soulagée, son visage s'illumina. Sans en avoir l'intention, elle éclata d'un rire profond.

L'HERBIER
Paris – Printemps 2019

Tel un automate, debout au centre du quai, j'attends ma prochaine correspondance. Frénétique, une multitude d'individus me heurte sans même me voir. Tous les ouvrages de développement personnel nous proposent de vivre l'instant présent. Le mien est un gouffre sombre dans lequel je chute et tente d'apercevoir un rocher auquel m'agripper.

Avec fracas, la porte de la rame m'invite à entrer, menaçante. À l'intérieur, je vacille. La chaleur étouffante et le bruit métallique des roues sur les rails m'étourdissent. Tous se confondent : la jeune mère qui berce son enfant, l'adolescent qui – casque sur les oreilles – se balance au rythme de la musique, le vieil homme qui lit son journal... et ma mère... qui m'attend.

Arrivée au coin de la rue Bonaparte et du boulevard Saint Germain à bout de souffle, j'aperçois son carré mi-long argenté, immanquable parmi toutes ces têtes blondes et brunes formatées. Elle est installée à sa place favorite, sur la terrasse du café de Flore. La soixantaine pimpante et dynamique, propriétaire d'une herboristerie à cinq minutes du boulevard, sa silhouette fine est mise en valeur par une blouse fleurie et un pantalon de toile bleue. Elle ne fait jamais de faute de goût. Elle est parfaite. Me voyant arriver en sueur, elle me fait un signe énergique de la main.

— Mais ma chérie, tu aurais dû prendre ton temps, tu n'en peux plus ! Assieds-toi, me propose-t-elle en me tendant une chaise.

— Tu m'avais donné rendez-vous à quinze heures, je suis là !

J'ai du mal à réprimer mon agacement.

— Oui, mais attendre ne m'aurait pas tuée tu sais ! Tu veux boire quelque chose ? Francis ! cria-elle en s'adressant au serveur qui passait près de la table.

— Une eau minérale gazeuse, s'il vous plaît, lui répondis-je essoufflée en essuyant mes mains moites sur mon jean trop serré.

Le serveur m'adresse un regard compatissant avant de nous quitter pour prendre la commande de la table de droite. Ma mère se penche sur son sac, en sort deux sachets de papier kraft qu'elle dépose sur la table.

— Je t'ai concocté deux petits mélanges. J'ai noté la posologie sur les étiquettes. Celui-là est à prendre au long de la journée et l'autre avant de te coucher. Ils devraient être suffisamment efficaces pour que tu puisses te détendre.

Comment ne sait-elle pas encore que je déteste les tisanes ? Je fais ce que j'ai toujours fait : je tente de ne porter aucun jugement sur son comportement et m'adapte pour la satisfaire.

— Merci maman, lui dis-je en tentant de chasser l'air des sachets entre mes mains pour les faire entrer dans mon sac trop petit.

— Alors? Pour ton père? me demande-t-elle à brûle-pourpoint.

Je reste bouche bée. J'ai accepté de traverser toute la ville en espérant obtenir un peu de réconfort de sa part, mais je constate que le calme de mon appartement aurait été préférable à cet interrogatoire !

À peine une heure auparavant, assise sur un fauteuil de cuir inconfortable, mon attention fixée sur un tableau extravagant placé derrière son bureau, j'écoutais le notaire réciter ses obligations. Je crains que le message de l'artiste ne reste énigmatique pour moi, tout comme l'était mon père... Pourquoi est-ce que je repense à ce tableau maintenant ? Consciente de m'exprimer avec un manque de délicatesse évident, je m'adoucis et apporte à ma mère la réponse qu'elle attend de toute évidence avec impatience.

— Il me lègue son appartement et les droits sur ses livres. Apparemment il ne possédait rien d'autre.

— Il n'a pas d'épargne ? Aucun autre héritier ? demande-t-elle en se tortillant sur sa chaise.

— Non, ni épargne, ni héritier.

Perdue dans ses pensées, elle fait tourner nerveusement la grosse améthyste qu'elle porte à l'annulaire. Après quelques instants, son visage s'éclaire d'un sourire sincère.

— Je suis heureuse pour toi Emilie. Nous avons au moins la confirmation que ton père avait une place pour toi dans son cœur. Comment vas-tu t'organiser pour gérer tout ça ? Tu le sais déjà... mais si tu as besoin d'aide, je suis toujours là pour toi.

Je sais pertinemment qu'elle n'aura pas une minute à elle. Elle n'a jamais de temps à me consacrer. Je culpabilise légèrement, elle semble sincèrement concernée par ce que je suis en train de vivre.

— Je vais d'abord demander une semaine de congé puis vais devoir me déplacer là-bas pour organiser la vente de l'appartement.

— Tu auras sûrement besoin de plus d'une semaine de congé pour récupérer. Tu devrais demander un arrêt de travail. Ma pauvre chérie... toutes ces émotions. Rentre chez toi, régale-toi avec les tisanes. Repose-toi bien et tiens-moi au courant pour la suite. Je file... Je dois retourner à la boutique.

Avant que je n'aie eu le temps d'émettre une seule syllabe, elle attrape son sac, se lève, m'embrasse et disparaît.

Il y a cinq ans, Pierre et moi avons eu un coup de foudre immédiat pour notre appartement en banlieue. La façade art déco de l'immeuble et le magnifique parquet vernissé nous avaient conquis. Nous souhaitions deux chambres et avions trouvé la perle rare. Aujourd'hui, il me semble démodé, trop éloigné du centre-ville, et surtout, depuis que Pierre l'a déserté, monstrueusement vide. Les trois cartons entreposés dans l'entrée sont les seules traces de sa présence dans ce lieu devenu pour moi un mausolée. Le salon a été dépossédé de toutes ses lithographies, affiches de films et photos de vacances. Les quelques plantes vertes qu'il a négligé d'emporter semblent soupirer et se languir de sa présence. Il insufflait la vie à notre foyer, je l'ai vidé de sa substance. Sans enfant, nous ne pouvions pas survivre. Il m'a quittée il y a un mois, au lendemain de ma seconde fausse couche.

Ma mère a toujours désapprouvé notre relation. Selon elle, Pierre étouffe mon potentiel, est prétentieux et manque de simplicité. Je la soupçonne d'être soulagée par notre rupture.

Je m'effondre sur le vieux canapé fané que nous avions pour projet de changer. La responsabilité, montagne infranchissable à laquelle je ne peux me soustraire, m'ordonne d'agir sans tergiverser.

Mon téléphone portable indique un appel manqué de Marion. Il y a quelques années, elle m'avait aidée à résoudre un gros problème dans le cadre du travail. Elle est devenue ma plus proche amie. Je la rappellerai plus tard. Je dois me renseigner au plus vite sur le Net pour organiser au mieux la visite de la semaine prochaine, si mon congé est accordé.

Leurs voies étaient déjà tracées. Ni mon père ni ma mère ne souhaitaient faire un bout de chemin ensemble. Avant tout, ils étaient en quête d'eux-mêmes. Je me rassure en me racontant être le fruit d'une rencontre éphémère mais passionnée. Ce n’est qu’une piètre consolation. J’ai toujours rêvé de vivre dans une famille tout à fait banale. Les enfants aiment que leurs parents soient classiques, du style costume pour le père et jupe talon pour la mère. J’étais une enfant standard et ne comprends toujours pas leur manque de curiosité vis-à-vis de ce que je pouvais ressentir.

Quand ai-je vu mon père pour la dernière fois ? Je ne m’en souviens plus réellement. Je devais avoir une dizaine d’années… ou alors c’était tout au début de l’adolescence. J’ai oublié tout ça. Il y a pourtant un instant du passé dont j’aime me souvenir : je suis dans un jardin, assise sur un banc – mes jambes balancent doucement – fascinée par l’étrange bosse formée par la racine d’un arbre dont les branches se penchent sur moi. La petite truffe humide et fraîche de Popeye – le vieux colley – me frôle avec délicatesse. Il me supplie de lui lancer la balle. Ce sont des images fugaces mais enchanteresses qui me redonnent temporairement le sourire. Le bonheur comme seul un enfant peut le ressentir.

Hormis quelques photographies, je n’ai conservé qu’un seul objet me reliant à mon père : un herbier qu’il avait composé et m’avait offert à l’occasion de l’un de mes premiers anniversaires. Il est resté longtemps endormi dans la bibliothèque. J’ai négligé sa présence. Je me surprends, même si ses délicats témoins végétaux ont perdu depuis longtemps de leur éclat, j’ai conservé ce cahier d’écolier jauni. Je me souviens avoir très souvent effleuré le fruit renflé consigné sur la page consacrée au hêtre. C’était ma préférée, la plus sensuelle.

Ce soir, je laisse délicatement glisser mes mains sur le papier qui ondule sous mes doigts. Ne serait-ce qu’un court instant, j’oublie que la colère et l’incompréhension risquent dangereusement de me faire vaciller.

L'HEUREUSE ÉLUE

Paris – Automne 1909

Une odeur âcre avait envahi la petite pièce située au premier étage de l'immeuble de la rue du Cherche-Midi. Il était l'heure du déjeuner. Des femmes, dont le maintien trahissait leurs origines rurales, s'affairaient à cuisiner leur repas, tandis que d'autres prenaient soin des enfants isolés dans la minuscule alcôve. Assise sur un banc de bois, Bessie se sentait nauséeuse. Le fumet écœurant des soupes qui mijotaient, la fatigue, l'air irrespirable et les causeries des unes et des autres l'éprouvaient. Le voyage depuis la Bretagne avait été épouvantable. L'attente dans les salles de gare glaciales, suivie de nuits sans sommeil sur les dures banquettes de troisième classe l'avaient éreintée. L'homme frustre qui les accompagnait, en véritable chien de garde, ne leur avait laissées aucun espace d'intimité. Avec un si grand nombre de candidates – une trentaine – et dans cet environnement sale et dégradant, elle doutait de pouvoir trouver une embauche. Agnès – c'est le prénom avec lequel elle s'était présentée –, assise à ses côtés, lui avait pourtant assuré qu'elle serait vite sélectionnée. Elle possédait tous les attributs pour devenir une bonne nourrice. Elle lui avait confirmé, de manière assurée, qu'elle pouvait lui faire confiance. Elle avait travaillé pour sept familles différentes et les exigences des riches n'avaient plus aucun mystère pour elle. Compte tenu de son âge et de la mauvaise odeur qu'elle dégageait, si Agnès avait encore le culot de solliciter ce type de position, alors, elle aussi avait ses chances. Avec un nourrisson à charge, elle n'était plus en mesure de trouver de place comme femme de chambre, faire garder son enfant serait trop onéreux. Devenir nourrice sur lieu était la seule opportunité à laquelle elle pouvait prétendre.

Alors qu'elle s'apprêtait à dégrafer son corsage pour nourrir sa petite fille qui geignait dans ses bras, la porte de la salle d'attente s'ouvrit avec violence. Les lèvres crispées, elle se figea lorsqu'elle reconnut le petit homme corpulent qui venait d'entrer. Le souvenir humiliant du contrôle sanitaire qu'il lui avait imposé à son arrivée au bureau de placement deux jours auparavant, lui revint en mémoire. Dans le petit cabinet à la peinture écaillée dénué de tout confort, composé uniquement d'une table et d'une chaise, le regard scrutateur derrière ses lunettes rondes, il lui avait commandé d'exposer sa poitrine. Comme un éleveur examinerait du bétail avant l'achat, il avait palpé ses seins, goûté son lait, examiné l'état de sa dentition et flairé son haleine. Elle n'avait jamais envisagé que son intégrité puisse être attaquée de la sorte.

Les candidates qui avaient toutes cessé leurs activités, étaient suspendues aux lèvres du médecin qui se tenait dans l'encadrement de la porte. Droit, la mâchoire tendue, il s'approcha de l'assemblée, s'éclaircit la voix, puis annonça :

— Bessie Mc Nulty, veuillez me suivre avec l'enfant.

La tension se relâcha, et toutes, déçues de ne pas être l'heureuse élue, reprirent leurs occupations sans un mot. Le cœur battant, Bessie couvrit sa poitrine en toute hâte et se leva brutalement. Secoué, le nourrisson se débattit dans les bras de sa mère en hurlant. Elle quitta la pièce accompagnée du petit homme. Il marchait d'un pas si vif et rapide qu'elle devait presque courir pour le suivre. Ils parcoururent un long couloir sombre puis s'arrêtèrent devant une porte close. Le nourrisson gémissait, le visage congestionné. L'homme se tourna vers elle, le regard noir.

— Calmez donc cet enfant ! Restez détendue et ne parlez pas. Vous allez rencontrer votre futur employeur. Vous ne voudriez tout de même pas lui faire mauvaise impression !

Bessie acquiesça d'un signe de tête tout en berçant la petite qui, apaisée par le mouvement cadencé, s'était calmée et observait – les yeux ronds comme des billes – une araignée filant sa toile au-dessus de la porte. Le médecin se redressa, épousseta ses épaules l'une après l'autre, puis ouvrit la porte en arborant un large sourire.

À l'intérieur de ce qui semblait être un salon, un homme d'environ trente-cinq ans, portant une moustache noire au pli parfait, était assis sur une banquette, son chapeau melon sur les genoux. Une cheminée de marbre noir lui faisait face, entourée de deux fauteuils de velours rouge assortis à la banquette. Malgré la simplicité de la pièce, le contraste avec la salle d'attente – lieu de vie de Bessie depuis deux jours – était saisissant.

— Monsieur le comte, la voici. Je suis persuadé qu'elle sera parfaite à votre service. Son tempérament est paisible et son hygiène parfaite. Une rareté de nos jours, tant sont négligées ! Vous avez beau leur apprendre la propreté, la *brute* réapparaît toujours chez ces femmes ! Voyez comme l'enfant est en bonne santé, ses joues sont bien rosées. Vous pouvez être assuré que le lait sera de bonne qualité Monsieur le comte.

L'homme, qui était resté silencieux, se leva puis déposa avec nonchalance son chapeau sur la tablette en acajou près de la banquette. Il se dirigea vers Bessie afin de l'examiner méthodiquement des pieds à la tête. Impressionnée par son maintien et l'autorité naturelle que dégageait sa haute stature, elle sentit la chaleur envahir ses joues. Monsieur le comte voulait-il découvrir ses secrets ? Comme pour se protéger de cette intrusion, elle étreignit un peu plus fort la petite contre elle. Le nourrisson, lui, s'était finalement endormi dans les bras enveloppants de sa mère.

La famille Dickinson avait décidé de s'installer définitivement dans sa résidence estivale de Lorient. Ils l'avaient convaincue de les suivre en France. Du haut de ses quinze ans, elle avait tout d'abord refusé, de peur de ne pouvoir être suffisamment autonome – elle ne parlait pas un mot de français. Madame l'avait très vite rassurée : elle pourrait compter sur leur aide, ils passaient tous leurs étés en France depuis plus de vingt ans et maîtrisaient fort bien la langue. Les deux années qu'elle passa à leur service furent très agréables. Lors de ses jours de congés, lorsque le climat était doux, elle aimait parcourir les sentiers côtiers pour y cueillir des fleurs sauvages. Madame l'autorisait aussi, de temps à autre, à les accompagner, elle et ses deux enfants, à ramasser des coquillages et à musarder sur la plage durant des après-midis entiers.

Le docteur, qui semblait vouloir que l'entretien se conclut au plus vite, trépignait et faisait les cent pas dans la pièce. Le comte observait toujours Bessie avec grand intérêt.

— Elle est anglaise, m'avez-vous dit, n'est-ce pas docteur Aubert ?

— Tout à fait, Monsieur le comte. Elle vit en France depuis un peu plus de deux ans mais maîtrise les rudiments de notre langue.

— Très bien, elle va donc pouvoir nous en faire la démonstration ! Mon épouse a une affection toute particulière pour l'étranger. Je suis souvent absent de mon domicile et sa fragilité la prédispose à la mélancolie. Sa compagnie ne pourra que lui être profitable. Dites-nous quelque chose mademoiselle Mc Nulty !

Bessie avait compris la demande du comte, mais parler en public la mettait toujours mal à l'aise. Elle n'engageait de discussions que très rarement et répondait uniquement lorsqu'on l'invitait à le faire. Après quelques instants, bravant son envahissant malaise, tout en rougissant, elle réussit à parler.

— Je suis heureuse de faire votre connaissance, Monsieur le comte.

— Je trouve votre accent tout à fait charmant mademoiselle ! Parfait docteur Aubert, elle fera tout à fait l'affaire, dit-il tout en se dirigeant vers la tablette pour récupérer son chapeau.

— Berthe, pouvez-vous venir tout de suite ? aboya le docteur dans le couloir après avoir ouvert la porte.

Une femme âgée à l'apparence revêche et légèrement bossue, se précipita dans la pièce pour prendre ses instructions puis se retira rapidement. Quelques instants plus tard, elle réapparut, tenant dans la main droite un grand sac en cuir usagé. C'était l'unique possession de Bessie. Il contenait quelques affaires de toilette, un vêtement de nuit, un jupon et un change pour la petite.

— Voilà ma petite madame, c'est un très bon employeur que vous avez trouvé là ! Donnez-moi l'enfant maintenant, lui ordonna-t-elle sans ménagement.

Elle avait déposé le sac au sol et tendait les bras en direction du nourrisson. Bessie serrait farouchement la petite. Elle aurait tellement souhaité occulter cette partie de l'engagement. Durant toute la durée du contrat, elle devait remettre son enfant à une institution qui, en contrepartie financière, assurerait sa subsistance. Elle se résigna à lui tendre à contre-cœur la petite qui, réveillée et brutalement arrachée à sa mère, s'affola et hurla de frustration une fois dans les bras de la vieille femme. Bessie déposa un dernier baiser sur ses joues rouges baignées de larmes. Le temps d'une chimérique pensée, elle arrachait sa petite à cet endroit de misère et elles s'enfuyaient toutes les deux poursuivre une existence meilleure. Mais dans quelle direction s'orienter ? Elle savait que le désespoir la mènerait très vite à la déchéance. Elle devait être raisonnable. Mettre de l'argent de côté pour pouvoir la récupérer et se former à un nouveau métier était une résolution plus sage. Ne pouvant réprimer l'angoisse qu'elle éprouvait de la laisser à la merci d'inconnus, elle fondit en larmes. Le médecin la prit en pitié et lui indiqua de s'installer sur la banquette. Elle s'assit quelques instants pour reprendre ses esprits. Après quelques secondes – une éternité –, elle chercha désespérément la petite du regard, mais la vieille Berthe avait déjà discrètement quitté la pièce.

— Nous pouvons partir. Un *Taxauto* nous attend à l'entrée du bâtiment. Docteur Aubert, je ne manquerai pas de vous informer de la conduite de mademoiselle Mc Nulty s'il s'avérait qu'elle ne remplisse pas de manière correcte les tâches qui lui incombent, dit le comte en serrant de manière énergique la main du docteur tout en lui transmettant la somme due.

— Je vous remercie grandement Monsieur. Mais je n'ai aucun doute, tout se déroulera bien.

Bessie agrippait fermement son sac à l'arrière du taxi qui les transportait en direction de la résidence du comte. L'animation urbaine lui donnait le vertige et saturait ses sens. Dans un vacarme indescriptible, fiacres, tramways, automobiles, bicyclettes et omnibus croisaient dangereusement les piétons qui traversaient les routes en dépit du bon sens. Étaient-ils conscients des risques qu'ils encouraient ? Par chance, la majorité de ces agités arrivait saine et sauve jusqu'au trottoir d'en face. Mais combien avaient dû y perdre la vie ? Les véhicules hippomobiles – surnommés ironiquement *moteurs à crottin* – qui avaient pour consigne de rouler sur les bas-côtés de la chaussée de manière à ne pas gêner la circulation des voitures plus rapides, étaient certainement les plus incommodants. Les chevaux étaient contraints à piaffer dans leurs propres déjections ainsi que dans celles de leurs congénères. L'odeur que dégageaient les différentes générations de crottin déposées par cette armée docile était pestilentielle. Le coût considérable de l'entretien des rues de Paris raréfiait considérablement le passage des cantonniers depuis quelques années. Les effluves âcres et acides lui piquaient les yeux. Les Parisiens ne semblaient pas être affectés, cette atmosphère empoisonnante ne ralentissait aucunement leur course effrénée.

Parmi cet enchevêtrement de véhicules, Bessie remarqua que plusieurs femmes conduisaient – comme des hommes – leur propre voiture. Des femmes cochers ! Tout en s'étant couverte le nez à l'aide d'un mouchoir conservé dans une poche de son manteau et malgré une nausée persistante, elle ne pouvait détacher son regard de ces femmes. Était-il possible, qu'elle aussi, puisse un jour avoir le choix ?

Le comte qui l'observait discrètement depuis leur départ, installé à ses côtés à l'arrière du taxi, s'exclama avec un grand éclat de rire en tapotant son épaule de sa main gantée : « Le trajet ne sera plus long. Courage mademoiselle, vous vous habituerez bien vite à cette folie qu'est Paris ! ».

MADAME X
Paris – Printemps 2019

Je perçois une très légère amélioration dans sa posture : ses épaules sont plus détendues et elle soutient mon regard plus longuement qu'auparavant. Elle arbore une nouvelle coupe de cheveux et est légèrement maquillée. Mes conseils lui ont indéniablement fait du bien. C'est notre quatrième entretien. Lorsque je l'ai rencontrée pour la première fois, elle était venue accompagnée de ses deux enfants. Elle n'avait pas dit un mot. Elle était restée éteinte, cramponnée à son sac à main alors que sa fille remplissait sa fiche d'inscription. Trente-cinq ans de brimades et de tortures mentales avaient transformé cette femme en poupée de chiffon, un vulgaire paillasson que son mari avait piétiné durant toutes ces années.

Je savais qu'en signant pour le planning familial mon quotidien n'allait pas toujours être facile à vivre. Malgré cette violence quotidienne banalisée, j'arrive encore à trouver certains aspects de ce métier gratifiants.

Depuis deux heures déjà, madame X – l'anonymat est sécurisant – est assise en face de moi dans l'une de nos trois salles d'entretien. Elles ont été conçues pour être confortables et accueillantes, leur décoration est neutre. Il est important que les femmes qui viennent nous rencontrer se sentent en confiance. Nous prenons le temps nécessaire pour les accompagner dans leurs réflexions. Notre objectif est d'arriver à faire émerger des prises de conscience. Nous écoutons, nous ne jugeons pas. Je me considère, en quelque sorte, comme l'un des artisans de la reconstruction de madame X. Non pas un architecte, mais plutôt un simple ouvrier du bâtiment qui pose une brique après l'autre pour renforcer les bases. Lorsque la première couche de briques est posée, nous pouvons appliquer la suivante.

— Je trouve que vous avez fait des progrès très rapides. Vous avez déjà reconnu votre statut de victime, c'est une étape primordiale pour pouvoir avancer. Ce que vous avez vécu n'était pas de votre faute. J'aimerais que vous vous considériez désormais comme une survivante. Sachez que vous avez cessé d'être une victime dès que vous avez pris la décision de venir nous rencontrer.

Elle m'écoute patiemment en buvant du bout des lèvres le thé que je viens de lui offrir.

— J'ai un exercice à vous présenter. Je vous propose de travailler sur vos valeurs fondamentales. Comme je vous l'avais dit lors de notre dernière rencontre, vous avez été trompée. La trahison intime remet fondamentalement en question la manière dont vous vous percevez. Mais vous n'êtes pas ce que votre mari a bien voulu vous faire croire durant toutes ces années.

Alors qu'elle était calme et ouverte jusqu'à présent, ses épaules s'affaissent et elle s'agite sur sa chaise. Je m'apprête à reprendre la parole et nous sommes toutes les deux distraites par une femme qui hausse le ton dans le hall d'accueil. Elle est en plein compromis avec son enfant qui ne veut pas la quitter. J'entends la voix de Marion s'interposer et proposer à la petite fille de jouer avec elle. La petite semble enthousiaste. Après cette distraction de quelques secondes, une fois le calme revenu, madame X se retourne vers moi et se reconcentre sur notre entretien.

— Je ne vais pas y arriver Emilie. Merci pour tout, mais je ne me sens pas capable de faire ce que vous me demandez. Ça semble compliqué, je me sens nulle et sans intérêt... Je suis dépassée.

— Mais non, vous ne l'êtes pas. C'est justement l'objectif de mon exercice, vous prouver que vous n'êtes pas insignifiante et que vous avez de la valeur… Dites-moi si vous souhaitez faire une pause. Je vous demande de faire beaucoup d'efforts, il est normal que vous soyez fatiguée, les prises de conscience sont souvent violentes. Il faut du temps. Souhaitez-vous un autre thé, un café ?

— Non ça ira, merci… Je vous écoute, vous avez raison, dit-elle en posant fermement ses coudes sur la table prête à me faire confiance.

— Très bien, alors voici ce que je vous propose. Tout est décrit sur cette feuille. Vous n'avez pas à me répondre tout de suite, vous aurez le temps de réfléchir tranquillement chez vous.

— D'accord, merci beaucoup, acquiesce-t-elle en attrapant le document que je lui tends de l'autre côté de la table. Elle semble retrouver un peu de détermination.

— Je vous propose de créer votre banque ou boîte de valeurs, vous pouvez la nommer comme vous le souhaitez. Elle sera composée de huit compartiments : l'altruisme, le but et le sens, l'attachement, la spiritualité, la nature, la créativité, la communauté et pour finir, la compassion. Je vais vous demander de fouiller dans vos souvenirs heureux. Qu'aimiez-vous faire quand vous étiez enfant ? Qu'est ce qui faisait vibrer votre cœur ? Comment imagineriez-vous votre monde idéal ? Vous allez voir, plus vous allez y réfléchir, plus vous allez vous ouvrir et découvrir que vous avez de nombreux trésors à consigner dans cette boîte. Vous pourrez visiter son contenu dès que vous vous sentirez angoissée ou en perte de repères. Elle vous recentrera et vous donnera confiance en vous, comme un ami bienveillant.

— Je peux fabriquer une véritable boîte dans laquelle je déposerai des papiers qui pourraient représenter mes idées ?

— Oui, bien sûr ! C'est une excellente idée. Révélez la créatrice qui est en vous !

Madame X boit une dernière gorgée de thé puis dépose sa tasse sur la table sans même la regarder, entièrement immergée dans les instructions de l'exercice.

Des instants comme celui-ci sont précieux. J'aime apercevoir l'étincelle de vie qui s'éveille dans le regard de ces femmes brisées. Mon travail prend alors tout son sens.

— J'ai l'impression que vous avez déjà trouvé quelques idées créatives très sympas.

— Oui, c'est étrange, certains souvenirs d'enfance me sont revenus presque instantanément en mémoire. Je n'y avais pas pensé depuis des années, me répond-elle avec une ébauche de sourire sur le visage.

— C'est très bien, c'est encourageant. Si vous êtes partante, on se donne rendez-vous dans un mois pour découvrir ensemble tous les trésors que vous avez réussis à exhumer.

— Je vais essayer Emilie, mais je ne vous promets rien.

Elle se lève puis va décrocher sa veste marron du porte-manteau qui se trouve proche de la porte du bureau.

— J'ai confiance en vous, vous avez fait le plus difficile, venir nous voir. Maintenant il est question de temps et de patience.

Il est déjà midi. Marion qui est toujours dans l'aquarium – petit nom affectueux pour parler du box vitré réservé à l'accueil téléphonique – me fait de grands signes impatients de la main. Je ne suis pas mécontente de décompresser un peu après avoir consacré toute ma matinée à madame X.

Dans la pièce du premier étage, chacune de nous deux réchauffe son encas au micro-ondes. Ce ne sont pas de grandes agapes : sachet de riz aux champignons cuisiné pour elle et blanquette en barquette individuelle pour moi. Marion se presse de verser son sachet brûlant et fumant dans l'assiette déposée en face de moi sur la table en formica. Notre réfectoire est comme le reste des locaux, petit, mais grâce à l'aide de généreux donateurs, bien optimisé.

— Ouf ! Il faut que j'arrête d'acheter ces trucs. Il n'est pas bon ce riz !

J'apprécie beaucoup la personnalité positive de Marion. Elle voit toujours le bon côté des gens. Elle apporte un peu de *coolitude* à ma vie, moi qui suis si sérieuse. Malgré ses trente ans passés, elle est restée fidèle à l'adolescente *rock indépendant* qu'elle était. En noir de la tête aux pieds, combien d'anneaux porte-t-elle à chaque oreille ? Au moins quinze, mais je ne les ai jamais comptés. Elle fait aussi des merveilles avec les enfants, ils l'adorent. C'est à elle que l'on fait appel lorsque l'on doit les occuper pendant que leurs mères sont en entretien.

— J'ai fait une nouvelle petite croix dans mon tableau *Reine des Neiges* ce matin. Devine combien maintenant ?... Cent vingt ! Je n'imaginais pas devenir la grande spécialiste du puzzle *Reine des Neiges* en venant bosser ici ! Je vais demander un budget *Batman* ou *Superman.* Au moins, je n'aurai plus à chanter *libérée délivrée* ! J'en peux plus !... Et toi ? Comment te sens tu ma belle ? Tu ne m'as pas rappelée hier soir. Comment ça s'est passé avec le notaire de ton père ?

— Je n'avais pas le courage de te raconter tout ça au téléphone. À part ça, je ne vais pas trop mal. Je n'ai pas eu le temps de trop cogiter ce matin, et c'est tant mieux. J'ai hérité de tous ses biens. En résumé, son appartement et quelques droits sur ses créations. Maintenant, j'espère seulement que ma semaine de congé sera acceptée sinon c'est la cata pour moi.

À peine après avoir terminé son repas express, Marion est déjà en train de verser le café en poudre dans le vieux percolateur italien. Nos pauses sont souvent trop courtes. Nous jonglons toujours entre accueil physique, standard téléphonique, animations de groupes, gestion de contraceptifs et autres analyses médicales.

Elle verse lentement le café dans mon vieux mug ébréché puis, après avoir rempli le sien, s'assoit à mes côtés tout en réajustant son t-shirt plissant sur sa taille fine. La fenêtre est ouverte et un couple de pigeons roucoule avec frénésie dans un des platanes qui bordent la rue. La saison des amours a débuté.

— Tu as des nouvelles de Pierre ? Il est enfin venu récupérer ses cartons ? me demande-t-elle en grimaçant après avoir bu une gorgée de café brûlant.

— Non pas encore, mais il doit être occupé, il le fera quand il aura le temps.

Marion se lève brusquement, repousse sa chaise pour se diriger vers la fenêtre qu'elle referme avec fracas. Après ce geste inattendu, elle revient s'asseoir près de moi. L'impulsivité, une autre de ses facettes. Tant pis pour les pigeons.

— Ça m'attriste que tu lui trouves encore des excuses ! Il est occupé à quoi ? À jouer à l'un de ces jeux en ligne décérébrés. Il t'a abandonnée Emilie ! Il n'a même pas daigné quitter ses sacro-saints ordinateurs pour venir te voir à l'hôpital quand tu as fait ta première fausse couche. Tu ne te rends pas compte, ce n'est pas ça aimer ! Il ne mérite pas ta sollicitude.

— Tu as certainement raison, mais là, je n'arrive plus à gérer. C'est beaucoup trop pour moi. Tout s'entremêle : Pierre, mon père. Tu dois me comprendre, je suis perdue. Pierre n'est pas ma priorité pour l'instant. Ma priorité c'est mon père !

— Oui excuse-moi, je me suis encore une fois emportée. Je trouve que son comportement est tellement immature... Tu n'as sûrement pas besoin de discuter de tout ça maintenant. On a un groupe de gamines en bas qui attend pour un conseil contraception, je m'en occupe... Bon courage ma belle.

Elle quitte la pièce après m'avoir embrassée sur le front.

Une grande inspiration d'air frais désencombre l'autoroute de mes pensées. Le soleil de printemps est un baume réconfortant pour les cœurs fêlés. Les pigeons ont disparu, remplacés par des klaxons impatients. Accoudée à la fenêtre du réfectoire, je prends quelques instants pour profiter du spectacle de la rue. J'aime observer les passants. Sans même en avoir conscience, certains de leurs comportements échappent à leur contrôle et sont révélateurs de leur nature profonde. Par exemple, voyez cet homme et cette femme qui marchent main dans la main. À première vue, ils ont l'air d'un couple amoureux. Il lui tient fermement la main mais pourtant... elle marche légèrement derrière lui, le regard lointain. C'est dommage... mais qui remarque véritablement les madame X ?

Pierre n'apprécie pas que nous nous tenions la main dans la rue, il pense qu'il est indécent de s'exhiber de cette manière devant les autres...

CANARIS ET PARIS BREST

Paris – Automne 1909

Assise dans sa chambre, Bessie se balançait avec délicatesse au son du *clap clap* monotone du fauteuil à bascule. Elle humait profondément le petit morceau de tissu dont elle n'avait pas pu se débarrasser, encore imprégné de l'odeur de sa fille. Un peu contrariée, elle donnait de petits à-coups réguliers au berceau dans lequel le nourrisson dont le ventre rond était encore bandé – son nombril cicatrisait difficilement – dormait paisiblement. La comtesse souhaitait s'entretenir avec elle. Avait-elle peur pour la santé du bébé ? Elle qui, jusqu'à présent, ne s'était jamais enquise de son bien-être auprès d'elle. Elle était au service du comte et de la comtesse Burot Des Roziers depuis un peu plus d'un mois et n'avait aperçu Madame qu'une ou deux fois, dans le large couloir qui menait aux chambres. Le nourrisson était, la plupart du temps, calme et de bonne compagnie. Bessie était souvent émue aux larmes lorsqu'il échangeait avec elle ses sourires radieux si semblables à ceux de sa petite, tout en gazouillant. En dépit du manque déchirant de son enfant, elle ne regrettait pas son choix. Elle était bien traitée et bien nourrie. Elle n'avait pas non plus à s'inquiéter de la propreté de son linge. Son uniforme myosotis, ainsi que son tablier blanc et son bonnet bordé de dentelle étaient nettoyés par une blanchisseuse deux fois par semaine. Quand l'un était malpropre, un autre l'attendait, repassé et plié, sur son lit à barreaux de fer blanc. Avec son salaire de quatre-vingt-dix francs par mois, elle pouvait économiser suffisamment pour la garde de la petite. Elle déposait le solde dans une boîte en fer achetée chez le droguiste qu'elle dissimulait sous son oreiller. Ses employeurs lui avaient fourni un livre dont elle respectait scrupuleusement les instructions. Elle allaitait le nourrisson toutes les deux heures, le lavait régulièrement à l'eau très tiède pour ne pas irriter sa peau délicate et ne le secouait jamais. Elle faisait même subir à sa poitrine les étranges exercices journaliers qui étaient recommandés sur les illustrations de la page *entretien physique.*

Madame avait autorisé Bessie à emprunter le grand escalier pour se rendre au petit salon. Le son étouffé de ses pas se perdit dans l'épaisse moquette qui recouvrait les marches de pierre. Les regards ancestraux – prisonniers de leur cadre de bois doré – semblaient vouloir la chasser de ce lieu où elle ne se sentait pas à sa place. S'arrêtant sur le palier, avant de descendre les dernières marches qui la menaient au rez-de-chaussée, le gigantesque miroir vénitien lui renvoya une image qu'elle n'appréciait pas : elle semblait si inadéquate, loin de chez elle, avec sa silhouette épaisse et sa poitrine trop lourde, encombrée de cet enfant qui n'était pas le sien !

C'était une belle journée ensoleillée de novembre. Une douce lumière baignait le petit salon dans lequel elle venait de pénétrer. De grandes feuilles vertes lancéolées – d'origine tropicale – ornaient la tapisserie qui recouvrait les murs. Elles s'offraient à Bessie, se courbant jusqu'à rompre afin de se libérer de leurs tiges trop encombrantes. Au loin, deux oiseaux étaient engagés dans une conversation animée. Trônant au centre du manteau de la cheminée, un gigantesque éléphant blanc en biscuit entouré de deux imposants candélabres, étincelait, révélé par un rayon de soleil. Au-dessus du foyer, un portrait en pied : Monsieur le comte accoudé contre un piédestal, intimidant comme lors de leur rencontre. Elle chercha

Madame du regard. Elle ne se trouvait pas dans la pièce. Deux énormes paravents laqués japonais camouflaient l'entrée d'un autre espace. Intriguée, Bessie s'en approcha lorsqu'elle l'entendit l'interpeller.

— Par-ici Bessie, je suis de l'autre côté des paravents. Je vous attends.

En se glissant à l'intérieur de l'espace dissimulé, elle fut saisie par l'étrange impression de pénétrer dans un sous-bois : la chaleur, l'humidité et la légère odeur d'humus la drapèrent soudainement à la manière d'une couverture chaude. Les grandes draperies dont la vocation était de protéger la végétation ainsi que les hôtes du solarium par temps de trop fortes chaleurs, avaient été repoussées pour permettre aux grandes baies vitrées de faire pénétrer le soleil automnal. Au-dessus d'elle, un ciel de fougères et sur chaque côté, des murs de lierre grimpant. La comtesse venait de se lever pour l'accueillir et l'invita à se joindre à sa table.

— Prenez place, je vous en prie, lui dit-elle en indiquant le fauteuil en rotin face au sien.

Bessie s'installa sur le siège recouvert d'un coussin moelleux qui ressemblait à s'y méprendre à une tranche de malachite d'un vert profond. Non loin de la table en rotin, elle avait déposé sur une banquette encadrée de palmiers en pot, le couffin dans lequel dormait le nourrisson. Les pépiements qu'elle avait confondus, alors qu'elle était dans le salon, avec les babillages de petits piafs des rues, étaient en réalité ceux de deux petits canaris orange à l'intérieur d'une cage peu commune. Son impressionnante structure composée de bois, de grillage et d'insertions de vitraux en forme de figures d'oiseaux rouges et de losanges bleus, était un créatif mélange d'inspiration gothique pour la partie basse et de pagode chinoise pour la haute. Pour compléter sa singularité, sa base était agrémentée d'une corolle de petites fougères vert tendre.

— Je suis heureuse d'avoir enfin du temps pour faire un peu mieux votre connaissance Bessie. Ne vous inquiétez pas, c'est un entretien de courtoisie, je ne vais pas vous réprimander. Bien au contraire, Monsieur le comte et moi sommes très satisfaits de vos services. Je vais tenter de parler lentement pour ne pas vous mettre en défaut. Tout d'abord, souhaitez-vous une tasse de thé ?

Eblouie par le soleil qui lui faisait face, Bessie répondit timidement à Madame la comtesse dont elle n'arrivait pas à distinguer les traits. La délicate bague en diamants sur l'annulaire étrangement long et fin de son hôtesse, étincela à l'instant même où elle versa le thé dans une tasse de porcelaine fleurie.

— Merci Madame, lui répondit-elle en rapprochant la tasse près d'elle après avoir révélé ses mains abîmées aux ongles rongés, jusqu'à présent, dissimulées sous la table.

— C'est avec plaisir Bessie. Prenez un petit gâteau. Il est encore confidentiel et introuvable dans les pâtisseries parisiennes. Sa dégustation fait de nous des privilégiées. Cette douceur est appelée le *Paris Brest*, en hommage à la célèbre course cycliste. C'est la création d'un pâtissier de Maison Lafitte. Même si vous ne connaissez pas cette course, vous allez voir, ce gâteau est un délice.

Elle lui présenta une assiette qui contenait le fameux gâteau à la forme oblongue composé d'une torsade de crème encadrée de pâte à choux et recouverte d'amandes effilées. Bessie n'avait jamais entendu parler de la *course Paris Brest* et n'avait encore moins mangé de pâtisseries de ce type. Elles étaient beaucoup trop onéreuses.

Durant toute la dégustation, les deux femmes restèrent silencieuses. Seul le son du métal entrant en contact avec la porcelaine et les piaillements des canaris circulaient à travers le solarium. Bessie ne voulait pas paraître maladroite, elle donnait de petits coups d'œil discrets à Madame la comtesse afin de manipuler correctement la petite fourchette en argent. Elle ne pouvait lui donner tort, la pâtisserie était une pure gourmandise. Elle appréciait particulièrement la crème onctueuse à la légère saveur de noisette.

Avant qu'elle n'ait dégusté sa dernière bouchée, la comtesse déposa sa fourchette sur le rebord de son assiette puis s'adressa à elle.

— Notre valet vous dépose-t-il bien chaque soir le verre de vin sucré et les deux petits biscuits que je lui ai demandé de vous servir ?

Chaque soir avant le coucher, il frappait, déposait le plateau devant la porte de sa chambre puis se retirait. Etrange habitude, mais Bessie appréciait ce vin liquoreux réconfortant qui l'aidait à s'endormir et à mieux supporter les réveils fréquents auxquels elle s'astreignait pour allaiter le nourrisson.

— Oui Madame, je vous remercie, répondit-elle tout en suivant du regard la comtesse qui s'était levée de table et se dirigeait désormais vers le salon.

Elle savourait, bien qu'à la hâte, les dernières bouchées du *Paris Brest* lorsque, quelques instants plus tard, son hôtesse revint s'asseoir en face d'elle, tenant dans ses mains un paquet. Elle lui tendit en souriant. Bessie distingua alors furtivement à contre-jour, son singulier visage.

— C'est un cadeau pour vous. Je veux que vous vous sentiez à l'aise chez nous. Ouvrez-le, j'espère qu'il vous plaira.

Ses joues étaient incandescentes. Malgré les frimas de l'automne, la chaleur était étouffante dans le solarium. Elle l'accepta de bonne grâce en espérant que Madame ne remarquerait pas son embarras. Elle ouvrit le paquet après avoir lutté quelques instants pour dénouer le lien de raphia. C'était un châle en laine épaisse de couleur vert sapin.

— Merci Madame... Pardon, mais il ne fallait pas. Pourquoi ? s'enquit-elle en tenant entre ses mains le châle, toujours à l'intérieur du papier cadeau.

— Nous allons entrer dans l'hiver. Il vous protégera des refroidissements. Il est en cachemire, une laine de chèvre plus chaude que la laine classique. Il arrive parfois que nous ayons des coupures d'énergie au palais et vous verrez, il vous sera très utile.

La comtesse se leva ensuite de table et se dirigea en direction du couffin. Sa longue silhouette fine - presque celle d'une enfant - mise en valeur par une robe de satin rose pâle et rehaussée d'une fine veste d'intérieur en tulle de soie bordée d'un liseré doré, et nouée sous la poitrine, ondoyait alors qu'elle se déplaçait. Pour Bessie, aveuglée par l'intensité lumineuse, les reflets chatoyants de la soie qui caressait le sol de carreaux de ciment, métamorphosaient Madame en créature éthérée des mythes de son enfance. Tout en berçant le nourrisson profondément endormi, elle revint prendre sa place auprès d'elle.

— C'est un petit ange, n'est-ce pas ? dit-elle en caressant délicatement son front lisse.

— Oui Madame, murmura Bessie qui, sortit de sa transe, réalisa alors combien sa petite lui manquait.

Malgré le bouleversement causé par sa naissance imprévue, elle prenait la pleine mesure de la place immense qu'elle tenait dans son cœur. Comme elle aimait cette petite vie pourtant non désirée !

— Vous savez, mon époux et moi l'avons attendu presque six années. La vie conjugale est un trop grand mystère pour une jeune femme de dix-neuf ans. Nous sommes considérées comme des enfants et traitées comme tels.

Nous devrions être mieux préparées, avoir le choix. Ne pensez-vous pas ?

— Oui...

Le visage de la comtesse, affectueusement penché sur le nourrisson, était en effet, bien singulier. Elle portait sous un front très haut, de grands yeux bleus en forme de virgule et un nez long et droit qui camouflait une bouche trop fine. Malgré cet équilibre curieux, l'harmonieuse vulnérabilité que dégageait sa personne la rendait attachante et attirante. En comparaison, Bessie se trouvait grossière.

— Votre enfant doit vous manquer infiniment. Je suis navrée pour vous. Vous savez, si l'on m'avait donné le choix, j'aurais moi-même allaité mon petit ange. Cela doit être une expérience formidable pour une mère. Mais malheureusement, la bienséance nous l'interdit et mon époux me dit qu'il est de bon ton d'avoir une nourrice sur lieu à Paris.

Bessie, touchée par son discours si sincère manqua de vocabulaire pour lui exprimer sa reconnaissance.

— Merci, Madame, pour tout.

— C'est un juste retour des choses, son bien-être passe aussi par le vôtre. J'espère ne pas vous avoir manqué de respect en évoquant votre enfant. Cela ne se reproduira plus, j'ai remarqué que je vous avais bouleversée. Chacune de nous a besoin de son jardin secret. Je suis encore navrée, c'était malhabile de ma part Bessie.

Il s'installa alors un silence pesant entre les deux femmes. Même les canaris se turent. Les chaleureux rayons de soleil avaient déserté le solarium, ne laissant flotter derrière eux que de légères particules de chagrin.

Bessie se balançait délicatement au son du *clap clap* monotone du fauteuil à bascule. Le reflet de la flamme de l'applique murale ondulait sur les facettes du verre de vin sucré. Il possédait la saveur liquoreuse d'un soulagement inavouable. Si elle n'avait pas été aussi faible, elle serait sûrement encore au service des Dickinson. Elle avait pourtant été prévenue, il ne fallait pas s'approcher des hommes. Elle avait manqué de courage, elle lui avait cédé. À dix-sept ans on n'est encore qu'une enfant.

Elle maudissait le jour où monsieur Morel, le jardinier, avait embauché ce jeune apprenti si sûr de lui. Qu'il était fier lorsqu'il déambulait devant elle, mains dans les poches et casquette sur le côté, alors qu'elle peinait à étaler du linge au soleil ! Les barrières de la langue n'étaient pas un obstacle pour lui, son style était universel.

Sa rondeur naturelle lui avait permis de se camoufler durant les premiers mois, puis elle avait préféré donner sa démission avant la disgrâce. Lorsqu'elle dut quitter les Dickinson, ce maudit apprenti avait déjà filé depuis longtemps.

Le Seigneur lui avait pardonné, elle n'était peut-être pas perdue finalement. Il lui avait offert une seconde chance. Elle ne la gâcherait pas cette fois-ci.

COUPURES EN CUISINE

Paris – Dimanche 23 janvier 1910

– J'en suis certain monsieur Joseph, bientôt, nous autres gens de maison, on aura tous disparu. On est combien au service de Monsieur le comte ? Vous, moi, Madeleine, Sophie et Bessie... Cinq, et encore, Bessie ne devrait pas faire long feu.

– Joseph, il a raison le petit, regardez... Il y encore trois ans, j'avais trois aides en cuisine. Maintenant j'ai plus qu'Sophie, et elle est aussi femme de chambre.

Madeleine se plaignait de sa condition de cuisinière tout en retirant la casserole de lait chaud crépitant de la plaque en fonte. À l'aide d'une cuillère en bois, elle retira la couche épaisse qui s'était formée à sa surface.

Les reflets des braises rougeoyantes de la cuisinière à bois ondoyaient sur l'immense surface carrelée des murs de la cuisine de l'hôtel particulier. À Paris, il pleuvait autant à l'intérieur qu'à l'extérieur. Depuis quelques jours, la faute à un sol gelé et saturé par des pluies trop abondantes, l'eau commençait à envahir certains quartiers de la capitale. Au domicile des Burot Des Roziers, dans l'aile réservée aux domestiques, elle prenait inexorablement possession des anciennes écuries situées sous la cuisine. La salle de bal, le petit salon et le solarium commençaient à être inondés eux aussi. Le mauvais temps se moquait des différences de classe sociale. Toute la maisonnée, sans exception, s'était alliée afin de limiter la progression de l'eau dans le bâtiment principal et les dépendances. Ils avaient tenté de calfeutrer toutes les entrées à l'aide de draps, mais il semblait vain de lutter contre cette force de la nature.

— Tenez Joseph, ça va vous réchauffer les entrailles, dit Madeleine en versant un peu de lait chaud dans le bol de chicorée de Joseph.

— Merci bien ma bonne Madeleine.

Joseph et Madeleine travaillaient pour la famille du comte depuis plus de trente ans. Lui, avait été engagé tout d'abord comme palefrenier puis était devenu cocher. Elle, avait été femme de chambre avant d'être affectée aux cuisines. Face à la jeunesse actuelle, ils étaient perplexes. En trois décennies, le monde avait changé sans eux. Les syndicats commençaient à faire bouger les rapports de force entre salariés et patronat et les revendications faisaient rage dans les milieux ouvriers. Jean, le jeune valet de la maison, hésitait encore entre usine et domesticité.

— À l'usine, si je travaille dur, dans quelques années je pourrai peut-être devenir contremaître. Je veux pas non plus rester célibataire toute ma vie. Si je trouve une belle, qu'est-ce que j'pourrai bien lui dire... Faut qu'tu t'fasses embaucher ici pour devenir ma femme ? C'est pas possible ! s'emporta-t-il en brisant la biscotte qu'il était en train de beurrer.

— Calme-toi petit, tu n'as pas compris toutes les conditions. Si cette loi est votée, tu devras céder une part de ton salaire au minimum durant trente ans, avant de pouvoir récolter un solde ridicule à partir de soixante-cinq ans. Dans les journaux, on parle de *retraite des morts* ! Tu sais seulement combien d'ouvriers atteignent cet âge ? Et bien... peu. Les autres sont morts depuis belle lurette mon gamin.

— Où irait tout cet argent alors, s'ils meurent tous avant ? s'inquiéta Madeleine qui s'assit auprès d'eux.

— Capitalisation de l'état pour le financement de guerres éventuelles. Ne vous inquiétez pas, nous ne sommes pas concernés… trop vieux Madeleine. C'est pour Jean que ça pose question.

— De toute manière, que je sois ouvrier ou domestique je devrai cotiser.

— Oui, mais si tu choisis l'usine, ton travail sera beaucoup plus pénible et tu n'as aucune assurance de monter l'échelle sociale et profiter un jour de cette retraite. Ici, tu auras un cadre de vie agréable, un toit sur la tête et des gages bien supérieurs au salaire que tu obtiendrais en usine. Réfléchis bien petit !

Absorbés par cette joute verbale animée, les trois hôtes de la cuisine n'avaient pas remarqué Bessie entrer dans la pièce.

— Bonjour à tous, s'annonça-t-elle discrètement.

Madeleine, dos à la porte d'entrée, se retourna avec difficulté, percluse de rhumatismes, puis se leva pour réactiver la chaudière.

— Bonjour Bessie, je vais vous servir une bonne tasse de thé chaud.

— Merci madame Madeleine.

Bessie s'assit à la table en prenant soin de ne pas faire grincer la chaise sur le sol.

C'était son jour de repos. Les Burot Des Roziers, généreux, accordaient à chacun de leurs domestiques deux dimanches par mois. Durant ces journées, Madame profitait de son enfant, les biberons de réserve palliant le manque de la nourrice.

— Comment va notre petite anglaise, aujourd'hui ? demanda Joseph en retirant les miettes de pain tombées sur le gilet de son complet qui gainait trop son estomac.

D'un geste discret de la main en direction de son menton, Bessie l'informa qu'il en restait aussi sur sa longue barbe blanche.

Ils l'appelaient tous l'anglaise, mais ils se trompaient,

l'Irlande n'était pas l'Angleterre et ne le serait jamais. Elle les laissait dire. Cela n'avait pas d'importance.

— Vous arrivez à vous occuper ces jours, Bessie ? C'est terrible qu'on puisse pas sortir avec cette pluie qui n'en finit pas. Si vous souhaitez, on peut faire des parties de cartes ? proposa Madeleine en lui versant du thé dans un bol ventant les bienfaits du *chocolat Grondard.*

— Oui, merci, c'est une idée. Madame m'a aussi prêté des livres en anglais.

La comtesse possédait des ouvrages en version originale d'auteurs britanniques du 19ème siècle. Elle n'avait pas suffisamment de connaissances en langue anglaise pour pouvoir en comprendre le sens mais elle les collectionnait tout de même. Depuis les fortes précipitations, elle n'était pas sortie de l'hôtel. Elle passait la majorité de son temps seule, le comte étant encore absent pour affaires. Elle invitait parfois Bessie à lui tenir compagnie dans son salon privé, au premier étage. Chacun et chacune restaient à sa place : le nourrisson dans son couffin, Madame au piano ou étendue sur sa méridienne de satin bleu et Bessie installée sur le fauteuil crapaud assorti. Seule ou en sa compagnie, au rythme de l'avalanche de pluie qui fouettait les vitrages, Bessie avait commencé à lire. Les occasions de lecture étaient rares et elle s'était prise de passion pour ce roman qui contait les tribulations d'une jeune orpheline qui devait lutter seule pour affirmer sa dignité.

— Un petit verre de vin chaque soir, des livres, des cadeaux et peut-être encore d'autres choses qu'elle nous cache… Elle en a de la chance l'anglaise ! Nous, on est bon qu'à servir et dès qu'on gêne, on disparaît bien docilement comme de bons toutous !

Jean venait de cracher son venin sans un regard pour Bessie. Elle aurait disparu dans un trou de souris si elle avait possédé le pouvoir de se transformer en l'une de ces créatures misérables. Elle concevait la jalousie de Jean. Parmi tous les domestiques, sa position était privilégiée et quelle frustration ce devait être pour lui d'être obligé de lui servir ce verre de vin chaque soir. Mais Dieu ne demande-t-il pas que la charité doive excuser et supporter avec patience ceux que nous avons choisi de servir ?

– Joseph, si vous nous lisiez les nouvelles de *L'Aurore* ? Toute cette pluie commence à me créer du souci… Je ne sais pas nager moi !

Madeleine qui entreprenait le lessivage du sol de la cuisine en lançant de grands seaux d'eau savonneuse, avait réussi habilement à alléger l'atmosphère.

– Eh ! Attention madame Madeleine ! Si vous voulez que je vous sauve des eaux, il faudrait éviter de m'noyer avant ! s'exclama Jean en riant.

– Ben tient donc ! Et qui te nourrit mon petit ? En parlant de pieds dans l'eau, tu nous racontes ta petite sortie d'hier ? Comment ça se passe dans la rue ?

– Oh, c'était juste quelques courses, pour que vous nous fassiez de bons petits plats madame Madeleine. Pour l'instant j'ai pu trouver de tout mais certains disent que les trains de ravitaillement seraient bloqués en gare d'Orléans et qu'on pourrait voir le prix du beurre et des pommes de terre augmenter dans les jours qui viennent.

– Profite bien de tes dernières tartines beurrées alors Jean ! poursuivit Joseph entre deux bouchées de saucisson à l'ail dont l'odeur forte fit plisser le nez de Bessie.

– Très drôle ! Ah oui… J'ai vu un monsieur faire ses courses, juché sur des échasses ! C'était quand même assez cocasse… Qui possède des échasses en centre-ville ! Et la boucherie Bonaparte qui a de l'eau jusqu'aux mollets, a fermé boutique pour installer ses étals à côté des affiches d'art du marchand d'estampes, un peu plus loin dans la rue.

– Moitié gigot, moitié portrait de dame ! proclama

Madeleine en donnant de grands coups de serpillère entre les pieds du gros billot installé contre le mur du fond de la cuisine.

— Enfin... l'important c'est qu'on puisse manger. Nous les vieillards, nous sommes coincés ici... Bon les enfants, je vous donne des nouvelles de *L'Aurore* ? annonça le vieux cocher tout en disparaissant derrière le journal dont la *Une* affichait *Inondations, dévastation, ruines et désastres.*

Tous l'écoutèrent religieusement assis autour de la grande table. L'électricité chancelait et de petites coupures les plongeaient par intermittence dans la pénombre. Le soleil peinait à se lever, masqué par un épais rideau de pluie.

— Le conseil des ministres annonce une demande de crédit de deux millions de francs pour venir en aide aux sinistrés. L'eau commence à envahir les voies ferrées... C'est bien ce que tu nous as dit Jean... Hier, les lignes 1 et 6 du métropolitain ont été interrompues. Les tramways ne circulent plus à cause de l'inondation de l'usine électrique voisine. Une partie de la chaussée du boulevard Saint Germain est effondrée au carrefour de l'université.

— C'est plus grave qu'on ne le pensait, vaut mieux rester bien au chaud ici alors. J'espère qu'on va garder l'électricité, j'ai peur qu'on soit obligé de sortir les lampes à pétrole.

— Ne soyez pas alarmiste madame Madeleine. Et puis je suis là... J'irai au ravitaillement pour nous tous, dit fièrement Jean.

— Merci petit... Encore une information importante : ils annoncent que l'eau distribuée sera *opaline* durant quelques jours. Les sources sont troublées. Ils recommandent de la faire bouillir avant de la consommer.

— Ça arrange bien nos affaires ça encore ! Ça va être pratique tient ! s'attrista Madeleine désespérée à l'avance par la lourdeur de la tâche qui l'attendait dans les jours à venir.

— Oh ! une dernière nouvelle, bien triste celle-ci : une femme d'une trentaine d'année a été emportée vers la Seine après être tombée dans une excavation alors qu'elle croyait traverser une légère flaque d'eau.

— Oh, mon Dieu ! C'est dramatique ! Ils connaissent son identité ?

— J'ai bien peur que non ma bonne Madeleine.

Sur les paroles alarmantes de Joseph, les lampes clignotèrent trois fois et l'électricité se rompit définitivement, les laissant tous décontenancés autour de la table.

Chaque soir, avant le coucher, elle priait le Seigneur de lui pardonner. Elle savait que son péché était irrémissible et que si ses employeurs l'apprenaient, ils la congédieraient. Depuis leur première rencontre à la mi-novembre, elle ne pensait qu'à leurs retrouvailles dominicales. Elle avait, encore une fois, manqué de volonté. Pourtant, se faire courtiser était si agréable. Il s'intéressait sincèrement à elle. Il avait posé de nombreuses questions sur l'organisation de son travail, son emploi du temps et sur ce qu'elle appréciait. Il affirmait qu'elle était différente de toutes les françaises qu'il avait connues, que sa discrétion timide ne pouvait qu'être l'expression d'une âme pure. Il ne la brusquait pas, lui affirmait qu'il attendrait le temps qu'il faudrait. Bessie était confiante, elle ne ferait pas la même erreur une seconde fois.

Sa compagnie était un tourbillon de plaisirs. Au *Staking-Rink*, il lui avait appris à patiner, bras dessus, bras dessous, entourés de belles dames encapuchonnées de fourrures brunes. Ils avaient dansé au son de l'accordéon jusqu'à s'étourdir au *Bar Américain*. Il lui avait offert le plus gros bouquet de fleurs – d'éclatants dahlias roses et blancs – que proposait la petite vendeuse ambulante de la rue de Paradis. Envoûtée, elle aurait fait tout ce qu'il lui demandait pour que ces moments ne cessent jamais.

Il avait bravé les intempéries de ces derniers jours pour lui transmettre une lettre. Il l'avait discrètement glissée dans une enveloppe pour ne pas éveiller de soupçons. Jean avait remis la lettre à Bessie sans poser de questions. Elle leur avait dit qu'elle avait fait la connaissance d'une autre nourrice avec qui elle partageait son temps libre. Il lui donnait rendez-vous le dimanche prochain, quoi qu'il arrive.

Elle n'en doutait pas, elle était amoureuse. Il viendrait la chercher, et ils passeraient ensemble encore une journée exceptionnelle.

UN DÉCOR DE CINÉMA

Paris – Dimanche 30 Janvier 1910

La presse scandait haut et fort que *contre pareilles fatalités, il n'y avait rien à prévoir.* Saint Germain, qui avait pris l'apparence d'une presqu'île, était privé d'électricité et de gaz depuis deux jours. Au domicile des Burot Des Roziers, la semaine s'était écoulée lentement. Habitués au confort, tous ses habitants avaient oublié que l'odeur de la lampe à pétrole pouvait être désagréable et les bougies de courte durée. Les journées étaient raccourcies au profit des nuits. La chaleur des bouillottes installées au fond des lits éloignait l'humidité et l'anxiété provoquée par l'inactivité diurne. Jean s'était désigné d'office pour ravitailler la maisonnée et affronter seul les intempéries. Chaque jour, après avoir attendu patiemment plusieurs heures dans les files d'attente sans fin, il rentrait conter le récit de ses aventures. Son public était toujours très attentif. La Seine, métamorphosée en monstre verdâtre tumultueux, charriait forêts de poutres, tonneaux, débris informes et même de temps à autre, des cahutes complètes enguirlandées de lierre.

À l'écoute de ces vibrantes évocations, Bessie revivait avec tristesse les moments partagés avec Madame dans le solarium, désormais ravagé par les eaux boueuses du monstre.

Sa nuit avait été contrariée. Le nourrisson s'était agité auprès d'elle dans le lit et Marcel avait accaparé toutes ses pensées. Comme il lui avait indiqué dans sa lettre, il l'attendait au coin de la rue de Lille et de celle du Bac. Elle avait pris ses précautions. Par crainte d'un froid pénétrant, elle avait ajusté le châle de cachemire sur son manteau boutonné jusqu'au col et superposé deux paires de bas de laine, étouffant ses pieds à l'intérieur de ses bottines. Le rez-de-chaussée était entièrement inondé et Jean avait pris l'habitude de sortir faire les commissions à l'aide d'une échelle disposée contre l'une des fenêtres de la cuisine. Elle n'avait pas d'autre choix pour retrouver Marcel, elle devait l'emprunter.

Alors qu'elle s'apprêtait à quitter le domicile, elle surprit Joseph assis près du poêle à bois plongé dans les pages de *L'Aurore*, l'air soucieux.

— Bonjour monsieur Joseph, le salua-t-elle prudemment de peur de le surprendre.

— Bonjour la petite anglaise, alors tu sors ? Ton amie doit être formidable pour que tu braves les éléments comme ça, dit-il avant de replonger dans sa lecture, n'attendant pas vraiment de réponse de sa part.

— Oui nous passons du bon temps ensemble.

Bessie honteuse de devoir mentir à Joseph rajouta de manière à peine audible un dernier petit mensonge :

— Nous allons danser rive gauche, c'est sec.

— Oui… D'après *L'Aurore* la zone n'a pas été touchée, seulement quelques sous-sols sont inondés. Faites tout de même attention aux mauvais garçons Bessie, ils savent enjôler et faire perdre la tête aux jeunes femmes comme vous.

— Oui monsieur Joseph… Tout va bien ? Vous semblez malheureux ?

Le vieil homme posa le journal sur ses genoux, retira ses lunettes et se frotta les yeux en soupirant.

— Oh… Je suis bien peiné. J'ai travaillé toute ma vie avec les chevaux. Je les ai nourris, décrottés, soignés et même abrégé leur souffrance quand c'était la fin. Et puis, avec toute cette pluie je me suis dit : c'est la revanche des machines à quatre pattes contre tous ces engins de malheur ! Ils sont les seuls à pouvoir charrier les Parisiens avec toute cette flotte... Et maintenant, j'apprends que la ville en a réquisitionné soixante-quinze milles... et... tous ces canassons sont en train de crever de pneumonie !

Il se leva péniblement de sa chaise pour aller prendre une tasse dans le buffet de la cuisine. Les yeux humides, il put difficilement camoufler ses larmes naissantes à Bessie. La subtilité de son discours lui échappait mais... comment un être humain pouvait-il s'émouvoir ainsi pour de simples bêtes de somme ?

— Tu veux une chicorée avant de partir ? lui proposa-t-il en lui tendant une tasse et en se forçant à sourire.

— Non merci bien monsieur Joseph, je vais y aller, répondit-elle en ajustant son châle qui avait glissé sur l'une de ses épaules.

— Très bien... Très bonne journée à toi alors... et attention, sois prudente en descendant l'échelle !

Sur cette recommandation, il se dirigea, le pas traînant, vers la cuisinière pour faire bouillir de l'eau.

Un pied prudent après l'autre, Bessie descendit l'échelle fixée au sol à l'aide de sacs de sable. En atteignant la dernière marche, elle faillit perdre l'équilibre. Ses jambes tentèrent de s'ancrer, non pas sur le macadam, mais sur une grande planche de bois branlante posée sur des chevalets. Lorsqu'elle réussit à trouver une relative stabilité, appuyée contre la façade de l'immeuble, elle hasarda un regard aux alentours. Devant ses yeux : une rivière à perte de vue et une petite passerelle étroite en bois construite de bric et de broc qui longeait les bâtiments. Sur l'eau flottaient paisiblement d'innombrables petites planchettes de bois, toutes de tailles identiques. Constituant les chaussées, elles n'avaient pas résisté à la force de l'eau. Après quelques hésitations, elle s'engagea sur la passerelle cahotante – large comme la longueur de ses deux pieds réunis – et progressa lentement, une main prenant appui contre le mur. Pour ne pas perdre l'équilibre et chuter dans l'eau, elle concentra son attention sur une affiche délavée de *La Samaritaine* collée sur une façade, puis une fois passée devant, sur une enseigne de modiste. Après une dizaine de minutes de ce jeu d'équilibriste, elle aperçut Marcel qui patientait à l'angle des deux rues.

La voyant approcher, il la rejoignit, lui tendant les bras. Elle se laissa aller à cette tendre étreinte, rassurée comme une enfant enfin protégée. Il lui saisit ensuite la main pour l'entraîner en direction d'une barque qui semblait n'attendre qu'eux pour pouvoir quitter le quai. Ils n'étaient pas les seuls à souhaiter voguer sur ces eaux troublées. Une femme d'une cinquantaine d'année, affublée d'un immense chapeau à plumes, était confortablement installée dans le fond du canot. Un minuscule chien l'accompagnait, perdu dans les plis de son manteau noir corbeau. Marcel aida Bessie à prendre place dans l'embarcation. Le batelier attendit qu'ils soient bien installés et à l'aide de deux grandes perches, s'éloigna doucement de leur port de fortune. Le timbre de l'écoulement de l'eau qui claquait au contact des pagaies rebondissait sur les murs de la voie lacustre. L'homme, un marin que la ville avait réquisitionné afin de prêter main forte à la population, et identifiable à la casquette qu'il arborait fièrement sur la tête, était d'humeur loquace.

— Bonjour mesdames, monsieur et le petit chien ! C'est parti ! Il paraît que la décrue a débuté. On va pouvoir enfin sortir de ce bourbier. Je ne peux pas dire que l'expérience soit désagréable, ça change du quotidien... et puis j'ai rencontré des gens bien sympathiques !

Tous les passagers restèrent silencieux, peu inspirés par le soliloque du navigateur. Ils glissèrent tranquillement sur le cours paisible, contournant parfois des vestiges informes. Le ciel, légèrement neigeux, se mirait dans la psyché de cet étrange canal vénitien. Le petit chien, alerté par quelque invisible danger se mit à aboyer en faisant tintinnabuler les clochettes d'argent qui encerclaient son collier. Mais au grand dam de sa maîtresse qui s'adressait à lui comme à un enfant, Zaza était bien décidé à donner de la voix.

— Et bien madame, c'est un vrai chien de garde votre Zaza ! ironisa Marcel qui, depuis leur entrée dans le canot, serrait discrètement la main de Bessie avec fermeté, sûrement de peur qu'elle ne lui échappe.

— C'est une femelle monsieur... Zaza est un prénom féminin ! s'offusqua la dame qui détourna le regard avec dédain.

Dans l'embarcation, seuls les gémissements du chien tremblotant et les sifflements du marin adoucissaient l'ambiance devenue pesante et glaciale. Bessie, embarrassée, n'osait plus lever le regard.

Après quelques minutes de ce voyage qui semblèrent durer une éternité, l'homme rompit le silence.

— Monsieur, mesdames, je vais vous déposer rue Mazarine, elle est sèche. Si vous souhaitez aller *rive gauche*, empruntez le Pont-Neuf, les autres sont condamnés. Vous risquez d'attendre car beaucoup de gens souhaitent faire comme vous. Mais bon, nous avons tout notre temps, on est dimanche après tout !

Le marin avait dit vrai, Bessie et Marcel attendaient patiemment leur tour dans la file qui leur permettrait la traversée du Pont-Neuf. Des petits malins tentaient de passer outre les agents communaux pour forcer le passage. Ils étaient vite découragés par les passants indignés :

« Comme tout le monde, on fait la queue ! ». Chacun devait prendre son mal en patience. Pour Bessie, chaque instant passé à attendre dans une promiscuité de fin du monde en compagnie de Marcel était inoubliable. L'agent accordait le passage aux piétons par vagues de trente. Une fois sur le pont, un grand nombre de curieux s'éternisait, contemplant le fleuve en furie. Assis entre ses garde-corps, il était presque possible de plonger les pieds dans le bouillon furibond.

Pas de contemplation béate pour la jeune nourrice, Marcel semblait impatient de rejoindre l'autre rive. Elle comprit la cause de son empressement lorsqu'ils atteignirent la rue du Pont-Neuf. Comme s'ils venaient de sortir d'un immense décor de cinéma, elle retrouva le Paris connu de tous. Seuls quelques geysers surgissaient de bouches d'égout ici et là, validant l'existence du cataclysme qui s'était produit sur l'autre rive. Alors que jusque-là il était resté calme et posé, Marcel montra quelques signes de nervosité.

— Je t'emmène dans un endroit spécial car j'ai quelque chose de spécial à te demander, lui annonça-t-il en attrapant sa main.

Son pas était trop rapide, les pieds de Bessie – trop serrés dans ses bottines – la faisaient souffrir. Malgré la froidure hivernale, le souffle court, elle sentait poindre quelques gouttes de sueur sur son front. Une marée humaine les submergea lorsqu'ils atteignirent le bout de la rue. L'immense marché des halles était en pleine effervescence. Là encore, les gens se pressaient les uns contre les autres en attendant d'être servis. Pour un dimanche, c'était la cohue.

Marcel l'entraîna à l'intérieur de l'une des rues couvertes qui réunissaient deux des douze pavillons qui composaient les halles. Le bruit y était assourdissant. Entre le pavillon de la marée et le pavillon de la volaille, odeurs de poisson et de fientes se mêlaient aux rires des commerçants et aux pépiements des poussins. De petites plumes duveteuses voletaient dans l'air encombré. L'endroit était étourdissant et la structure du bâtiment l'était tout autant. Sous les persiennes transparentes, les boiseries étincelaient sous la délicate et complexe charpente de dentelle de fonte noire.

Que souhaitait-il lui demander ? Cette question, Bessie n'avait cessé de se la poser jusqu'à l'instant où ils posèrent leurs pas dans la rue de la Pirouette. Marcel la guida en direction d'un groupe d'hommes qui parlaient devant la façade de ce qui semblait être un estaminet au nom mal choisi de *L'Ange Gabriel*. Le bâtiment étroit de trois étages, exhibait la silhouette découpée d'un ange de bois trop engageant pour être honnête. Bessie recula d'un pas lorsqu'elle comprit que Marcel souhaitait l'entraîner à l'intérieur.

— Non, nous ne pouvons pas aller ici ! s'exclama-t-elle en tentant de dénouer sa main de l'emprise de Marcel.

— C'est cet endroit qu'je voulais t'faire découvrir. T'as rien contre une petite goutte ? On va passer un bon moment ma belle, allez, suis-moi ! insista-t-il en se penchant pour ramasser sa casquette tombée au sol.

— D'accord, lui dit-elle sans conviction alors qu'ils pénétraient déjà à l'intérieur de l'établissement.

À l'entrée, Marcel fit un signe de main à l'homme qui se tenait derrière le comptoir sur leur droite, ils semblaient bien se connaître. Il guida ensuite Bessie vers le fond de la pièce étroite en direction d'un escalier. Sur sa gauche, une immense fresque murale représentait de manière très explicite une scène d'orgie dont les hommes n'étaient pas les acteurs mais avaient été remplacés par des porcs. Épouvantée, elle se signa, incapable d'appréhender l'endroit où elle se trouvait. Quelques instants plus tard, elle se figea face à une seconde peinture figurant cette fois-ci l'ange Gabriel guidant un groupe de paroissiens à l'entrée de l'estaminet. L'odeur âcre de sueur se mêlait aux fumées de cigarettes et aux effluves d'alcool. Des hommes alcoolisés, accoudés les uns contre les autres sur des tables vociféraient ou hurlaient sans lui prêter attention alors qu'elle passait auprès d'eux.

À l'étage, ils s'installèrent à une petite table de marbre, au-dessous d'une fenêtre. Hormis un couple qui se comptait fleurette, ils étaient seuls. Bessie, confuse, ne comprenait pas pourquoi Marcel l'avait invitée dans un tel lieu. C'était un véritable *tapis-franc*, un antre du péché. Jamais, seule, elle n'aurait mis les pieds dans un endroit pareil. Lors de leur première rencontre au jardin des Tuileries, il ne lui avait pourtant pas donné l'impression d'être un homme qui fréquentait ce type d'établissement. Non... jamais elle ne l'aurait suivi !

Chaque jour, les nourrices des quartiers avoisinants avaient pour habitude de promener, dans leurs landaus confortables, leurs petites charges bien emmaillotées. C'était une belle matinée, le soleil de novembre dardait ses rayons sur les visages des flâneurs bienheureux. Tout près de la statue de Flore – déesse des parfums et des fleurs – dressée sur son piédestal, un heureux petit groupe de nourrices se retrouvait pour causer, assises sur les chaises du parc tout en veillant sur leurs frêles bambins. Bessie fatiguée d'avoir à suivre leurs conversations souvent émaillées de patois breton, s'était assise sous la statue, un peu en retrait. Elle n'avait tout d'abord pas pris garde à l'homme qui l'observait, camouflé derrière un arbre depuis quelques jours. Il s'était approché d'elle discrètement et avait engagé la conversation de manière maladroite. Ce jeune homme d'une vingtaine d'années vivait quartier des Batignolles. Bien fait de sa personne et élégant, il portait un pantalon large bien ceinturé qui étoffait sa silhouette un peu trop mince et un veston cintré. Mais ce furent ses chaussures parfaitement cirées qui séduisirent le plus Bessie, elle appréciait les hommes bien chaussés. Elles étaient pareilles à des miroirs parfaitement polis. Poli, l'homme l'était lui aussi, peut-être un peu trop. À cette première rencontre, d'autres se succédèrent. Durant chaque promenade autour du parc, comme une mécanique bien rodée, Bessie se noyait un peu plus chaque jour dans le regard sans fond de l'enjôleur Marcel.

— Tu vois les gravures sur la table, le visage de profil de cette femme ? Et bien c'est *Casque d'Or.* La donzelle créchait souvent ici avec son amant Manda. Elle travaillait sur le *ruban.* Elle les rendait tous fous les hommes, ils se sont battus à mort pour elle. Elle était dans tous les journaux. C'était la belle époque ! Elle avait du panache la bougresse !

Pourquoi cette femme aux narines et aux lèvres épaisses pouvait-elle autant plaire aux hommes ? Elle ne semblait pas avoir plus de charme qu'elle. Est-ce qu'elle plaisait à Marcel ? Alors qu'elle parcourait les autres graffitis gravés sur la table : un vase, un miroir à main, des profils caricaturés et un mot *Badaboun*, dont la signification lui échappait, une femme au visage vulgaire ressemblant étrangement au profil gravé sur le marbre blanc, se posta tête haute et poings sur les hanches contre leur table.

— Bonjour Marcel ! Alors qu'est-ce que je vous sers les tourtereaux ? leur demanda-t-elle, goguenarde.

— Deux absinthes, Suzanne, répondit Marcel en faisant claquer sa main de manière insolente sur la hanche de la serveuse, la coque lissée de sa chevelure blonde dodelinant sous la secousse.

— J'espère que t'aimes l'absinthe ma chérie ? demanda-t-il en souriant, dévoilant l'espace entre ses dents.

Jusqu'à présent, jamais il ne l'avait nommée ma chérie. Jamais il ne lui avait proposé d'alcool. Avait-il réellement frappé la hanche de cette femme ? Désemparée, sans trop réfléchir, Bessie lui répondit par l'affirmative.

Le goutte à goutte de l'eau glacée sur le sucre laissait apparaître de belles traces laiteuses d'un blanc opalescent dans la boisson *Vert Périgord.* La nuque contractée et les joues empourprées, Bessie ressentait les faibles battements pulsatiles de ses pieds congestionnés. Une pensée après l'autre, elle tentait désespérément d'analyser la situation dans laquelle elle se trouvait. Son regard bouleversé naviguait des graffitis sur la table au verre d'absinthe puis, du verre d'absinthe aux graffitis, incapable de faire de mise au point. Elle se percevait flottant au-dessus de leur table, agitée, prisonnière de son corps, dans l'incapacité de maîtriser ses membres qui refusaient de porter le verre à sa bouche. Elle souhaitait s'envoler vers l'ange Gabriel dont le visage grossièrement représenté sur la surface inégale du plafond, l'appelait à la rejoindre d'un sourire carnassier... Soudainement, comme un imprévisible coup de tonnerre, la voix impérieuse de Marcel éclata dans sa poitrine.

— Et bien alors, tu bois pas ? C'est pourtant la meilleure de Paris !

— Je... oui... je, bredouilla-t-elle en saisissant son verre d'une main tremblante.

Elle s'étrangla. Le liquide lui brûla la gorge. Elle avait avalé la quasi-totalité du verre.

— Et bien... ma chérie, j'en commande deux autres... Suzanne ! Deux autres ! gloussa-t-il en hurlant pour se faire entendre jusqu'au rez-de-chaussée.

Il désigna son verre à la femme qui apparut dans l'escalier, acquiesça d'un signe de tête et redescendit très vite. Elle remonta quelques minutes plus tard avec deux nouveaux verres remplis du liquide vert accompagnés de deux sucres sur un plateau argenté.

— C'est la meilleure de Paris, hein ma p'tite dame ? lui confirma-t-elle tout en tournant son regard vers Marcel.

Alors que la femme s'abaissait pour déposer le plateau sur la table, il se pencha sur sa nuque pour en saisir l'odeur.

— T'éloigne pas trop ma belle, tu devras revenir pour le ravitaillement !

Marcel impatient n'avait pas suivi le protocole, il avait versé directement l'eau dans son verre et avait avalé le mélange sans sucre et d'une traite avant de le poser brutalement sur le marbre. Il s'empara ensuite des deux mains de Bessie, son regard transperçant le sien.

— Passons maintenant aux choses sérieuses ma chérie, voilà c'que je veux te demander...

Bessie, la gorge brûlante, écoutait, égarée dans le tohu-bohu de ses pensées.

POUSSIÈRE DE PAPILLON
Dublin Sud – Printemps 2019

J'ai toujours été effrayée à l'idée de prendre l'avion. Malgré mes craintes, j'ai pu constater l'efficacité du décontractant que Marion m'avait conseillé. Je n'ai pas souvenance de malaise ou panique, ma mémoire n'a retenu que le sourire des hôtesses et le vert bouteille de leur uniforme.

Par peur de l'impair, j'ai organisé mon déplacement dans les moindres détails. J'ai analysé chaque voie sans issue, chaque coin de rue, cherché des points de repère, comme des cailloux semés par un petit poucet réfléchi.

Ma mère a toujours insisté pour que j'étudie la langue anglaise dès ma plus tendre enfance, « pour ne pas perdre le lien avec tes origines irlandaises », se justifiait-elle quand elle accueillait à la maison ces jeunes étudiantes aux collants chamarrés et aux drôles d'accents. Je dois reconnaître que je peux la remercier. Mon niveau est correct. Aujourd'hui, je peux me faire comprendre sans avoir à déployer d'efforts surhumains.

J'entame avec appréhension ma seconde journée à Dublin. Je ne souhaitais pas me rendre à l'appartement de mon père dès mon arrivée. J'ai conjecturé qu'une visite des monuments touristiques du quartier médiéval dissiperait mon angoisse. Un garde-fou contre l'inconnu qui attendait d'être révélé derrière des murs jusqu'à présent inviolés.

J'ai débuté ma déambulation par la visite de la cathédrale aux pierres gris bleuté de *Christ Church*, son élégant pont couvert et sa crypte voûtée. Dans le caveau sombre de ses entrailles, Tom traque Jerry pour l'éternité. Un jour de passé lointain, un chat sans grande jugeote chassait une souris qui avait trouvé refuge derrière le grand orgue de l'édifice. Il s'était retrouvé acculé, sans possibilité de retour. Tous deux, prédateur et prédaté, ont été découverts momifiés lors de travaux de rénovations au 19ème siècle.

Après les découvertes de *Christ Church*, j'ai poursuivi mon échappée en direction de la statue la plus célèbre de la ville, à quelques rues de la cathédrale. Je voulais étudier la poitrine plantureuse de la belle poissonnière *Molly Malone*, héroïne au destin tragique à laquelle une chanson devenue l'hymne officiel de la ville a donné vie. Le sculpteur a justifié la poitrine offerte de son œuvre au motif vaseux qu'au 17ème siècle, les femmes allaitaient en public et que, par conséquent, leurs seins restaient visibles de tous. Je peux dire, sans trop m'avancer, qu'à la vue de cette partie de son anatomie, si bien polie par de nombreuses mains avides, le message est parfaitement passé !

Pour finir, je ne pouvais pas manquer la visite de la bibliothèque de *Trinity Collège*. Ce gigantesque ensemble symétrique, composé d'une succession de fines étagères en bois remplies d'ouvrages, s'étire sur deux niveaux sous la forme de colonnades et se prolonge pour former une vaste voûte boisée. Le mélange des essences de bois sombres et précieux apporte à ce lieu toute sa noblesse et sa chaleur rassurante. J'ai été transportée dans le passé en parcourant cette grande galerie fleurant bon le vieux cuir et le papier poussiéreux. Elle réussit à me faire oublier la présence fantomatique de mon père qui patientait dans son appartement à quelques rues d'ici.

En parfaite touriste, j'ai terminé ma journée par un dîner dans un pub traditionnel. Mon choix s'est porté sur un établissement à la devanture de céramiques anciennes jaunes et vertes et aux arcades de bois sombres. L'intérieur simple, avec ces grandes banquettes sur les côtés et ses poutres au plafond, s'est avéré décevant. Le *Coddle* – sorte de potée irlandaise avec saucisses, bacon, oignons et pommes de terre – et le groupe folk m'ont réconciliée, même si la douceur printanière était peu adaptée à ce plat d'hiver roboratif.

Je suis ensuite rentrée à l'hôtel en longeant le quai animé de la rivière *Liffey*. Ma gorge se nouait toujours un peu plus au rythme de mes pas. Je ne pouvais plus reculer.

L'appartement de mon père se situe dans un quartier proche du château de Dublin. Le bâtiment de trois étages est élégant, ses briques rouges et son pignon central recourbé sont parfaitement entretenus. J'hésite, immobile devant la porte d'entrée rouge. Le feuillage vert tendre des peupliers qui bordent la rue se balance sous la brise légère. Un faible courant d'air transporte des effluves de peinture encore fraîche. Les clés s'enfoncent dans la paume de ma main alors que je serre le poing sans m'en apercevoir.

La porte se ferme derrière moi en claquant. Je sursaute… Il est trop tard pour faire demi-tour. C'est ici, au premier étage. La main tremblante, je prends une grande inspiration et tourne la clé dans la serrure.

L'intérieur est plongé dans la pénombre. Seuls les rayons de soleil qui s'infiltrent entre les stores vénitiens me dévoilent certains détails de son contenu : la faïence d'une assiette, le clignotement électronique du four à micro-onde, la trame usée d'un vieux fauteuil. Je pénètre à pas feutrés… j'ai peur de déranger. Des particules de poussières dansent dans l'air comme de la poussière de papillon. C'est un souvenir. Si j'arrive à rassembler suffisamment de poussière de papillon alors je pourrai m'envoler. Pour y parvenir il suffit de collecter, avec grande patience, la poudre que l'on trouve sur leurs ailes, de s'en enduire le corps et puis hop ! on s'élance. Mon père m'avait révélé ce secret, j'étais impressionnée mais je n'ai malheureusement jamais pu prendre mon envol.

L'appartement n'est pas spacieux : une petite entrée qui intègre un coin cuisine, un salon et dans son prolongement, la chambre et la salle de bain. Tout est en ordre, rien n'a été déplacé. Il règne une légère odeur médicamenteuse dans l'atmosphère. Je relève lentement les stores de chaque pièce. La vaisselle sèche près de l'évier. Le salon est envahi de livres et de bibelots. Des plantes agonisent, abandonnées, regroupées sous la fenêtre. J'imagine mon père, dans son fauteuil, là où se trouve la marque profonde. Je me sens prise de vertiges avec l'impression de profaner son intimité. Tout cela ne m'appartient pas. Je m'assois quelques secondes, en m'excusant. Je revois ses mains calleuses transportant avec prudence de délicates petites fleurs violettes comme des trésors. « Tu peux les goûter », me disait-il en me les tendant. Je me souviens qu'elles fondaient dans ma bouche en diffusant leur douce saveur miellée. Je me rends dans la chambre. Mon père était un vieil homme, il ne devait plus la quitter depuis longtemps. Des bouteilles d'oxygène et un empilement de boîtes de pilules attendent près du lit médicalisé aux barrières relevées. L'odeur douce et écœurante d'un parfum d'hôpital me donne un haut le cœur.

Il est embarrassant de penser que tout cela m'appartient désormais. Rien dans la chambre ne présente d'intérêt, hormis l'appareillage médical et une petite étagère à côté du lit. J'examine l'intérieur mais ne trouve que quelques vêtements de rechange. Je m'égare, pensive. Avec ses étages remplis de livres et autres reliques, le salon semble être un terrain de découvertes idéal. Mes doigts courent sur la tranche des ouvrages dépassés qu'il collectionnait depuis des années : des romans policiers, des biographies, mais surtout des livres de botanique. Je feuillette quelques atlas de plantes rares, de vieux fascicules arrachés à des magazines de jardinage, des collections de planches antiques, puis mon attention s'arrête sur l'immense collection de livres consacrés à *Hildegarde de Bingen.*

Florence Nightingale. Son portrait sévère dans le salon de mon enfance me vient subitement à l'esprit. Petite fille, j'évitais le plus possible son regard empreint d'autorité menaçante. Je lui octroyais le pouvoir de juger mes mauvaises actions. Ma mère lui voue un culte depuis son adolescence. Elle lui a inspiré sa propre carrière d'infirmière. Dès qu'elle en avait la possibilité financière, elle partait seule en pèlerinage en Grande-Bretagne pour se recueillir sur les lieux qu'avait fréquentés son héroïne. C'est en visite au manoir de *Léa Hurst* – demeure familiale de la famille Nightingale – qu'elle fit la connaissance de mon père. La propriété était alors une maison de repos et lui, son charismatique jardinier en chef. Il avait cinquante ans, elle trente. Il lui avait alors transmis sa passion pour les plantes et leurs capacités à guérir. Il l'avait initiée à *Hildegarde de Bingen* et ses qualités de mystique et herboriste. Je dois mon existence à cette sainte femme. Mon héritage est une collection de manuscrits illuminés et de tisanes magiques. C'est amusant, moi qui n'ai confiance qu'en l'allopathie !

Un reflet attire mon regard vers un ensemble de cadres photos rassemblés sur un buffet près du fauteuil. Sur l'une d'elles, mon père pose heureux au centre d'un groupe d'hommes dont l'entente semble fraternelle. Aucun cliché n'est récent. Je ne peux qu'imaginer à quoi ce vieil homme pouvait bien ressembler, couché sur son lit, relié à ces machines. Mais un autre cliché éloigne instantanément cette pensée sinistre. J'ai environ six ans et pose fièrement à côté de Popeye. Nous formions une fine équipe. Je m'apaise. Mon père pensait à moi. Je dépose le cadre dans le fond du sac fourre-tout que j'ai apporté. J'examine les deux autres photographies sur le buffet. Sur l'une d'elles, une jeune femme aux cheveux frisés, très maigre dans sa robe coupée aux genoux, tient un petit garçon par les épaules. Debout devant un jardin, tous les deux sourient, complices devant l'objectif.

La rondeur du visage de l'enfant... Je ressors la photographie de mon sac. Nous avons les mêmes traits : le visage en forme de pomme, le petit nez légèrement retroussé et l'épi que j'ai toujours du mal à discipliner. Aucun doute, c'est mon père. Compte tenu du style de la robe de l'inconnue, je date la photo du début des années quarante. C'est peut-être sa mère ?

Encouragée par ces découvertes, je parcours le salon mais ne trouve pas de signe qui pourrait m'en apprendre plus. Je refais un rapide tour de l'appartement et c'est en m'apprêtant à le quitter que je remarque un placard inséré dans le mur du hall d'entrée. Il ne contient que du matériel d'entretien. À l'instant où je m'apprête à le refermer, mon regard est attiré par un éclat doré provenant du haut du placard plongé dans la pénombre. Ma petite taille m'empêche de l'atteindre. Je monte sur une chaise trouvée dans le salon. Plusieurs boîtes de tailles différentes sont parfaitement empilées sur le rayonnage. Je m'en empare tout en faisant bien attention à ne pas perdre l'équilibre. Rapidement, j'en ouvre deux. Je découvre à l'intérieur un mélange hétéroclite de vieux courriers et morceaux de journaux découpés. Je les ouvre toutes et dépose celles qui me semblent être les plus intéressantes dans mon sac. Je récupérerai les autres lors de mes prochaines visites.

Je presse le pas pour rentrer à l'hôtel, impatiente d'analyser ces découvertes inattendues. Dans le grand bâtiment de quatre étages sans charme, je suis chaleureusement accueillie par le jeune homme à la cravate jaune qui se tient derrière le comptoir du lobby.

— Bonjour madame Robinson, puis-je faire quelque chose pour vous ?

Je profite de sa bonne disposition pour lui demander – avec mon meilleur anglais – s'il ne connaîtrait pas des dépôts-vente qui pourraient prendre en charge le mobilier de l'appartement. Ravi de me rendre service, il note sur un morceau de papier les trois meilleures adresses de la ville. Je le remercie pour son aide puis me dirige vers l'ascenseur. À l'intérieur, sous la lumière peu valorisante, la glace me renvoie l'image d'une femme banale entre deux âges qui empoigne les lanières de son sac à dos. Je pense à Pierre. Il me conseillerait de prendre une bonne douche. Mes yeux sont cernés et mes cheveux mal coiffés. Je détourne le regard.

La chambre est spartiate : peu de tableaux aux murs, un carrelage froid et partout, la même couleur *Terre de Sienne.* Je m'installe sur le canapé en cuir marron – identique à celui du lobby – et sors mes trouvailles du fourre-tout. Je pose la photographie de mon duo avec Popeye sur la table basse... Je devrais peut-être adopter un chien ? Mais c'est l'autre cliché qui attise ma curiosité. Qui est cette femme ? Par endroits, le cadre a perdu sa patine dorée. Je le retourne mais ne trouve aucune information au dos. Je retire la photographie noire et blanc du cadre pour l'observer de plus près. Je distingue un mur de brique flou au second plan que je n'avais pas remarqué la première fois. Je la retourne, à l'arrière sont inscrits deux prénoms à la mine de graphite : *Amélia et Liam.* J'ai la confirmation que le petit garçon est bien mon père... mais qui est cette Amélia ?

Je dépose le contenu des boîtes sur le coussin du canapé resté vide. Des piles de lettres sont rassemblées et soigneusement nouées à l'aide de morceaux de ficelle.

Dans la dernière, je trouve aussi un livre à la couverture de cuir embossée sur laquelle est inscrit : *L'éternel m'exaucera quand je crierai vers lui – Psaume 4 :3.* Je l'ouvre et découvre que c'est un registre de naissance. Les plus anciens noms inscrits remontent au milieu du 18ème siècle et Liam est le dernier de la liste. Cette vieille antiquité à l'allure de livre de prière pourrait bien être ma généalogie.

Le temps passe, la nuit commence à tomber. Précipitamment, je range les courriers dans leurs boîtes respectives. Je m'efforce de me reconnecter au présent. Un rapide coup d'œil à mon téléphone portable m'indique que ma mère a tenté de me joindre trois fois et que Marion demande comment se déroule mon séjour. Aucune nouvelle de Pierre. J'envoie un rapide message à Marion en lui faisant part de mes découvertes puis appelle ma mère.

LES MURS DE SAINT-SULPICE

Paris – jeudi 3 Février 1910

Surtout ne pas se retourner, marcher et marcher encore... le plus loin possible. L'aube s'élevait à peine dans le quartier des Batignolles. Hormis quelques insomniaques qui promenaient leur chiens, les rues étaient vides. Le claquement précipité des talons de Bessie résonnait sur les pavés glissants de la rue de Clichy. *Surtout ne pas se retourner*, cette injonction elle ne cessait de se la répéter depuis qu'elle avait fui l'appartement sordide que partageait Marcel avec deux autres de ses *frères*. Elle la récitait comme une formule sacrée, pour se donner du courage et repousser les ressassements terrifiants qui, depuis deux jours, ne quittaient plus son esprit. Une force extérieure inconsciente la guidait loin d'une réalité qu'elle n'était pas en capacité d'admettre. Elle avait fait ce qu'il lui avait demandé. Tout avait été si rapide. Elle avait manqué de temps pour discerner quelles pouvaient être les conséquences de ses actes. Elle n'avait pas correctement décodé sa requête. *Oseille, Gonciers* quelle était la signification de ces mots ? À son urgente progression se juxtaposaient des perceptions, des images : les cris, le bruit sourd d'un corps qui chute, l'entrelacs de roses en stuc du plafond, l'angoisse d'être surprise, les mains souillées de Marcel. *Surtout... ne pas se retourner.*

Une série d'omnibus était parquée le long de la rue. Le cœur prêt à se rompre, elle s'engouffra rapidement dans l'un des engins qui venait de démarrer son moteur. Elle régla sa course puis s'installa auprès d'une petite fille qui pleurait sur les genoux de sa mère. Sur le banc qui leur faisait face, se trouvaient un homme légèrement plus âgé – sûrement son époux – ainsi qu'un adolescent. Tous deux, étaient perdus dans leurs pensées, silencieux.

— Chut ma Louise ! Sèche tes larmes, nous allons bientôt avoir une maison toute neuve où tu pourras te réchauffer et manger une bonne soupe chaude. Ce cauchemar sera bientôt terminé ! lui souffla sa mère en prenant ses mains dans les siennes après lui avoir essuyé le bout du nez avec un mouchoir.

Bessie qui, malgré elle, l'avait écoutée et ne voulait pas paraître indiscrète, lui demanda tout de même plus d'informations sur le lieu vers lequel ils se rendaient. La mère de famille, après une inspection méfiante, lui répondit de bonne grâce.

— On a perdu notre appartement, on était au premier étage à Charenton et l'eau a tout emporté, le bâtiment s'est effondré. Ma cousine nous a logés, mais c'est petit chez elle. Il est écrit sur le journal qu'ils accueillent des sinistrés au séminaire de Saint-Sulpice. C'est là-bas que nous allons. Si vous avez besoin d'aide, suivez-nous, il y aura bien une petite place pour vous.

— Oui, j'ai besoin aussi d'un abri. Merci beaucoup madame.

Elle trouverait sûrement une protection parmi les autres réfugiés. Pour la première fois, elle se retourna. Il ne l'avait pas suivi. La veille, il avait bu plus que de raison. Il dormait profondément quand elle s'était enfuie.

L'omnibus les avait transportés jusqu'aux halles. En descendant du véhicule, Bessie se figea, ses jambes semblables à deux colonnes de pierre. Elle se tenait à l'endroit où son destin avait basculé quatre jours auparavant. La famille avait amorcé sa marche, lorsque que la femme qui tenait sa fille par la main, remarqua qu'elle ne les suivait pas.

– Vous ne nous accompagnez pas mademoiselle ? Le dispensaire ne se trouve pas très loin après le pont.

Bessie les rejoignit et ils entamèrent leur voyage. Il était encore tôt, mais proche du Pont-Neuf, des badauds désireux d'acheter leur part d'histoire étaient déjà rassemblés autour de vendeurs de cartes postales. La fébrilité des futurs acquéreurs assurait le succès de ces petites entreprises.

Le niveau de la Seine baissait mais un tas de débris s'était accumulé, bloqué au niveau des pieds du pont. Sur des barges, des hommes s'échinaient à leur faire reprendre leur course. Massés au-dessus d'eux, des curieux admiratifs assistaient au spectacle.

La famille progressait lentement, la petite fille rechignait à marcher. Elle s'arrêtait souvent pour se plaindre, enfouissant son visage dans les jupes de sa mère. Bessie les accompagnait avec patience en se retournant de temps à autre s'attendant à être empoignée par Marcel à chaque instant. Il aurait peut-être eu l'idée de la chercher dans le quartier ? Elle se raisonna, il n'aurait pas pu se déplacer plus rapidement qu'elle. Dans les rues, l'eau avait laissé place à une boue gluante qui s'accrochait aux semelles de leurs souliers et manquait de les faire chuter à chaque pas. Paris avait des airs de ville assiégée. D'énormes pompes grinçantes vidaient les caves et les habitants qui tentaient de récupérer leurs biens encore en état, les regroupaient dans des charrettes. Les décombres entraînés par l'eau étaient rassemblés et empilés dans les coins afin de ne pas gêner la circulation. Provoqués par des ruptures de canalisations, l'air était chargé d'émanations d'égouts et de gaz. Ils durent réemprunter les passerelles car le niveau de l'eau était encore haut dans les passages les plus étroits.

Une foule dense s'était déjà rassemblée devant le porche

central de l'ancien dispensaire à la façade austère. La peine et l'épuisement se lisaient sur les visages des sinistrés qui patientaient, résignés. Bessie avait perdu de vue la famille avec laquelle elle avait fait le voyage. Ils avaient préféré se rapprocher de l'entrée. Pieds et mains gelés, exténuée, elle n'avait pas trouvé le sommeil depuis deux jours. Le poids du bagage qu'elle avait rassemblé avant de fuir Marcel se faisait de plus en plus lourd. Dans sa location insalubre, elle l'avait surpris à dissimuler une liasse de billets à l'arrière d'une armoire. Chez les Burot Des Roziers, elle avait dû tout abandonner. Par instinct de survie, elle lui avait dérobé l'argent et une part du larcin.

La lourde porte de bois venait de s'ouvrir. La foule s'anima légèrement. En file indienne, les sans-logis passèrent la zone de secours sous les sourires charitables de deux bienfaitrices. Quelques femmes élevèrent leurs enfants dans leurs bras en criant. Bessie osa faire de même et souleva sa charge. Gentiment, des hommes leur cédèrent leur tour. Les hôtesses leur indiquèrent un bureau d'enregistrement situé au niveau de la troisième arcade du cloître. Arrivé son tour, Bessie resta silencieuse devant la jeune femme à la coiffe élégamment plissée qui la dévisageait assise derrière une petite table. Elle tenait dans ses mains un registre.

— Bonjour mademoiselle, pouvez-vous, s'il vous plaît m'indiquer votre nom et prénom ?

Bessie hésita quelques instants. Ses mains agrippèrent le bord de la table puis elle lui répondit dans un souffle.

— Robinson Bessie.

— Vous êtes étrangère ? Avez-vous votre carte de résident s'il vous plaît ?

— Euh... non madame, elle a disparu dans l'inondation.

La jeune bénévole se leva pour l'examiner une seconde, puis, de retour derrière son poste, griffonna un mot sur une petite carte brune qu'elle lui tendit.

— Tenez, dirigez-vous vers la salle qui se trouve juste à droite au bout de l'allée. Présentez-là, on vous trouvera une paire de souliers propres, les vôtres sont amidonnés de boue, vous devez être frigorifiée. Ensuite revenez me voir et je vous indiquerai comment trouver un lit.

Après avoir récupéré le bon, elle traversa le passage dallé blanc et noir du cloître. Par l'entrebâillement d'une porte, elle distingua des femmes qui discutaient en cousant regroupées autour de tables. Puis elle s'arrêta devant la porte qu'on lui avait indiquée. Elle était fermée. C'était pourtant bien ici. Elle tourna la poignée puis, étonnée, pénétra dans une minuscule chapelle. Elle se signa. À l'intérieur, telle de minuscules abeilles ouvrières, des femmes s'activaient en tous sens. Deux petites filles et un petit garçon, assis sur les marches menant à l'autel et enveloppés dans de grandes capes, attendaient que l'une de ces dames prenne soin d'eux. Sur quatre rangées de bancs, de nombreuses paires de souliers étaient parfaitement alignées. Sur la gauche se trouvaient trois monticules de paires en mauvais état. L'ayant entendu entrer, une dame entre deux âges s'approcha d'elle, des bottines d'enfant à la main.

— Bonjour mademoiselle, fermez bien la porte derrière vous et veuillez trouver un endroit pour vous asseoir et déboutonner vos souliers, je vous prête mon crochet. En attendant, je dois m'occuper du petit puis ensuite j'irai vous trouver une jolie paire à lacets.

La dame récupéra le bon, s'éloigna, s'assit auprès de l'un des petits garçons et déposa sa jambe gauche sur ses genoux pour le déchausser.

Bessie qui libérait, laborieusement, une à une, les boutonnières de ses bottillons fut stupéfaite de constater que la dame était déjà de retour auprès d'elle.

— Ne soyez pas surprise, depuis trois jours que je suis ici, j'ai pris l'habitude de lacer et délacer, je gagne en efficacité chaque jour. Quelle est votre pointure ?

— Trente-huit, je crois.

— Très bien, je reviens tout de suite.

Elle revint avec une paire à lacets bien cirée. Au lieu de la remettre à Bessie, elle se mit à genoux et lui prit le crochet des mains. Alors qu'elle se penchait sur elle, les larges plumes de son chapeau lui chatouillèrent légèrement le nez.

— Oh excusez-moi ! Vous n'avez sûrement pas envie de manger mes plumes !

Avec une dextérité impressionnante, elle retira rapidement les boutons restants. En moins de deux minutes, les beaux souliers vernis avaient remplacé les amochés.

— Voilà, mademoiselle. Je peux aussi vous trouver une cape si vous le souhaitez. Vous risquez de vous transformer en statue de glace ici, ce grand bâtiment est réfrigérant.

— Merci beaucoup madame, vous êtes bonne.

Bessie prit possession de la cape généreusement offerte et la dame retourna prodiguer ses soins à d'autres âmes égarées.

Une autre bénévole avait pris le relais et la conduisit dans le dédale labyrinthique de Saint- Sulpice.

— Nous allons d'abord nous arrêter à la nurserie… Vous avez de la chance mademoiselle, vous allez pouvoir avoir un lit, il en reste peu. Nous sommes obligés de fabriquer des matelas pour tous ces pauvres gens.

Bessie sortait de la nurserie accompagnée de sa guide, quand une femme paniquée s'accrocha à son bras. Les yeux exorbités de fatigue, elle cherchait son enfant. Elle l'avait laissé en nourrice et n'avait pas de nouvelle depuis huit jours. La bénévole lui répondit par la négative.

— C'est bien triste, j'espère que son petit est en sécurité. Nous y voilà, c'est ici, lui dit-elle en ouvrant la porte blanche devant laquelle elles venaient de s'arrêter un peu plus loin.

Six lits aux barres de fer se faisaient face dans le petit dortoir. Trois d'un côté, trois de l'autre. L'endroit était immaculé et la teinte gris colombe des murs réconfortante. Bessie prit possession du lit du fond, près de la fenêtre. Alors que la jeune bénévole s'apprêtait à la quitter, elle l'interpella.

— Mademoiselle s'il vous plaît ?

— Oui ? répondit-elle en resserrant le brassard brodé d'une croix rouge qui glissait le long de son bras gauche.

— Je peux aider avec les matelas si besoin.

— Oh, c'est gentil à vous ! Suivez-moi alors, nous allons voir s'ils ont besoin d'aide tout de suite. Vous pouvez laisser vos affaires ici. Je vous laisse cinq minutes et je reviens.

Bessie s'installa et déposa discrètement l'argent qu'elle avait dérobé à Marcel sous le matelas.

Ensemble, elles redescendirent les escaliers, reprirent le passage sous les arcades mais juste avant d'arriver à l'accueil, bifurquèrent sur la droite pour s'arrêter devant une grande galerie. Avant d'entrer, elles laissèrent sortir cinq hommes qui portaient de gros matelas sur leur dos. À l'intérieur, à genoux sur le sol, des femmes emplissaient de crins de longs fourreaux de toile blanche. Alors qu'elles étaient toutes concentrées sur leur tâche, la voix de la jeune bénévole résonna contre les hauts murs de la salle.

— Bonjours messieurs dames, avez-vous besoin d'aide ? J'ai ici une jeune femme prête à vous aider.

Surprise mais soulagée, une dame corpulente se releva difficilement puis récupéra son manteau et son chapeau déposés sur une chaise.

— Oui, ce n'est pas de refus, c'est éreintant.

Durant près de quatre heures, les genoux douloureux et les mains enflammées, Bessie préleva des poignées de crin pour les bourrer dans de grands sacs de toile. Cette activité rébarbative n'apaisait pas son esprit. Elle regrettait d'avoir proposé son aide. Sans surveillance, l'argent pouvait être dérobé et tous ses espoirs de fuite seraient réduits à néant. Et si Marcel la retrouvait ? Sur le sol glacé, elle fut subitement prise de grosses douleurs abdominales.

Dans le lit près de la fenêtre, elle était restée alitée durant toute la fin d'après-midi. Hantée par Marcel et sa bande, engluée dans un état comateux, elle n'aperçut pas la lumière qui venait de s'allumer dans le couloir mais sentit une légère pression s'exercer sur son bras. Une voix féminine, s'adressait à elle, lointaine.

— Mademoiselle… Mademoiselle, vous allez mieux ? souffla à son oreille la voix inconnue.

Elle portait le même brassard brodé d'une croix et une coiffe identique à la dame de l'accueil. Bessie se redressa dans son lit, engourdie.

— Est-ce que vous pensez pouvoir manger un peu ? Le dîner sera servi dans un quart d'heure au réfectoire.

— Oui… Je me sens mieux.

— Je vous laisse le temps de vous rafraîchir et je vous accompagne.

— Merci madame.

Dans la salle de bain commune, Bessie passa de l'eau sur son visage et arrangea son chignon volumineux. Sur le chemin du retour au dortoir, elle s'arrêta quelques instants devant la porte entrouverte de la nurserie. Assise sur une chaise, une infirmière veillait une rangée parfaite de couffins d'osier posés sur des tréteaux. Elle retint son souffle et porta son regard sur le bébé qui dormait paisiblement dans celui de droite… Quand les événements seront apaisés et que Marcel ne sera plus une menace, elle récupérera sa petite. Plus jamais séparées, elles commenceront une nouvelle vie.

Sous l'éclat des lampes, l'immense réfectoire aux grandes baies cintrées accueillait de longues rangées de tables et des files de bancs sur lesquels des familles entières et des gens seuls étaient déjà installés. De nombreuses dames, désormais identifiables comme *les dames de la Croix Rouge* s'affairaient autour des tables. Elles versaient du vin rouge dans les verres ou distribuaient des tranches de pain doré que d'autres venaient de découper. Près du poêle, un groupe d'hommes dévorait, debout, pour ne pas perdre une seconde, ce qui lui était offert puis repartit très vite.

Bessie reconnut dans l'assistance la petite fille blonde qui avait fait le voyage avec sa famille jusqu'au dispensaire. Heureuse de retrouver des visages familiers, elle se précipita en direction de leur table pour s'installer auprès d'eux. Ils l'accueillirent à bras ouverts et purent enfin partager un moment de plaisir. À chaque cuillerée, la chaleur de la soupe de légumes qui glissait dans les gosiers restés trop longtemps noués, les soulageait. La petite Louise souriait à chaque lampée, engloutissant le contenu de son assiette. Sa mère écartait avec douceur les mèches de ses cheveux dénoués qui tombaient dans le potage. Les festivités continuèrent avec un plat de haricots blancs accompagné d'un gros morceau de saucisse charnue. Le matin même, Bessie avait aperçu le charcutier, les bras chargés de victuailles, déposer son don à la porte de l'hospice.

Le fort côté tannique du vin et le soulagement rendu palpable par les rires et les clameurs du groupe donnèrent au réfectoire de Saint-Sulpice des airs de fête de village.

Une journée venait de passer et il ne l'avait pas retrouvée. Couchée en chien de fusil dans les draps frais et amidonnés, sa tête tournoyait légèrement. Paris était grand. Si elle restait confinée ici, camouflée parmi le grand nombre de sinistrés, elle pourrait prendre son temps pour réfléchir à l'après. Mais elle savait déjà qu'elle ne pourrait quitter Paris sans sa petite. Ses larmes coulèrent sur l'oreiller. Serait-elle obligée de retourner en Irlande ?

DERNIERS CARTONS
Paris – Printemps 2019

Depuis mon retour de Dublin, je songe sans cesse à la photographie de mon père en compagnie d'Amélia. J'ai pensé qu'elle devait être ma grand-mère. Le carnet à la couverture de cuir m'a révélé sa vérité : c'était ma tante.

Cette nuit, j'ai rêvé d'elle. Je me débats et tends les bras. L'eau est bourbeuse et agitée. Une main agrippe vigoureusement la mienne pour me retenir de glisser et perdre connaissance. Déposée sur la terre ferme, derrière mon masque de boue, je distingue un visage rassurant, le sien.

Confinée dans l'aquarium, j'ai répondu au téléphone toute la matinée. Même après une demi-heure, ces appels de détresse m'accompagnent encore : *mon compagnon est-il pervers ? Je ne supporte plus les coups ! Aidez-moi, je crois que je suis enceinte ! Je vais fuir, pouvez-vous m'indiquer un endroit où passer la nuit ?*

Elles sont de plus en plus nombreuses à contacter le planning. La parole se libère, c'est une bonne chose. Je me pose sempiternellement les mêmes questions : *me suis-je bien faite comprendre ? N'ai-je pas été trop rude ? La situation s'améliorera-t-elle un jour ?* Parfois je désespère, mais je cours, toujours avec cette impression de manquer de temps.

J'ai quitté le travail un peu avant midi, je veux discuter avec ma mère. Je désire lui poser des questions sur l'enfance de mon père. Savoir si elle a déjà entendu parler d'Amélia.

La petite herboristerie dans laquelle elle a mis toutes ses économies est entourée d'un salon de coiffure et d'une épicerie. Son étroite devanture bleu ciel invite à prendre soin de soi. Elle vient de refaire ses vitrines. Un meuble à tiroirs sur lequel sont posés une affiche rétro de plantes médicinales et des pierres de sel, animent celle de droite. Des publicités vantent les bienfaits de l'argent colloïdale et de la spiruline dans celle de gauche. J'ouvre la porte et bondis, elle n'a pas encore réglé cette satanée sonnette !

À l'intérieur, j'ai l'impression d'étouffer : partout, des rayonnages en bois remplis de flacons opaques en verre fumé, de boîtes de gélules et de sachets de papier kraft. Installée sur les hauteurs, une impressionnante collection de vieux pots à pharmacie toise la clientèle. Je ne vois nulle part ma mère dans la boutique. Je tente de l'appeler... Soudain, sa chevelure grise apparaît derrière un imposant pot de verre. Sur son étiquette cuivrée est inscrit un nom énigmatique : *Magnésia*.

– Ah ! c'est toi Emilie ! Bonjour !

Elle se relève pour me saluer, le visage congestionné par l'effort. Elle dépose ensuite trois paniers en osier vides sur le comptoir. Son vernis à ongle est assorti à la devanture.

– Je vais bientôt fermer. Tu veux manger un morceau avec moi ?

Mon ventre crie famine, mais je garde mon objectif en tête. Je suis venue pour lui poser des questions. Je n'ai pas de temps à perdre, je dois retourner au planning au plus vite, trop de travail.

– Non, c'est juste au sujet de mon père. Je voudrais que tu me parles de lui.

– Tu sais, je ne sais pas grand-chose, me répond-elle en versant un mélange de plantes dans l'un des paniers, faisant attention de ne pas en répandre sur le comptoir.

– Ce n'est pas grave, dis-moi tout ce que tu sais... sur sa

petite enfance surtout.

— On parlait essentiellement botanique. Je sais juste qu'il habitait à Dublin, que sa famille était pauvre et qu'elle vivait dans un taudis, une seule pièce. Il m'avait dit aussi que sa passion pour les plantes avait pour origine un jardin potager qu'il aidait à entretenir dans l'arrière-cour de son immeuble.

— Il ne t'a jamais parlé de sa sœur Amélia ?

Je lui pose la question en sortant la photo de mon sac. Elle secoue la tête de droite à gauche – ses énormes créoles suivent le mouvement – puis dépose son sachet d'herbes à côté du panier, pour examiner la photographie de plus près.

— Je n'avais jamais vu ton père enfant ! Qu'il te ressemble !

— En fait, c'est moi qui lui ressemble maman.

Elle lève la tête vers moi en souriant puis, attendrie, me répond :

— Oui bien sûr, pardon, tu as raison Emilie. Je sais que tu es très attentive à l'ordre des choses. TU lui ressembles.

Je souris, quelque peu contrariée par sa remarque. Le mélange qu'elle a déposé dans le panier dégage une forte odeur, entre urine de chat et jus de chaussette. Elle veut vraiment faire fuir sa clientèle ! Je recule de trois pas.

— Oh ! Je pensais que tu en savais plus.

Déçue, je lui réponds en plissant le nez. L'odeur est abominable.

— Je vois que tu n'apprécies pas la valériane. Ne t'inquiète pas, je sais où tu veux en venir avec ton nez qui remue comme celui de Samantha la sorcière. Cette plante ne restera pas longtemps sur la banque.

— Tant mieux maman... Tu sais, quand je suis allée à Dublin, j'ai trouvé un carnet chez lui... une sorte de recueil de naissances. J'ai aussi découvert des lettres, mais je n'ai pas encore eu le temps de m'y intéresser.

— Ah oui ? raconte-moi ça, je veux tout savoir.

Je lui explique qu'il appartenait aux Mc Nulty, la famille du côté maternel. Le prénom et la date de naissance de mon père sont les dernières entrées du carnet. Katie – sa mère – avait déjà quarante-quatre ans lorsqu'il est né. Elle n'en avait que seize lorsqu'elle a accouché de sa fille aînée, Amélia. Elle a eu un autre fils, Declan, né en 1922. Trois autres de ses enfants sont morts en bas âge. Ils n'ont pas dépassé les trois ans, une fille et deux garçons.

Elle m'écoute avec attention puis saisit le panier malodorant en s'étonnant, la bouche légèrement entre-ouverte :

— Ce qui veut dire que sa mère avait environ quinze ans lorsqu'elle s'est mariée. C'est très jeune ! La sœur aînée de ton père aurait pu être sa mère ! Elle était bien mariée... sa mère, je veux dire ?

— Oui, son mari s'appelait Angus. Se marier si jeune, c'était rare, même pour l'époque. Je ressens une certaine complicité entre Amélia et mon père sur la photo. Elle a été comme une mère pour lui... Mais là je me trompe peut-être.

Devenue subitement silencieuse, ma mère fait glisser le panier sur sa droite puis part se cacher, une fois de plus, derrière le comptoir. Elle réapparaît quelques secondes plus tard avec un deuxième sachet de plantes dans la main. Elle l'ouvre et verse son contenu dans le second panier.

— Changeons de sujet. Où en es-tu avec Pierre ? Tu as des nouvelles ?

Je n'ai pas envie qu'il s'immisce dans notre conversation. Nous parlons de moi, de ma famille. Je me défile en demandant des informations sur la plante qu'elle verse.

Le son perçant de la sonnette nous surprend toutes les deux. Une cliente entre, visiblement enchantée de venir faire un tour chez madame Thomas l'herboriste. Son apparition est bienvenue. J'en profite pour me dérober et quitte ma mère après avoir déposé un fragile baiser sur sa joue.

J'attends Pierre. Il m'a laissé un message ce matin pour me demander s'il pouvait venir récupérer ses trois derniers cartons. Je ne les ai pas touchés, ils attendent son retour dans le hall d'entrée. J'ai fantasmé, rejoué différents scénarios de cette scène tant de fois : moi la méchante, lui le méchant, nous, retombant dans les bras l'un de l'autre.

Sur le canapé, je fixe l'horloge. Les aiguilles semblent se déplacer au ralenti. Je reprends le carnet que j'avais laissé hier sur la table basse après avoir contemplé, une fois de plus, les harmonieux pleins et déliés des écritures ancestrales. Je caresse la couverture en cuir vieilli. Il devait être précieux pour la famille. Désormais, il le sera pour moi. Trois coups secs sont frappés à la porte. Il a pour habitude de ne pas sonner, il frappe. Je me lève précipitamment et donne un coup d'œil rapide au miroir pour arranger ma coiffure. Pourquoi fais-je cette bêtise ? De toute manière, il se moque de mes cheveux... de moi. Je prends une posture détachée et ouvre la porte. J'oublie de respirer. Il me toise de sa haute taille. Un ange passe entre nous. Il porte toujours sa vieille veste en daim et sa paire de lunettes à monture métallique démodée. Il ne me salue pas.

— Comment vas-tu ?

J'ai envie de lui hurler : *après ce que tu m'as fait, comment je vais !* mais réussis seulement à répondre un banal *bien.*

— Je ne reste pas longtemps. Je récupère les cartons et euh... je suis venu aussi pour te dire que je souhaite que nous vendions l'appartement.

Aux oubliettes la réconciliation, bonjour l'idiote romantique qui pensait que tout est possible si on y croit fort. Je m'efface pour lui permettre de passer le pas de la porte de chez nous... non, de chez moi. Pour peu de temps encore apparemment.

— Rentre, on va en discuter cinq minutes.

Il accepte, mais une fois assis sur le canapé, se trémousse comme un ver au bout d'une canne à pêche. Je lui demande pourquoi il désire vendre si vite. Sa mâchoire est contractée. Je n'avais jamais remarqué à quel point elle était carrée. Il commence aussi à perdre ses cheveux, ils se clairsèment sur le sommet. Sa bouche grimace, il parle vaguement d'agence et d'annonce. Je n'écoute pas vraiment. En ai-je besoin ? Mon père, Amélia et Popeye traversent furtivement mon esprit vagabond.

Si Pierre me le demandait, je déposerais mes genoux à terre pour qu'il me revienne. Je le supplierais.

Marion traverse à son tour mon esprit. Sa voix me ramène à la raison. Je me redresse, revenue sur la planète terre.

— Bon, très bien, comme tu veux, mais alors tu t'occupes de contacter les agences.

Sans confirmation, il se lève droit comme un i, et se dirige vers le hall. Je le suis – un bon petit chien apprivoisé. Il a déjà empoigné un carton. Je me jette sur la porte pour l'ouvrir. Il sort, dépose les trois cartons bruyamment sur le palier, puis se tourne une dernière fois vers moi.

— Très bien, je te tiens au courant pour les agences.

Je m'approche de lui pour l'embrasser, un réflexe. Il détourne le regard vers l'ascenseur.

— Au revoir Emilie.

— Au revoir... Pierre.

Il me tourne le dos. C'est un supplice, une torture médiévale qui écartèle. Je suis de nouveau envahie. Qu'ai-je fait ou dis pour mériter une telle épreuve ? Je suis la victime. Il m'a lâchée... non ?

Pour qu'il revienne, je pourrais courir et me jeter à ses pieds. Mais il est trop tard, la porte de l'ascenseur s'est déjà refermée.

NUMÉRO 12

Dublin Nord – 1915

De grands bâtiments massifs aux flancs plats s'alignaient de chaque côté de la large voie sans issue. Que nous dévoileraient leurs murs de briques s'ils pouvaient se confier ? Ils nous retraceraient sûrement leur naissance, deux siècles auparavant, puis comment, avec élégance, ils avaient représenté la vitrine de l'aristocratie dublinoise, devenant ainsi les parfaits représentants architecturaux de leur époque. Plus bas, avec moins de fierté, ils détailleraient la manière dont ils avaient subi, vague après vague, les affres du temps et le déclin. Ils préciseraient pourquoi les avocats avaient pris la place des aristocrates, puis avaient été ensuite remplacés par de pauvres bougres, des ouvriers. Pour finir, ils décriraient avec émotion la personnalité de chacun de leurs habitants et comment, de manière différente, leurs battements de cœur avaient fait vibrer leur centre.

Le vent de l'histoire avait forcé la roue à tourner dans le mauvais sens. Qui fallait-il blâmer ? Le mildiou ? Il avait réduit à néant les cultures de pommes de terre, privant la population paysanne de nourriture et de gagne-pain. Ceux qui n'étaient pas morts de faim avaient fui à l'étranger ou migré en direction des centres urbains. Mais la vérité était que pour nombre d'irlandais, les Britanniques étaient les seuls responsables.

Au travers des murs, au sein des vestiges de l'ancien faste de ces belles demeures, certains priaient, d'autres maudissaient en s'apprêtant au combat. Mais tous avaient en commun de tenter de survivre, espérant un avenir meilleur.

Derrière la porte aux colonnes doriques et à la peinture rouge écaillée du numéro 12, la riche balustrade rampée de l'escalier en acajou, gracieusement soutenue par un poteau au motif corinthien menant à l'ancien *Piano Nobile*, avait été miraculeusement épargnée. Des années auparavant, un notable dublinois avait acquis plusieurs bâtiments de la rue et les avait dépossédés de leurs encadrements de portes, leurs contours de cheminée et de tous éléments pouvant avoir valeur marchande aux enchères. Chaque demeure avait ensuite été divisée en appartements pour loger un maximum de familles. Au numéro 12, dix-neuf d'entre elles – une centaine d'âmes en tout – tentaient de subsister dans ce *trou puant de l'enfer.*

Une petite fille était étendue sur la dernière marche du grand escalier de pierre. Frêle et délicate, elle semblait disparaître entièrement à l'intérieur de sa blouse de coton tachée. Chaque jour à la même heure, sous le plafond richement décoré du grand hall, elle se couchait pour rêver. Le carré de feuilles d'acanthes et l'entrelacs de roses du plafond composaient sa forêt magique. Chaque fissure se transformait sous son imagination en animal drolatique qu'elle métamorphosait en confident.

Absorbée par une cassure sur l'une des roses, les yeux mis clos, elle n'avait pas entendu le bruissement de pas légers lentement s'approcher d'elle.

— Angèle ! lui chuchota à l'oreille la voix enfantine qu'elle connaissait si bien.

Arrachée à sa rêverie, elle sursauta, et tout en recouvrant ses esprits, elle aperçut, trop proche du sien, le visage familier qui lui tirait la langue. C'était celui de sa cousine, Millie. Alors qu'une mèche de ses cheveux lui chatouillait le menton, elle grimaça et lui tira la langue à son tour.

— Millie ! s'exclama-t-elle, spontanée, tout en lui tendant ses bras.

Hormis ses quelques complices invisibles, Millie était sa seule compagne de jeu.

Satisfaites de leurs facéties, les petites filles éclatèrent toutes les deux d'un rire sonore qui se propagea en un instant dans le grand hall.

— Vite ! Lève-toi maintenant, faut aller chercher tante Bessie au *Liberty Bell*, sinon maman deviendra encore toute colère ! lui ordonna gentiment sa cousine.

Elle lui empoigna énergiquement la main pour l'aider à se lever et toutes deux sortirent dans la rue en riant, faisant claquer la porte aux colonnes derrière elles.

Le *Liberty Bell* ne se trouvait qu'à quelques rues du numéro 12. Ce n'était pas un lieu recommandé pour deux petites filles. Il était malheureux qu'elles le connaissent si bien. Elles s'étaient accommodées de l'odeur forte et écœurante de la fumée qui s'échappait des cigarettes et des pipes sculptées que les adultes aimaient porter à leur bouche. Elles appréciaient surtout observer les gens heureux qui dansaient, lorsque de la musique était jouée au centre du comptoir. Elles ne restaient jamais bien longtemps. Elles venaient toujours pour chercher Bessie et la ramener à la maison.

Alors qu'elles passaient, main dans la main, le pas de la porte du pub, un homme à la moustache épaisse les salua derrière le grand bar circulaire.

— Bonjour les gamines ! Bessie est par là-bas.

Il leur désigna d'un signe de main – l'autre était occupée à servir un verre à un client –, la silhouette accoudée seule, de l'autre côté de la large banque.

— Merci, m'sieur ! lui répondit poliment Millie.

Toutes les deux se dirigèrent vers la jeune femme, qui, immobile, semblait noyée dans les dépôts d'écume du verre de bière qu'elle maintenait fermement à deux mains.

— M... M... Maman ! s'écria la petite Angèle en lâchant la main de Millie pour s'accrocher au vieux châle vert en laine élimé de sa mère.

Après avoir tiré dessus deux ou trois fois pour attirer son attention, elle réussit à la faire sortir de sa torpeur. La jeune femme tourna enfin son regard brouillé dans sa direction, puis s'adressa à elle, la bouche épaisse.

— Ah ! c'est toi !

Puis elle se tourna ensuite vers Millie.

— Vous êtes venues me chercher ?

— Oui tante Bessie, le dîner est presque prêt, faut rentrer ou maman va pas être contente !

Millie retint juste à temps le tabouret que Bessie faillit faire chuter en se levant. Après avoir attrapé la main d'Angèle, elle s'empara de celle de sa tante. Avant que la nuit ne tombe, toutes les trois rentrèrent, comme à leur habitude, en silence au numéro 12.

À leur arrivée, un groupe d'enfants s'amusait bruyamment dans le grand hall. Avec patience, elles contournèrent cette petite troupe agile et instable. Elles passèrent ensuite devant les portes des minuscules appartements qui avaient remplacé le luxueux salon et la salle à manger antiques. Pour finir, elles empruntèrent l'escalier secondaire en bois qui desservait les quatre étages à l'arrière du bâtiment. Elles vivaient au troisième. Elles le partageaient avec les Ryan, les O'connor, les Dunne, les Walsh, les Kelly et les Brennan. Le corridor était, lui aussi, encombré d'enfants. Derrière les portes closes, les mères s'époumonaient afin de faire rentrer leur progéniture pour dîner. Même si elle préférait s'amuser seule, Angèle aurait apprécié de partager leurs jeux ce soir.

Même porte fermée, elle pouvait entendre les cris. Comme sa mère et Millie, elle n'osa pas passer le seuil de l'appartement. Semblables à deux chats sauvages aux poils rebroussés, Katie Robinson – grande maigre efflanquée au nez acéré – et son mari Angus Robinson – petit rond au visage jovial – se menaçaient, chacun d'un côté de la table en bois aux pieds déséquilibrés.

— Comment on va vivre si tu pars ! On n'aura plus d'homme ici ! Qu'est-ce que j'peux faire avec Bessie ? Elle est bonne à rien, et deux gamines de huit et cinq ans peuvent rien ramener à la maison.

La mâchoire crispée, les yeux fulminants, Katie brandissait une grosse cuillère en bois en direction de son mari. Lui, reculait à chaque mouvement hostile de sa femme en furie.

— Il y a toujours John Burke si besoin, et les voisins aussi... De toute manière tu pourras pas m'empêcher de l'faire. C'est mon devoir comme celui de tout bon irlandais.

— C'est pas notre guerre Angus... je les hais ces voleurs !

— Peut-être, mais si les Allemands étaient pires ?

— Pire ? Pfff !

— Comment pfff ? Nous, c'qu'on veut, c'est être libre d'être irlandais. Les Belges et nous, on est pareil. On est petit, on sera bouffé. Si c'est pas par les Britanniques, ça sera par les Allemands... le résultat sera l'même. À choisir, tu préfères être britannique ou allemande ?

Ellc répondit à sa question par une autre question.

— Alors tu changeras pas d'avis ?

— J'irai m'inscrire demain. Une trêve avec l'ennemi vaut bien la liberté, non ?

Angèle préférait être ailleurs quand ils criaient comme ça. Elle était convaincue d'avoir mal fait, qu'elle était la source de la colère de sa tante. Pour ne plus entendre, elle enfouit son visage dans la jupe de sa mère.

À court d'argument contre le choix de son mari, Katie reporta tout le fiel que pouvait contenir sa maigre carcasse sur sa sœur Bessie.

— Tiens te voilà toi, t'étais encore au pub… Et les fleurs ? T'as encore abandonné Mary Ryan sur son stand pour aller boire des coups, j'parie.

Mal assurée sur ses jambes, Bessie se dirigea vers elle et jeta sur la table chancelante les quelques piécettes qu'elle avait gagnées, mettant ainsi un terme à la conversation.

— Tiens ! Le voilà ton argent ! Oui, je suis allée boire un coup, il y a que ça qui me soulage !

Dans l'unique pièce qu'ils louaient au 12, après quelques minutes d'un silence pesant, ils firent ce pourquoi ils s'étaient tous réunis ce soir : dîner. Comme chaque jour, ils avaient repoussé contre le mur, le matelas sur lequel le couple dormait. Chacun s'était installé à sa place : les petites et Bessie sur l'unique lit grinçant, et le couple, sur les deux chaises d'osier trouées. Puis invariablement, comme avant chaque repas, Katie s'était adressée au portrait du Christ accroché au-dessus de la minuscule cheminée. Elle s'était signée puis avait énoncé les premiers mots du bénédicité en latin.

Tous sauf Angèle avaient entamé la récitation sous la surveillance de Katie. Les mots se mélangeaient dans sa tête tout embrouillée. Elle savait qu'ils parlaient au Seigneur, mais puisqu'elle n'arrivait pas à réciter leurs mots tout haut, elle les prononçait dans sa tête. Elle faisait semblant, ses lèvres remuaient mais jamais aucun son ne sortait de sa bouche. Les prières la torturaient, elle était épouvantée à l'idée que le Seigneur et tante Katie puissent la surprendre.

Ce soir-là, les assiettes de Katie, Angus, Millie, Bessie et Angèle étaient presque vides. Seul un vieux morceau de lard coriace trempait dans le bouillon de légumes fanés. La nuit tombait très vite. Ils seraient bientôt tous au lit, le ventre encore suppliant.

ANICROCHE SUR LES PAVÉS

Dublin Nord – Fin 1916

La douleur traversait le visage d'Angèle à la vitesse de la foudre. L'aube naissait et les lattes du parquet de l'appartement du dessus craquaient. Elle devrait bientôt se préparer pour aller à l'école. Coincée entre sa mère et sa cousine dans le lit aux ressors grinçants, elle restait immobile. Des larmes brûlantes ruisselaient sur ses joues enflées. Une de ses dents de devant bougeait au contact de sa langue. Entièrement contractée, elle avait peur de mourir. Le Seigneur était en colère contre elle, elle avait dû lui déplaire.

Paniquée et manquant d'air, elle tenta de réveiller sa mère. Couchée seulement une heure auparavant, Bessie arpentait les rues depuis un mois, aux premières heures du jour, pour réveiller les ouvriers devant prendre leur poste à l'usine. Son gagne-pain était de frapper contre les fenêtres des immeubles, ni trop, ni trop peu, en s'aidant d'une grande canne de bambou. Elle contrôlait ensuite leur réveil avant de continuer sa tournée. Trop longue pour être stockée dans l'unique pièce de leur appartement, la grande tige – qui servait à atteindre les fenêtres les plus hautes – était entreposée dans le grand corridor du troisième. À travers le mur, Angèle entendait souvent les gens trébucher dessus et pester.

– M… M… Maman ! supplia-t-elle en lui secouant le bras, cette fois-ci avec plus de vigueur, mais sans succès.

Dérangée, sa mère grogna légèrement sans se réveiller.

Alors qu'elle commençait à se sentir prisonnière du lit,

Angèle entendit une chaise frottée contre le parquet. Elle vit l'ombre ronde de son oncle Angus recouvrir le mur et s'approcher d'elle.

Depuis qu'il était rentré, il l'effrayait. Elle ne le reconnaissait plus. La bataille d'Hulluch avait bien failli lui coûter la vie quelques mois auparavant. Le gaz moutarde n'avait pas eu sa peau, mais l'avait contraint à rejoindre le groupe de ceux sur qui les passants détournaient le regard, car trop hideux et dérangeant. Une grande partie de sa joue droite avait été brûlée. Il avait dû abandonner un grand nombre de ses compagnons d'armes de la 16ème dans le Pas-de-Calais. Il était rentré à Dublin après une hospitalisation de quatre mois, coupable à la fois de ne pas avoir tenu son engagement auprès des Britanniques et de ne pas avoir soutenu ses frères lors de la grande rébellion de Pâques, au mois d'avril. Depuis, il travaillait sur les docks, et quand l'embauche manquait, il arpentait les rues à la recherche de bois pour entretenir le feu de cheminée de leur appartement. Ce dernier ne devait jamais s'éteindre, au risque de voir sa famille mourir de froid. Désemparé, il passait ses heures d'insomnies devant les flammes, rongé par un mal mystérieux.

— Viens avec moi… Ca va pas ma p'tite ? demanda-t-il à Angèle, la voix basse, en l'attrapant sous les bras pour la sortir du lit.

Il l'assit auprès de lui sur l'une des deux chaises, tout près de la flambée.

— Alors, dis-moi ?

En chuchotant, elle tenta de lui répondre entre deux sanglots :

— M… M… Mourir… mal…

— Pourquoi tu devrais mourir ma p'tite ?

Elle ouvrit grand la bouche puis, à l'aide de l'un de ses doigts, fit basculer son incisive d'avant en arrière.

— Ah, c'est qu'ça. Mais non, tu vas pas mourir. C'est qu'tu deviens une grande maintenant. Ton petit museau change. Toutes tes dents vont tomber et vont être remplacées par tes dents de grande. C'est pas trop tôt, t'étais un peu en retard, tout de même.

— C'est c... c... comme Millie ? lui demanda-t-elle le regard baigné de larmes et les poings contractés sur les genoux.

— Oui, tout pareil. Allez, oust ! Maintenant qu'tu es levée, va chercher de l'eau fraîche en bas, que j'te fasse une compresse.

Angèle obéit. Rassurée, elle quitta l'appartement puis descendit prudemment les trois étages. L'anse d'un seau dans une main, elle s'aida de l'autre pour longer les murs irréguliers de l'ancienne demeure. Elle distinguait mal les marches plongées dans la pénombre mais se déplaçait avec l'aisance d'un animal nocturne. C'était une corvée qu'elle et sa cousine avaient l'habitude d'accomplir.

Le point d'eau se trouvait à l'extérieur dans la cour. Pour l'atteindre, elle devait encore descendre au sous-sol et passer discrètement devant quelques locataires qui dormaient à même le sol sur des tas de chiffons. Le point d'eau se trouvait à l'extrême gauche de la cour derrière les latrines communes. À droite se trouvait l'enclos aux porcs et tout à côté, la cabane dont elle ne connaissait pas l'utilité.

Sur la pointe des pieds, elle actionna la pompe à deux mains. L'eau claire se déversa bruyamment dans le seau. Elle ne le remplissait toujours qu'au trois quarts. Au-delà, il était trop lourd à remonter. Une fois terminé sa tâche, plus lentement et toujours prudemment, elle rejoignit le troisième. Quand elle déposa le seau aux pieds de son oncle, il avait perdu un quart de son contenu, dispersé plus bas dans les étages. Angus alla chercher un morceau de tissu sur une pile accumulée près de la porte et le trempa dans le seau d'eau glacée.

— C'est bien, t'es courageuse, la félicita-t-il en appliquant le chiffon sur ses joues brûlantes et gonflées.

L'eau fraîche ne la soulagea que temporairement. Elle ne se recoucha pas. Accompagnée de quelques compresses anesthésiantes, elle attendit que Millie se lève à son tour.

Elle était raide comme une branche de chêne. Millie, placée derrière elle, la ceinturait à l'aide de ses bras. Une ficelle fine liait sa dent tremblante à la porte fermée de la salle de classe. Connor Dunne, qui complétait le trio, serait celui qui ouvrirait la porte. Ils avaient attendu d'être sûrs que tous les élèves et le professeur soient en récréation pour ne pas être empêchés.

Angèle gémissait dans les bras de sa cousine. Du coin de l'œil, affolée, elle tentait vainement d'anticiper le prochain geste du jeune garçon aux oreilles décollées. D'habitude légèrement crâneur, mèche blonde coiffée sur le côté et foulard autour du cou, celui-ci semblait subitement peu sûr de lui. Sautillant d'un pied sur l'autre, la main sur la poignée, il semblait vouloir fuir au lieu d'agir.

— T'es sûre Millie qu'ça va marcher ?

— Oui, j'suis sûre, j'ai vu le père de Mary Walsh le faire. Elle a même pas eu mal !

Elle tenait toujours fermement Angèle qui se contorsionnait comme un poisson prisonnier d'une nasse.

— D'accord.

Il se retourna vers la porte et sans plus réfléchir, l'ouvrit d'un coup sec. Angèle fut libérée et Millie relâcha son étreinte. L'affaire était dans le sac, Angèle avait à peine ressenti la douleur.

Satisfaits, les trois enfants rejoignirent le petit groupe qui s'ébattait dans l'impasse pavée derrière la classe. Un petit garçon à l'air renfrogné, au pantalon trop large et trop court pour lui, les harangua en les voyant arriver bien après le groupe. Il ameuta ensuite deux élèves qui, sans se faire prier, coururent le rejoindre.

— Hey vous là ! Vous étiez où ?

Encadré de ses deux acolytes, il vint se poster devant eux comme un petit chef. Angèle, toute à sa hardiesse d'être désormais une grande, s'approcha de lui pour lui afficher son plus joli sourire édenté.

— Regardez la celle-là, elle fait la fière l'idiote ! Elle est moche ! déclara le gamin en prenant bien soin de s'assurer de l'approbation de ses deux complices.

— J... J... Je suis pas m... m... moche ! lui cracha Angèle en frappant les pavés du pied droit.

— Si... Si... Si t'es moche... et retardée en plus !

— Non, elle est pas retardée, elle est sûrement moins bête que toi l'idiot ! s'égosilla Millie à en perdre la voix.

— La retardée et la grande chèvre, vous faites une belle paire d'idiotes ! se moqua le garçon en contrôlant du coin de l'œil que ses deux comparses riaient eux aussi.

— Là c'est trop ! hurla Connor qui n'avait pas pris parti jusqu'ici.

Il assena un beau coup de poing au petit dur et fit voler sa casquette.

Alerté par l'attroupement et le raffut autour d'eux, le professeur accourut – les lunettes sur le bout du nez – puis s'interposa avec autorité.

— Qu'est ce qui se passe ici ?

— Il m'a frappé, lui répondit le petit dur qui retenait son nez de saigner en désignant Connor du doigt.

— C'est vrai Connor ?

— Oui, m'sieur, il a insulté Angèle et Millie.

— C'est vrai ? demanda-t-il en se tournant vers les filles.

Toutes deux, la grande élancée et la petite menue, lui répondirent d'un imperceptible signe de tête positif.

Main dans la main, inquiètes, elles attendirent leur ami à la fin de la classe. Elles savaient quel avait été son châtiment, elles l'avaient déjà subi par le passé. Il avait été rossé : quinze coups de bâtons. Le voyant arriver, la démarche mal assurée et le visage grimaçant, Angèle se précipita dans ses bras.

— C'est rien, ça fait pas mal. S'il recommence, je lui referai passer un sale quart d'heure à cet imbécile !

Cette fois-ci, ils ne gravirent pas les trois étages de l'immeuble en courant. Derrière la porte de son appartement, comme si le bâton n'avait pas suffi, Angèle entendit Connor se faire rosser par sa mère. Elle avait une boule dans le ventre, elle n'aurait pas dû faire la fière devant le garçon. Le Seigneur avait puni Connor à sa place.

Quand elle rentra avec Millie, Angèle trouva sa mère assise sur le bord du lit, presque encore endormie. Face à elle, sa tante Katie, en colère, la sermonnait en se frappant le côté des cuisses à intervalles réguliers.

— J'aurais jamais dû accepter que tu reviennes vivre ici avec nous. J'ai juste eu pitié de toi et de ta bâtarde de fille. Qu'est-ce qu'on va manger ce soir ? T'as encore bu la moitié de c'que tu gagnes et Angus a pas travaillé depuis une semaine. Plus personne veut d'lui avec sa gueule de travers !

— Calme toi, c'est pas bon pour le bébé ! tenta de la modérer Bessie en se frottant vigoureusement le visage pour reprendre petit à petit ses esprits.

— Madame connaît mieux les enfants qu'moi, c'est ça ! Elle fait sa duchesse parce qu'elle a travaillé en France chez des gens de la haute ! Mais la vérité, c'est qu'ta vraie place est à la laverie, comme toutes les filles comme toi qui font honte à notre Seigneur !

Millie s'interposa pour leur signifier leur retour de l'école et faire cesser les cris.

— Maman, on est là.

Katie et Bessie se retournèrent au même instant en direction des deux petites filles, embarrassées.

— Vous êtes là depuis longtemps ? les questionna Bessie, le regard inquiet soudainement posé sur Angèle.

— On vient de rentrer, lui répondit Millie, mal à l'aise.

Katie avait dû prier le Seigneur jour et nuit pour être entendue, car l'instant suivant, elles entendirent toquer contre la porte. C'était madame Dunne, elle venait leur offrir avec générosité un reste de *Coddle.*

— Oh ! merci madame Dunne, grâce vous soit rendue !

Et sans se retourner, elle ordonna :

— Les filles, allez tout de suite chercher de l'eau pour la vaisselle de tout à l'heure.

Elle retira le plat des mains de la voisine en la remerciant encore plusieurs fois, puis avec l'aide de Bessie, déblaya la petite table encombrée de vêtements à raccommoder.

Angèle, tout à ses réflexions, fixait l'eau qui jaillissait de la pompe avec puissance. Sa curiosité plus forte que tout, elle s'adressa à Millie qui s'évertuait à faire accélérer la cadence en faisant des gestes de plus en plus amples.

— Tu sais p... p... pourquoi elle est m... m... méchante tante Katie ?

Millie arrêta son geste et se retourna. Angèle la fixait les yeux écarquillés, suspendue à ses lèvres. Sa réponse revêtait une urgence vitale.

— Non, pas vraiment. Au début, elle était gentille, pis après les bébés sont morts.

Bouleversée, Angèle se jeta sur sa cousine, agrippa sa robe en tira dessus.

— Des bébés m... m... morts ?

Millie déposa le seau d'eau rempli aux trois quarts sur le sol et repoussa doucement sa cousine.

— Oui. C'est comme ça, tu sais ma p'tite Angèle. Des fois, le Seigneur les rappelle à lui les bébés.

Angèle réfléchit quelques secondes.

— Oh ! le bébé dans son v... v... ventre, il va pas m... m... mourir, hein dis ?

— Je sais pas Angèle... allez ! On remonte !

Elles attrapèrent l'anse du seau chacune avec une main, puis remontèrent précautionneusement à l'appartement.

Angèle avait peut-être compris la raison pour laquelle sa mère préférait rester au *Liberty Bell* plutôt que de s'occuper d'elle. Ses bébés étaient morts, comme ceux de sa tante Katie. Cette idée la rendit triste. Elle ne lui raconterait pas pour sa dent, ça lui ferait trop de peine.

LE CHAT

Dublin Nord – Début 1917

Elle aimait regarder travailler John Burke. Quand elle en avait fini avec ses corvées, Angèle descendait et prenait place silencieusement au pied de sa table de travail pour l'observer, concentré sur son ouvrage. Il était relieur et faisait figure de miraculé au numéro 12. Il avait survécu à l'effondrement de deux immeubles de *Church Street*, quatre ans auparavant. Des témoins avait décrit avoir entendu un bruit semblable à un rugissement de canon. En seulement quelques minutes, la rue avait été enveloppée d'un épais nuage de fumée. Les sauveteurs avaient formé une arche avec leurs corps afin de retenir les décombres pendant que d'autres avait retiré John Burke, attaché à une corde. L'opération avait pris plus d'une heure. Sept victimes avaient été déplorées. Il avait survécu mais avait perdu l'amour de sa vie, sa femme Eugénia. Après avoir sous-loué un lit au domicile des Robinson durant deux ans, il avait installé son atelier au sous-sol du bâtiment.

Proches de son matelas posé à même le sol, des pièces de cuir, des paires de ciseaux, des équerres, des fils à coudre, des papiers, de la colle et des tissus aux couleurs chatoyantes prenaient leurs aises sur la table de travail encombrée. Au fil du temps, il avait appris à Angèle à reconnaître les différents types de cuir : le basane aux pores visibles, lisse et fragile, la peau de chagrin aux petits grains et le maroquin aux gros grains. Tous l'intéressaient, mais celui qui avait sa préférence était le cuir de veau, sa texture satinée était si douce.

C'était une peau comme celle-ci, teinte d'un beau cramoisi profond, que John Burke avait choisi pour mettre en valeur l'édition d'*Alice aux pays des merveilles* qui allait bientôt faire le bonheur d'une petite fille privilégiée. Tout en travaillant sa couverture, il avait autorisé Angèle à parcourir ses illustrations tendres et pastelles. Elles étaient composées d'aquarelles subtiles dans lesquelles Alice était aussi blonde qu'Angèle était brune. Elle enviait le délicat ruban rouge qu'elle portait dans les cheveux ainsi que sa robe de dentelle nuageuse. Mais c'était le *chat du Cheshire* qui la fascinait le plus.

Elle avait demandé à John Burke si les chats pouvaient parler. Il lui avait répondu « seulement dans les livres ma petite ». Elle était persuadée qu'ils pouvaient le faire. Elle leur parlerait, ils finiraient bien par lui répondre.

Le petit félin lui plaisait tant qu'elle avait arraché la page du livre d'un coup sec. Elle avait eu un coup de foudre pour sa fourrure grise lumineuse, son sourire engageant et ses grand yeux jaunes rieurs. Il était si mignon, assis sur sa branche. Elle avait décrété qu'il n'appartiendrait qu'à elle. Elle avait profité de l'absence du vieil homme, sorti dans la cour, pour l'enfouir dans la poche de sa blouse à la vitesse de l'éclair. Il n'avait rien remarqué. Electrisée par son forfait, à la fois triomphante et coupable, elle avait écourté sa visite pour remonter très vite à l'appartement. Le chat serait son secret, même Millie n'en saurait rien.

En gravissant les premières marches de l'escalier, elle entendit les grands coups de brosses qui s'activaient à la même cadence et les voix féminines qui entonnaient toujours les mêmes ritournelles. Elles se plaignaient de leurs enfants, de leurs maris, et même de l'archevêque.

Tous les samedis, l'escalier du 12 avait droit à un grand nettoyage. Chaque marche devait être immaculée, avant d'être de nouveau souillée la semaine suivante.

Agenouillées, dix femmes encombraient l'accès menant au troisième étage. Certaines frottaient énergiquement alors que d'autres rinçaient à grandes eaux le bois des marches encrassées. Angèle tenta de se faufiler le plus discrètement possible. Elle aurait souhaité pouvoir devenir minuscule comme Alice.

Alors qu'elle allait atteindre le palier du second étage, elle vit jaillir de la masse de dos courbés, le nez pointu de sa tante. Sa voix mordante aux décibels élevés la fit tressaillir.

— Va réveiller ta mère, on a besoin d'aide ici ! Fais aussi attention où tu mets les pieds !

Angèle remonta les dernières marches immaculées aussi vite qu'elle le put. Derrière la porte, sous la couverture qui grattait parfois jusqu'au sang, sa mère dormait profondément. Elle la secoua encore et encore, mais sans effet, Bessie geignit mais resta endormie. *Mon Seigneur, faite que maman se réveille, s'il vous plaît*, supplia-t-elle intérieurement, debout devant le portrait du Christ, impassible à sa supplique.

— Angèle ! Angèle !

Les murs tremblèrent et la porte s'ouvrit avec violence. Katie, le visage écarlate, penchée en arrière, le ventre légèrement arrondi, tendait vers elle la page arrachée du livre en la secouant brutalement.

— Qu'est-ce que c'est qu'ça ? C'est toi ?

Angèle tata sa poche pour constater que son chat avait disparu. Elle se recroquevilla près de sa mère, qui malgré le chahut, resta comme morte.

— Viens là, on va voir John Burke ! lui ordonna-t-elle en lui attrapant l'oreille avec rudesse.

Elle faillit vomir. Après avoir jeté un dernier coup d'œil désespéré en direction du lit, elle ne put faire autrement que de la suivre. Arrivée au premier étage, elle trébucha dans les escaliers mais fut immédiatement remise sur pieds, toujours tirée par l'oreille.

Katie l'avait entraînée au sous-sol avec rudesse. Arrivée auprès du vieil homme qui peaufinait la courbure du dos du livre à grands coups de marteau, elle la poussa sans ménagement, lui demandant de s'excuser. Angèle s'exécuta, tremblante, butant sur les mots le regard fixé sur ses bottines aux semelles décousues.

La réaction de John Burke ne fut pas celle à laquelle la petite fille s'attendait. Un long silence embarrassant se substitua au grand coup de colère qu'il aurait dû légitiment manifester. Seul son long raclement de gorge mit fin au malaise. Terrorisée à l'idée d'être encore malmenée par Katie, Angèle, rouge de honte, le cœur battant à tout rompre, n'osa toujours pas affronter le regard du vieil homme. Entre deux battements de cœur, elle perçut le son de ses pas résonner sur les dalles de pierre et s'approcher d'elle. Sa main râpeuse lui souleva délicatement le menton.

— Angèle, regarde-moi… Ce n'est pas grave.

Katie, que l'embarras n'épargnait pas non plus, ramena la petite fille dans son périmètre puis s'empressa de proposer une réparation au relieur.

— Nous allons vous rembourser la perte du livre monsieur Burke, même s'il faut qu'on s'prive de manger pendant quelques jours.

— J'accepte votre offre madame Robinson… Mais ne punissez pas trop fort la petite, le livre lui faisait envie et elle n'est pas encore vraiment en âge de comprendre la faute qu'elle a commise.

— Oh que si elle va être punie… et tout de suite même ! lui assura-t-elle en agrippant Angèle par les épaules et la poussant vers la porte menant à la cour.

— Madame Robinson… attendez !

Sourde à l'appel de John Burke, Katie qui avait déjà ouvert la porte, traîna la pauvre petite fille, en larmes, droit vers la cabane. Elle ouvrit la porte avec fracas et la poussa à l'intérieur. Accompagné du même fracas, le loquet se referma derrière elle.

— Tu vas rester là toute la fin de journée et cette nuit. Tu auras bien tout le temps de réfléchir aux conséquences de tes actes.

Prostrée, le front appuyé contre ses deux genoux joints, Angèle était recroquevillée dans le coin le plus éloigné de la porte. Le vent qui s'infiltrait par le vide des planches disjointes de la cabane lui murmurait une mélodie qui parfois la distrayait mais qui, la plupart du temps, déclenchait des ruisseaux de larmes. Elle avait froid et rien dans l'endroit clos ne pouvait l'encourager à mieux supporter l'enfermement, mis à part, peut-être, le voisinage de deux cochons qui pataugeaient allègrement dans leur lisier malodorant. À travers deux planches rongées par l'humidité, elle pouvait apercevoir leur peau rose pâle et le frémissement de leurs museaux, alors qu'ils expulsaient l'air en couinant. Pour les habitants du quartier, leur valeur n'était que marchande et alimentaire. Pour Angèle – tout comme pour Alice – ils incarnaient tout autre chose.

— Vous allez pas être mangés hein, les c... c... cochons ! Je sais que vous êtes des bébés. Vous êtes les bébés de tante K... K... Katie. Vous êtes pas m... m... morts hein ? Quand je s... s... sortirai, je lui dirai que vous êtes là, vous serez sauvés et redeviendrez ses bébés !

La voûte céleste accueillait ses premières étoiles. Couchée en boule sur le sol de terre, Angèle sommeillait, égarée entre conte et réalité. Elle prit son temps avant de réaliser que les coups frappés contre la cabane et la voix lointaine qu'elle entendait n'appartenaient pas à son songe. La voix inquiète, qui de plus en plus réelle, semblait vouloir qu'elle reprenne ses esprits le plus rapidement possible, était celle de John Burke. Secouée, elle se mit rapidement sur ses jambes puis s'approcha de l'endroit d'où provenait sa voix.

— M… M… Monsieur B…

— Oui, c'est moi Angèle. Comment vas-tu ? Tu n'as pas trop froid ?

Elle mentit pour ne pas peiner l'homme bienveillant dont elle avait trompé la confiance.

— N… N… Non.

— Tant mieux ma petite. J'ai quelque chose pour toi… Regarde près de la porte.

Tout près de l'entrée de la cabane, un trou creusé sous les planches joua le rôle de passeur de présent. Angèle se pencha pour attraper l'objet. La nuit tombait, elle ne distingua que sa silhouette mais ravie, elle oublia jusqu'à la présence du vieil homme. Elle laissa courir ses doigts sur sa surface inégale. Elle parcourut les contours de ses oreilles, l'arrondi de son dos et l'ondulation de sa queue. Même si dans la pénombre elle savait qu'il ne pouvait pas la voir, elle lui sourit… Le *chat du Cheshire* lui retourna son sourire.

Le lendemain, ce ne fut pas sa tante Katie qui vint lui ouvrir la porte, mais Millie. Angèle lui sauta au cou. Millie s'excusa de ne pas avoir été présente la veille pour la soutenir. Elle avait seulement appris à la nuit tombée qu'elle avait été punie. Elle rentrait juste de son après-midi avec madame Ryan. Elle l'aidait à vendre ses fleurs. Angèle souhaitait que sa cousine ne soit plus triste à cause d'elle. Elle lui montra son petit trésor. Toutes deux oublièrent momentanément leur tristesse, émerveillées par la petite figurine en bois aux yeux jaunes soleil.

SQUARE LOUVOIS
Paris – Printemps 2019

Mes yeux brûlent. Exténuée, j'ai passé deux nuits blanches sur le net. J'écoute à peine madame X. Ses paroles sonnent comme une langue étrangère. Je perçois leur son, mais n'en comprends pas le sens. Mes pensées sont désordonnées. Mes émotions passent trop rapidement de la colère au désespoir, du désespoir à la colère. Je voudrais hurler. Je tente de m'agripper mais je sais pertinemment qu'un jour je devrai lâcher. Alors... comme tout bon animal social, je fais semblant.

— Madame Robinson ?

Le visage de madame X retrouve ses contours. Elle m'observe, le regard inquiet.

— Vous allez bien ? Vous avez l'air ailleurs.

— Pardon, je suis un peu fatiguée, je me couche trop tard ces derniers temps.

Je voudrais tellement me confier à elle, lui faire part des bouleversements de ma vie, que nos rôles soient inversés, devenir à mon tour une madame X.

Aujourd'hui, laquelle de nous deux à l'air la plus heureuse ? Moi, avec mes cernes bleus sous les yeux et mes cheveux gras, ou elle, avec son maquillage discret et son chemisier fleuri bien ajusté. La réponse paraît évidente.

Notre entrevue touche presque à sa fin. Elle m'a présenté fièrement les résultats de l'exercice sur l'estime de soi que je lui avais proposé le mois dernier mais hésite maintenant à me parler.

— Je crois que je vais bientôt arrêter de venir au planning.

Avec votre aide et le soutien de mes enfants, je me sens déjà un peu mieux. J'ai pris un rendez-vous chez un psychologue. En tous cas, je vous remercie de tout cœur madame Robinson, vous m'avez ouvert les yeux.

Je chasse immédiatement la pensée jalouse qui me vient à l'esprit. J'inspire et j'expire – je viens d'apprendre la respiration carrée – avant de lui répondre.

— C'est mon travail madame, je suis heureuse pour vous. C'est notre dernier entretien alors ?

— Oui... Je vous avoue que je suis un peu triste, me dit-elle en triturant le crayon que j'avais mis à sa disposition pour nos exercices.

— Si vous avez un doute, je suis disponible pour vous écouter. N'hésitez surtout pas à revenir me voir.

Elle me répond par l'affirmative. Je la sens pressée de ranger ses affaires dans son sac. Les dernières minutes de notre entretien sont brumeuses. Je lui serre la main, lui souris et referme la porte derrière elle.

Assise derrière mon bureau, les yeux clos, je navigue entre mon appartement – Pierre et moi sur le canapé – et un Dublin fantasmé. J'ai lu que nous ne sommes qu'énergie. Je dois faire un choix. Je vais tenter de me concentrer sur le positif.

La porte du bureau s'ouvre. Je sursaute, légèrement fautive. C'est Marion.

— Je te réveille ? Tu as l'air patraque.

— Oui... J'ai passé deux nuits blanches, je t'expliquerai.

— Et si tu m'expliquais de quoi il retourne tout de suite, on va manger un truc ?

Lorsque le temps est clément, nous déjeunons sur le pouce sur un banc du *square Louvois*. Proche du planning familial, les grands marronniers d'Inde, les sophores, le savonnier et le jeune chêne, apportent une parenthèse de verdure bienvenue à cette urbanisation étouffante.

Nous avons ritualisé ce court moment de détente. Nous nous asseyons sur l'un des bancs verts qui fait face à la grande fontaine centrale, et absorbons – souvent trop rapidement – nos sandwichs tout en discutant du temps qu'il fait.

Je connais chaque détail des quatre sculptures allégoriques altières qui incarnent la fontaine. Elles représentent les quatre grands fleuves et rivières de France. L'hiver passé, elles enchantent l'oreille des badauds stressés et leur dispensent l'aérienne symphonie de leurs filets cristallins.

La pelouse circulaire qui entoure la fontaine est bondée. Sous le regard doré des putti alanguis sur des poissons cracheurs d'eau miraculeuse, une mère de famille rafraîchit les pieds nus de son enfant. Un groupe d'étudiants discute tranquillement en cercle. Un homme est absorbé par sa lecture et une jeune femme s'admire dans le regard de sa moitié.

Le papier du *panini* à la chèvre qui me tient lieu de repas commence à me brûler les mains. Comme d'habitude, je déchire l'extrémité et mords dans son pain croustillant. Le fromage dégouline le long de mes doigts.

— Alors dis-moi, pourquoi tu as cette mine de déterrée ? me demande Marion, la bouche pleine. Elle m'avait dit vouloir dévorer un bœuf.

Mon regard s'attarde quelques instants sur la multitude de petits trous de son jean délavé. Je porte toujours le même type de jean : brut ou noir et le plus large, si possible. Mes jambes sont loin d'être aussi minces que les siennes.

— Tu sais, je t'avais dit que j'avais trouvé un carnet de famille chez mon père.

— Oui et alors ?

— Et bien, il appartenait à la famille du côté maternel. Ma mère m'a confirmé que mon père était bien originaire de Dublin. J'ai donc tenté de trouver des informations sur internet sur les noms et prénoms qui étaient inscrits à l'intérieur du carnet.

— Et… Tu as trouvé ! s'exclama-t-elle.

— Oui. Je suis allée faire un tour sur le site des archives nationales d'Irlande. Ce site est une mine d'informations. J'ai tapé les prénoms de mes grands-parents et je les ai trouvés.

— C'est génial, me dit-elle en mâchouillant un morceau de son *pan bagna.*

— Oui. Ils ont digitalisé les recensements de la ville pour la période 1901-1911. Mais c'est dommage car aucune info n'est disponible après 1911. La majorité des archives a été brûlée et détruite durant la guerre civile.

— Oh ! c'est trop con ça ! Tu as quand même trouvé suffisamment d'informations ?

— J'ai commencé par l'année 1911 et j'ai trouvé leur adresse. Tu te rends compte qu'ils vivaient à six dans une pièce unique !

— Ah oui ! Des *tenements.* Ces logements miteux dans lesquels les gens vivaient tous les uns sur les autres. C'était vraiment la misère. C'est triste.

— Oui, c'est ça. Mes grands-parents vivaient avec leurs deux filles, la sœur de ma grand-mère et un homme âgé étranger à la famille qui était relieur. J'ai ensuite remonté le temps et c'est là que ça se complique.

— Ils vivaient avec un étranger ? Comment ça, ça se complique ? s'étonna Marion. Elle interrompt son grignotage pour boire une gorgée d'eau.

Sous nos yeux, cinq pigeons et trois minuscules moineaux effrontés arpentent le sol en picorant le gravier. Intéressés par nos sandwichs, ils nous lancent de discrètes œillades.

— Tu ne trouves pas qu'il y a de moins en moins de

moineaux à Paris ?

Marion, qui semble ne pas comprendre immédiatement ma digression, me regarde lancer un morceau de pain aux oiseaux, perplexe. Tous se jettent dessus dans un véritable ballet de plumes déchaîné.

— Ils ont dû se faire dévorer par des rats, on n'en manque pas ici ! Mais revenons à nos moutons, dis-moi pourquoi tes recherches se sont compliquées ?

Je prends mon temps avant de lui répondre. Les volatiles tournent nerveusement en rond autour de nous. Ils bousculent le sol. Mon regard s'attarde autour de la fontaine. Le couple d'amoureux s'enlace sur l'herbe. Un éclat de lumière attire mon regard. Ce sont les boucles métalliques des chaussures à semelles épaisses de Marion qui scintillent. Arrive enfin ma réponse. Elle a de quoi la surprendre.

— Une fille a remplacé un garçon.

— Pardon ? Tu peux répéter ? Je ne comprends rien !

Marion rit légèrement et laisse tomber par terre un morceau de son *pan bagna*. C'est le pigeon le plus intrépide qui gagne la partie.

— Oui, c'est normal, moi non plus. Sur le recensement de 1910, il était inscrit qu'ils avaient une fille de trois ans, Amélia et un fils nouveau-né nommé Tyron. L'année d'après, il était inscrit qu'ils avaient deux filles Amélia et Angèle.

— Les recenseurs se sont peut-être trompés l'année précédente ? Ce n'était pas un garçon mais une fille. Ils ont peut-être fait erreur avec une famille voisine ?

— Mais c'est étrange tout de même. Ce changement coïncide avec l'arrivée à leur domicile de la sœur de ma grand-mère, Bessie.

— Ah, mince ! C'est vraiment dommage que les archives s'arrêtent en 1911.

– Oui, ça m'agace aussi. Je suis remontée jusqu'en 1904. Katie, ma grand-mère, n'était pas encore mariée et vivait avec ses parents, sa sœur et son frère. Elle a ensuite déménagé en 1905 pour se mettre en ménage avec son mari. Sa sœur Bessie s'est installée avec eux. Elle a ensuite disparu un an après en 1906, pour réapparaître sur le recensement de 1911 au domicile du couple. Je trouve aussi bizarre que la naissance d'Angèle ne se trouve pas inscrite sur le carnet de famille. C'est comme si cette petite fille n'avait pas d'existence propre.

– Ouh là, ça devient compliqué ! Tu n'as rien trouvé sur Bessie et Angèle ailleurs sur le Net ?

– Non, d'où les cernes tu vois. Je me pose deux questions pour lesquelles je n'ai pas encore de réponse. Où a disparu Bessie durant presque cinq ans ? Pourquoi Angèle Robinson ne figure-t-elle pas sur le carnet de naissances des Mc Nulty si elle est bien la fille de Katie ?

– Cette Bessie avait peut-être juste changé d'adresse et quitté Dublin. Et pour Angèle, et bien… ils ont simplement oublié de l'ajouter au carnet.

– Je ne sais pas. Et de toute manière, je crois que je ne le saurai jamais.

– Tu as fait les nécros ? Les mariages, peut-être ?

– Non, pas encore. Mais c'est comme chercher une aiguille dans une meule de foin si tu n'as pas de date.

– Tu peux tenter 1910 pour l'acte de naissance d'Angèle ou Tyron. Tu verras bien lequel est enregistré.

– Oui, tu as raison. Je n'y avais pas pensé.

– Et oui, il y en a là-dedans ! m'annonce fièrement Marion en se cognant la tête avec sa bouteille.

L'heure tourne. J'émiette le reste de mon trognon de pain. Je lance les brisures en direction des moineaux. Ils ont pris leur distance. Moins favorisés, ils ont droit, eux aussi, à leur part du festin.

Sur le chemin du bureau, Marion marche les yeux rivés sur le trottoir, les sourcils froncés et muette. Ma famille – cette chère inconnue – doit commencer à la faire tourner en bourrique elle aussi.

L'INCIDENT

Dublin Nord – Octobre 1926

Peu de choses avaient changé au numéro 12, le bâtiment débordé avait gardé ses traits tragiques. Seule l'installation de l'électricité et d'un cabinet d'aisance partagé à chaque étage, avait amélioré sommairement le quotidien de ses locataires. Angèle et Millie partageaient toujours le même lit grinçant. Seul le matelas avait été renouvelé. L'année précédente, il avait été souillé. Une nuit, réveillée par une impression d'humidité et paniquée par la consistance poisseuse qui glissait entre ses doigts, Angèle avait alarmé toute la maisonnée par son cri strident. Couchée auprès d'elle, elle avait découvert sa mère inconsciente et exsangue. Le sang n'avait pas seulement imprégné le matelas, sa chemise de nuit ainsi que celle de Millie étaient passées du blanc à l'écarlate.

Bessie était tombée malade sans bruit. Les perfides hémorragies qu'elle avait tentées de dissimuler à sa famille s'étaient installées avant de lentement l'éroder... jusqu'à cette nuit. Désarmés, ils n'avaient pas pu la sauver. Elle reposait désormais à *Glasnevin* sous une stèle silencieuse, tout comme sa vie l'avait été.

Chaque dimanche après la messe, Angèle prenait le tramway vers le nord pour la visiter. Elle serpentait de longs moments entre les stèles qui occupaient de guingois l'immense cimetière. La solitude de ce parcours méditatif la préparait à se recueillir auprès d'elle en toute quiétude. Debout devant la modeste tombe, elle tentait d'oublier la vision du sang qui avait maculé ses mains impuissantes.

Tout comme les qu'en dira-t-on, devenue obsession, elle la tourmentait sans relâche. Certains affirmaient que Bessie était partie si jeune parce qu'elle fréquentait beaucoup trop les pubs. Mais quel lien pouvait-il bien y avoir entre les pertes de sang et la prise d'alcool ? À quoi bon se poser ce genre de questions, elle était partie, c'est tout. Il était trop tard. Elle avait négligé sa fille. Le Seigneur lui accorderait sans aucun doute son pardon, comme à tous ses enfants. Persuadée, Angèle lui pardonnait aussi. Elle doutait néanmoins de sa tante et son oncle. Ils ne se déplaçaient jamais au cimetière. Millie et sa présence réconfortante l'accompagnait de temps à autre, mais jamais elle ne s'imposait.

L'année passée lui avait également enlevé John Burke. Fidèle à ses habitudes enfantines, elle lui rendait régulièrement visite pour lire en sa compagnie. Elle l'aidait aussi à l'atelier. Le soulageait lorsque ses mains déformées par les rhumatismes étaient douloureuses. Un matin de dimanche, elle l'avait découvert inanimé dans son lit. Il était mort dans son sommeil. Elle ignorait le lieu de son inhumation, peut-être auprès de sa femme ? Ils en avaient souvent discuté ensemble. Suite à son décès, elle ne s'alimenta plus durant quatre jours. Elle garda auprès d'elle le petit chat de bois qu'il lui avait offert. Il prenait place dans la poche de sa robe lorsqu'elle partait travailler le matin et sous le polochon la nuit. Il n'incarnait plus la magie de l'enfance, cependant, il subsistait encore dans les veines de son bois, le réconfort du souvenir.

En l'espace de cinq mois, elle avait perdu sa mère, John et sa candeur.

Durant cette période, Millie travaillait pour l'entreprise *Donnely's bacon* et lui avait trouvé une place auprès d'elle. Accompagnées d'une vingtaine d'autres salariées, elles fabriquaient des saucisses pour nourrir les Dublinois.

Alignées sur de grandes tables, chacune avait son rôle dans ce travail en série. L'ouvrière installée à l'une des extrémités – là où se trouvait la machine de bourrage – avait pour consigne de remplir de farce de longs boyaux de porc. Celle qui se trouvait à ses côtés pesait le boudin et le coupait lorsqu'il avait atteint le poids exigé. Les deux ouvrières en bout de table le transformaient en chapelets de tailles scrupuleusement identiques. Le travail était monotone mais elles alterneraient. Angèle préférait fourrer la farce dans les boyaux, la manipulation de la machine était moins ennuyeuse que la pesée ou le ficelage. Elles besognaient toutes sous la surveillance d'un contremaître. Il passait entre les tables pour inspecter la qualité des produits. Posté derrière elles, il déclamait, gonflé d'orgueil, son expression favorite : *arrondies mesdames, arrondies les saucisses* !

Trois gars de la coupe venaient souvent jeter un œil furtif dans l'atelier. Angèle ne leur adressait que de rares regards en tapinois. Elle craignait les foudres de sa tante Katie et une réputation dont elle ne souhaitait pas être affublée. Elle enviait Millie, qui elle, ne semblait ni craindre les sourcils froncés du contremaître, ni la notion de mauvaise réputation. Connor lui donnait des ailes. Après avoir terminé tôt sa journée de travail à la manufacture de tabac, il les rejoignait de temps à autre à la sortie de l'usine. Angèle faisait mine de ne pas voir les baisers sur la bouche qu'ils s'échangeaient discrètement, elle ne rêvait que de loin aux garçons.

Un jour où elle se dirigeait vers la salle d'eau pour se rafraîchir durant sa pause, un des gars habitués à les épier lui avait coupé la route. Il s'était posté devant elle, tel un mur infranchissable. La suite, elle ne pourra jamais la décrire à personne : les mains puissantes qui lui écrasèrent les bras, la poussant violemment à l'intérieur de l'une des toilettes, l'odeur de la graisse écœurante qui maculait ses cheveux, sa respiration humide et nauséabonde, le mur carrelé froid comme la mort, la douleur, le sang – encore du sang – barbouillé à l'intérieur de ses cuisses et les cris des porcs que l'on égorge deux salles plus loin. Pour finir, elle, seule sur le sol, accidentée, se répandant en une multitude de particules démantelées.

Ce jour-là, elle avait remonté ses bas de laine et repris le travail sans un mot. Sur le chemin du retour en fin de journée, elle était restée mutique dans le tramway, se dissimulant au regard de Millie. Comme des centaines de fois auparavant, elle avait laissé la *Liffey* glisser tranquillement à ses côtés.

Deux mois qu'elle n'avait pas saigné. Depuis une semaine, elle se sentait légèrement moins nauséeuse. Auprès du feu, assise autour de la table, sous le regard omniprésent du Christ rédempteur, elle aidait sa tante à repriser du linge. Il lui était confié chaque semaine. Katie trouvait cet emploi commode. Elle pouvait garder un œil sur son fils, le petit Declan, qui – d'après ses dires – était un enfant trop agité. Millie, qui aidait aussi à la couture de temps en temps, était sortie faire une course urgente.

Angèle était concentrée sur la réalisation de points couchés pour remettre en état un ourlet de pantalon décousu. Subitement prise d'un intense haut le cœur, elle posa son ouvrage et sortit de l'appartement en urgence. Elle courut pour rejoindre les toilettes au bout du couloir. Par chance, sa course ne fut pas interrompue par un voisin. Il aurait pu hériter d'un nauséeux désagrément. Arrivée juste à temps, elle se soulagea bruyamment du bacon de chez *Donnely's*. Il était offert à ses fidèles salariés, contre bons et loyaux services.

À son retour, les sourcils froncés, sa tante tentait d'insérer un fil noir dans le chas d'une épaisse aiguille. Dès qu'elle la vit apparaître dans l'angle de la porte, elle la posa sur la table, se tourna vers elle et la foudroya du regard. Un regard de ceux qu'Angèle craignait en permanence de recevoir de sa part.

— Qu'est ce qui t'arrive ? T'es malade ?

Angèle s'empressa de rejoindre sa chaise pour reprendre son ourlet. Elle essuya son front perlé de sueur avec la manche de sa robe.

— Non, juste le b... b... bacon de ce m... m... matin qui est pas p... p... passé.

— J'ai remarqué que c'est pas la première fois que tu cours aux toilettes comme ça.

Angèle tenta – sa main moite tremblait – de faire rentrer l'aiguille dans la toile. Cette faiblesse n'échappa pas à sa tante. L'inquisition qu'elle menait à son encontre n'avait cessé de prendre de l'ampleur depuis que sa mère les avait quittés.

— T'es de plus en plus sournoise, tu fuis. Qu'est-ce que tu m'caches ?

Angèle triturait la toile de la jambe du pantalon déposé sur ses genoux. Elle ne souhaitait plus repenser à l'expérience douloureuse de l'usine. Malgré sa volonté, celle-ci refaisait surface, semblable à un cerf-volant qu'un vent contraire s'obstinerait à ramener dans sa direction. La chaleur envahit son visage perlé de sueur. Elle se sentit faiblir, sa tête tournait.

— Tu manges rien et tu vas souvent aux toilettes. T'as rien à me dire ?

Katie posa le linge de nuit qu'elle reprisait, se leva et se posta debout, les mains posées à plat sur la table. Angèle crut reconnaître Millie dans le nez pointu et le visage émacié de sa tante. Cette perception la dérouta quelques instants.

— Tu m'réponds rien ? Tu vois un garçon ?

Ensuite, par enchantement, sa tante Katie se dilua dans l'espace du petit appartement. Le visage empourpré du gars de l'usine aux cheveux gominés la remplaça, ses poings brutaux ancrés dans la table. Angèle émit un petit cri plaintif. Ses mains se mirent à trembler sans contrôle.

– Tu fais quoi de tes serviettes tachées ? Tu les laves pas ? J'ai remarqué que depuis quelques temps, il y en a moins à laver. Tu as toujours tes périodes au moins ?

Une boîte d'aiguilles tomba. Angèle s'empressa de se mettre à genoux sur le sol pour ramasser celles qui s'étaient échappées. Comment dire à sa tante qu'elles ne les avaient pas tachées depuis deux mois ? Elle ne comprenait pas pourquoi son corps ne fonctionnait plus comme avant.

– Lève-toi et écoute-moi. Je veux que la prochaine fois qu'tu saignes, tu m'apportes la preuve. Je veux voir la serviette tachée. C'est bien compris ?

– O… O… Oui, lui répondit Angèle en déposant la boîte d'aiguilles, là où était sa place sur la table.

– Très bien, et arrête un peu avec ces enfantillages. Quand est-ce que tu vas parler comme il faut !

Tous les jours elle priait pour qu'elles arrivent. Elles n'arrivaient pas. Que dirait Millie si elle lui racontait ce que lui avait fait le gars de chez *Donnely's bacon* ? Elle lui dirait sûrement que c'était de sa faute. À l'usine, elle le guettait pour ne pas croiser son chemin, son regard. Lorsque par surprise cela arrivait, elle ne devenait plus qu'un corps, observant de haut, détachée. Elle se sentait sale, ne raconterait jamais à personne son histoire.

La journée avait été éprouvante. Le contremaître, toujours sur son dos, estimait qu'elle ne travaillait pas assez rapidement. Malgré ses efforts pour cacher son état, des nausées et de forts maux de têtes ralentissaient son rendement. C'est pourquoi, dès sa sortie du tramway, le pied qu'elle déposa au sol eut le parfum du soulagement.

Dans la rue qui les ramenait à la maison main dans la main, elle écoutait Millie lui raconter les derniers exploits de Connor. Le sourire béat et les yeux brillants de sa cousine lui renvoyait avec justesse à quoi pouvait ressembler l'amour, une perception douloureuse pour elle.

Arrivées au 12, elles furent rejointes par Angus qui rentrait du port. Avec les années, il avait laissé Katie dominer leur ménage et semblait très bien s'en accommoder.

— Bonne journée les filles ?

Sur une impulsion, Angèle se confia.

— D... D... Dure pour moi, lui répondit-elle, la journée éreintante derrière elle.

— Oui, la pauvre, elle a eu le chef sur l'dos toute la journée. Tu sais papa, il est vraiment pas commode ! lui confirma Millie.

Puis, se tournant vers sa cousine :

— T'as pas l'air en forme Angèle, je ferai la vaisselle à ta place ce soir.

— Oh ! merci Mi...

— Pas d'quoi, c'est normal.

Ils croisèrent les Kelly dans les escaliers, ils s'apprêtaient à sortir. Angus, en très bon voisin, complimenta Madame. Elle portait une robe imprimée plissée à motif de cerises, un peu légère pour la saison, et de nouveaux souliers en cuir marron.

— Bonsoir à vous deux. Vous être très élégante ce soir madame Kelly, la flatta-t-il en retirant sa casquette.

— Merci monsieur Robinson, mon mari m'emmène voir un spectacle pour notre anniversaire de mariage.

— Vous êtes une chanceuse madame. Très bonne soirée à vous deux et bon anniversaire !

La petite table était envahie par les coquilles d'œufs. Katie travaillait une pâte à gâteau.

Dès qu'ils rentrèrent, elle arrêta son geste et essuya ses mains farineuses sur son tablier. Des mèches de cheveux blonds ternes et ondulés s'échappaient des peignes maintenus dans sa chevelure.

— Ah vous voilà les filles. J'ai besoin que vous alliez chercher le linge dans la cour. À cette heure-ci, il doit être amidonné comme les culottes de l'archevêque.

— Tout de suite maman, s'exécuta Millie qui arrivée dans le corridor, agrippa le bras de sa cousine qui traînait derrière.

Prolongement de l'espace intérieur, les cordes de lin attachées entre les poteaux installés dans la cour, formaient avec le linge une incroyable composition chaotique. Elle donnait parfois l'illusion de corps vides se balançant dans les airs. Sur chaque corde, l'intime était exposé au regard de tous. Chaque périmètre de fil définissait sa famille.

Elles décrochèrent une robe taille basse qu'Angèle avait héritée de sa cousine, une paire de draps, des sous-vêtements et des chaussettes dépareillées.

Katie avait dressé la table. Declan secouait les barreaux en fer du lit avec ardeur. Ses pieds reposant à peine sur le sol, il ânonnait les quelques mots grossiers qu'il avait dû entendre à l'extérieur.

— Ça suffit ! hurla Katie à son attention.

Elle arracha son fils des barreaux. Mécontent, il partit se cacher dans un coin du minuscule appartement pour bouder.

Les filles déposèrent le linge sur le lit. Rejointes par Katie, elles le plièrent toutes les trois sans un mot.

Katie, qui appairait les chaussettes de son mari, suspendit son geste, une chaussette grise dans la main.

— Au fait Angèle... ça fait un mois. Tu devais me montrer quelque chose, non ?

Angèle sursauta et lâcha le drap qu'elle était en train de

plier avec l'aide de Millie. Sa poitrine se serra et ses mains devinrent moites. Elle n'avait rien à montrer à sa tante.

— Alors ? Rien ? Amélia, tu sais qu'elle n'a pas ses périodes depuis trois mois maintenant. Elle semble souvent malade aussi. Tu sais quelque chose ? Elle voit un garçon, c'est ça ? J'ai peur qu'sous ses grands airs, elle soit finalement comme sa mère celle-là !

Le drap tomba lourdement sur le plancher, Millie l'avait lâché à son tour. Tapi dans son coin, Declan hurlait. Il frappait rageusement ses poings d'enfant sur le sol. En retrait, Angus attisait le feu. De dos, la preuve était faite qu'il ne voulait rien voir ni savoir.

— Non maman, qu'est-ce que tu racontes. Angèle regarde jamais les garçons, elle fait comme si elle les voyait pas quand ils essayent de l'approcher. Comment elle pourrait être enceinte ?

Enceinte, le mot gifla Angèle avec violence. Elle ignorait tout de la manière dont les enfants étaient conçus. Personne ne lui avait dit et elle n'avait jamais cherché à le savoir. Elle savait juste qu'il y avait un lien avec le mariage. Une jeune femme catholique ne posait pas ce genre de question. Millie, elle, savait. Comme elle avait bien su dissimuler à sa mère qu'elle fréquentait Connor.

— J'crois bien que si, moi. Elle est enceinte. De la même manière qu'sa mère l'a été, en faisant honte au Seigneur. J'suis sûre que c'est pour cela qu'il l'a rappelée si tôt... pour sa repentance.

C'était ce que le garçon de l'usine lui avait fait. Il l'avait mise enceinte. Sa mère, Bessie, avait-elle subi ce supplice ? Angèle était-elle le fruit d'un acte honteux, interdit ?

Elle ne voulut plus rien entendre. Elle se jeta à terre, se recroquevilla sur le sol et se mit à sangloter.

— Tu vois ma fille, la voilà la preuve ! Demain Angus et moi, on l'emmène au couvent. Ça suffit maintenant ! On a déjà évité la honte sur la famille une première fois en lui donnant notre nom. J'veux pas qu'elle risque de la ruiner une fois de plus !

Millie agrippa les bras de sa mère en la secouant.

— Non maman ! Tu peux pas faire ça ! Donne-lui une chance, laisse-la s'expliquer, il y a sûrement une bonne raison à tout ça. N'est-ce pas Angèle ? Raconte-nous, j't'en prie !

Millie tenta de la faire parler à de nombreuses reprises, mais sa bouche était scellée. Monolithique, absente pour le monde, Angèle resta plus d'une heure prostrée sur le sol. La décision des Robinson était prise, ils l'enverraient dès le lendemain au couvent.

GRANITE

Dublin Nord – Octobre 1926

Gardienne des secrets, la porte aux colonnes doriques s'était refermée derrière Angèle pour la dernière fois. Elle n'avait rien emporté, elle avait dû tout quitter. De retour de l'usine, les Robinson l'avaient enjointe à les suivre. Elle avait obéi, résignée. Son départ n'avait dérangé personne, Declan avait été confié à une voisine et Millie envoyée faire une course. Pareille à celle du croque-mitaine, la menace du couvent planait souvent au-dessus des jeunes femmes irlandaises. La société exigeait d'elles toutes les vertus. Dans le cas contraire, elles étaient confiées aux nonnes pour une remise sur le droit chemin. Angèle avait souvent entendu sa tante affirmer à sa mère qu'elle ne méritait pas son foyer, que c'était au couvent qu'elle aurait dû se trouver.

La traversée d'environ vingt minutes pouvait se faire à pied, ils avaient donc choisi de passer par *Parnell Street*. La démarche de Katie était nerveuse et précipitée. Pour rester à sa hauteur, Angèle et son oncle accéléraient le pas par intermittence. Angus avait revêtu son masque de clown triste. Il jetait régulièrement de petits coups d'œil peinés à sa nièce, qui elle, ne fixait rien d'autre que ses pieds. La nuit tombait, le froid et la brume commençaient à s'installer. Au rythme de leur marche, la rue monotone déroulait ses pavés. Les passants, tête rentrée dans les épaules, s'empressaient de retrouver la chaleur de leur domicile. Ils auraient pu intervenir, la secourir. Malheureusement, nombreux étaient ceux qui ne souhaitaient, ou préféraient, ne rien connaître des activités de leurs voisins. Angèle pensa quelques secondes à s'enfuir en courant en sens inverse, mais pour aller où ? Imposante, la silhouette de briques de granite du couvent s'était déjà rapprochée. Sa réalité, de plus en plus tangible.

Ils arrivèrent devant la chapelle. Sa porte en bois, coiffée d'un fronton sculpté portant un médaillon de la vierge à l'enfant, était close. Angèle ne perçut aucune lumière provenant de l'intérieur. Un long frisson traversa son corps. La vision d'un tombeau envahit son esprit. Tous trois longèrent ensuite la barrière de métal surmontée de petites croix peintes en blanc. Elle protégeait l'établissement du reste du monde. Ils s'arrêtèrent enfin devant une double porte métallique. Au-dessus de celle-ci, une arche en fer forgé sophistiquée surmontée d'une croix affichait le nom du couvent. Comme un coup porté au visage, le mot *refuge* secoua Angèle. Sa tante tira ensuite sur une manette située sur le côté de l'entrée. Elle actionnait une cloche qui tinta discrètement.

Deux minutes plus tard, la double porte s'ouvrit sur une nonne. Ils se présentèrent en donnant le motif de leur visite. Angus lui remit une enveloppe. Sous le faible éclairage des lampadaires, Angèle, aux aguets, tentait d'interpréter les mouvements du visage de son oncle et de sa tante. Elle avait encore l'espoir qu'ils prennent conscience de leur erreur et la ramènent chez eux. Mais rapidement, elle comprit qu'ils allaient l'abandonner sur place. Angus, un peu hésitant, s'approcha d'elle pour l'embrasser. Il empoigna ses bras et serra un peu trop fort. Katie, elle, resta de marbre et silencieuse.

Tous deux quittèrent alors sa vie à la hâte. Esseulée et déstabilisée, elle vit son oncle se retourner une dernière fois puis se fondre définitivement dans l'épaisse brume. Il faisait nuit noire.

— Par ici, lui ordonna la nonne.

Elle la suivit à l'intérieur et pénétra dans une grande cour sombre encadrée par les quatre ailes du couvent. La nonne bifurqua ensuite rapidement sur sa gauche et la fit pénétrer dans le bâtiment principal, celui qui donnait sur la rue. Elles empruntèrent ensuite un long corridor étroit dont l'unique source de lumière provenait d'un médaillon en vitrail représentant la croix du Christ. Il était installé au centre d'un portillon aux panneaux de verre. Une fois passé son seuil, l'espace devint moins claustrophobique. La nonne se dirigea vers une dernière porte et frappa deux fois contre son bois massif. Toutes les deux entendirent le *oui* cassant qui provenait de l'intérieur de la pièce. La religieuse ouvrit la porte et pénétra la première. Elle salua d'un signe de tête la mère supérieure assise derrière son bureau. Elle lui remit l'enveloppe puis se retira, laissant Angèle seule face à l'impressionnante figure d'autorité.

— Assieds-toi en face de moi, lui ordonna-t-elle en lui indiquant la chaise qui l'attendait.

Angèle s'exécuta. Assise sur l'extrémité du siège, elle glissa lentement le long du bois trop ciré. Pour éviter de tomber, elle prit appui sur ses bords et se redressa. Elle examina ensuite discrètement la pièce dans laquelle elle se trouvait. La lumière émise par le plafonnier renvoyait le rouge et le bleu roi de ses coupes en verre sur les murs blancs. Mis à part le bureau, la pièce ne contenait qu'une bibliothèque vitrée, un énorme crucifix et un tableau. Il dépeignait une femme inconsolable, sa longue chevelure répandue dans son dos, penchée sur les pieds du Christ. La mère supérieure la surprit en train de l'observer.

— Sais-tu qui est cette femme ?

Elle ne lui laissa pas le temps de répondre.

— C'est Mary Magdalene. La pécheresse que le Christ délivra des sept démons. Sais-tu ma fille pourquoi il lui a accordé sa miséricorde ?

Elle attendit une réponse, puis après une minute, reprit :

— Et bien… car elle lava ses souillures par ses larmes et effaça ses taches en rectifiant sa conduite … Vois-tu ma fille, c'est pour cela que tu nous as été confiée. Comme il l'a fait pour elle, le Christ a le pouvoir de te laver de tes péchés. Pour obtenir sa miséricorde, tu dois te repentir à ton tour.

Son court monologue conclu, elle s'empara de l'enveloppe remise par la nonne et la déchira à l'aide d'un coupe-papier à manche de nacre. Elle déposa dans un coffre cloisonné l'argent qu'elle contenait et entreprit la lecture de la lettre qui l'accompagnait.

Les jambes sans repos, Angèle ne cessait de chercher sa place sur la chaise glissante. Inquiète, elle suivit le va-et-vient des pupilles dilatées de la mère supérieure, parcourant les lignes du message. Ses yeux bleus presque transparents tranchaient avec le hâle de sa peau envahie de rides profondes. Elle devait être âgée d'environ soixante-dix ans. Avec sa bouche charnue, ils lui donnaient un air de poisson mort. Aucune émotion sur son visage ne trahissait le contenu de ce qu'elle lisait. Quand elle eut terminé, les sourcils froncés et la mâchoire contractée, elle reposa la lettre sur la table puis s'adressa à Angèle.

— Et bien… Je vois que nous allons avoir beaucoup de travail avec toi mademoiselle Robinson. Ta famille a indiqué que tu as des problèmes pour t'exprimer. Tu ne sais pas parler correctement ? Je te rassure, cela ne sera pas un problème ici. Le silence soutient les bonnes pénitentes sur le chemin de la vertu et de la rédemption. J'ai lu aussi que tu as de bonnes bases en couture. Nous avons toujours besoin de bonnes couturières ici. Toutes nos filles ne sont pas dotées de ces qualités.

Tout en lui exposant ses obligations, la mère supérieure triturait le coupe-papier, frottant ses pouces alternativement contre sa lame.

— J'ai terminé, lève-toi maintenant.

Angèle s'arracha à sa chaise. Elle transpirait à grosses gouttes dans son manteau. Le bureau était surchauffé. La religieuse fit tinter la cloche portative qui se trouvait auprès de son encrier. Quelques minutes plus tard, la nonne qui l'avait réceptionnée se présenta de nouveau à la porte du bureau.

— Sœur Rita, veuillez l'accompagner au dortoir pour qu'elle prenne possession de son uniforme. Conduisez-la ensuite dîner avec les autres au réfectoire. Nous verrons demain pour les cheveux.

— Bien ma mère.

La nonne inclina la tête, ne laissant apercevoir que le haut de sa coiffe à Angèle qui, nerveuse, attendait d'être prise en charge.

— Au fait, j'allais oublier de te dire...

La mère supérieure se dressa en repoussant bruyamment son fauteuil de cuir. Il heurta la bibliothèque.

— Désormais, tu te nommes Euthalia. Durant tout ton séjour chez nous, tu seras identifiée par ce prénom. Oublie l'ancien, il n'existe plus. C'était celui d'une fille perdue.

Elle fit racler une seconde fois son siège sur le sol et se laissa retomber sur le cuir avec un bruit sourd.

— Ça sera tout, vous pouvez disposer maintenant, ordonna-t-elle.

— Très bien. Suis-moi Euthalia. Je te conduis au dortoir, l'informa sœur Rita.

Le chapelet qu'elle portait à la taille cliqueta contre sa robe lorsqu'elle la précéda hors du bureau. Elles réempruntèrent le couloir étroit, mais avant d'atteindre la porte par laquelle elles étaient entrées, elles bifurquèrent sur leur droite. Angèle fut impressionnée par l'ampleur de la cage d'escalier dans laquelle elles venaient de pénétrer.

— C'est au premier étage, annonça sœur Rita.

Elles gravirent ensemble les marches de l'escalier. Arrivées au premier, elles accédèrent au gigantesque dortoir. Angèle, qui n'était jusqu'à présent habituée qu'aux lieux confinés, fut saisie par l'immensité de la pièce. La chambrée s'étendait sur presque toute la longueur du bâtiment principal. Sur sept rangées, des lits de fer étaient installés les uns à la suite des autres, à l'image d'une armée parfaitement réglée. Sur les côtés leur répondaient deux lignes de hautes fenêtres. Installée dans une niche protectrice sur le mur principal, la Sainte Vierge veillait au sommeil réparateur de ses filles. La nonne guida Angèle vers le lit qui deviendrait le sien pour un temps indéterminé.

Le parquet de chêne criait sous leur progression. L'arrière de la robe moniale, raide et stagnante, glaça Angèle. Un voile funeste recouvrit le monde du dehors, monde qui lui était désormais interdit.

La nonne s'immobilisa devant le troisième lit de la deuxième rangée de droite. Un uniforme impeccablement plié avait été déposé sur son oreiller.

— Voici ma fille, c'est ton lit. Change-toi. Après les vêpres, nous irons rejoindre les autres au réfectoire.

Angèle hésita. La religieuse campait auprès d'elle, les bras le long du corps et les deux mains jointes. Elle ne la quittait pas des yeux.

— Qu'est-ce que tu attends ? Allez ! change-toi tout de suite ma fille.

Honteuse de s'exhiber ainsi sous le regard insistant de la nonne, Angèle se dévêtit aussi vite qu'elle le put. D'une main affolée, elle déplia l'uniforme puis s'empressa de l'enfiler. Il était composé d'une robe épaisse de toile d'un gris clair délavé, d'un tablier chasuble blanc à larges bretelles et d'une coiffe blanche.

— Très bien, c'est parfait Euthalia. Suis-moi, nous allons à la chapelle, l'informa la religieuse après avoir regroupé ses vêtements avec l'intention de les faire disparaître.

Angèle suivit le mouvement. Que faire d'autre? Accompagnée de sœur Rita, elle rejoignit la cour. Vierges pures et filles perdues vivaient à l'unisson au sein du couvent. La tradition voulait que toutes se rejoignent pour aller prier ensemble. Une fois toutes regroupées, elles se dirigèrent vers la chapelle pour les *vêpres*.

Depuis qu'elle avait été conduite au couvent, Angèle n'avait pas prononcé un mot. Lorsque la lecture du *psaume 70* débuta à l'intérieur de la petite chapelle bleue qu'éclairait une multitude de petites bougies votives vacillantes, elle n'accompagna pas l'ensemble des pénitentes. Depuis toujours, elle était coupable de faire semblant.

Les *vêpres* célébrés, elle suivit le groupe pour aller dîner. Les larges tables formaient un U dans la grande salle du réfectoire. La majorité des pensionnaires s'attablèrent rapidement devant un bol de soupe. Les places à table étaient attitrées. Hormis celles qui surveillaient le bon déroulement des repas, les nonnes ne mangeaient pas avec les filles. Sœur Rita retrouva Angèle avant qu'elle ne pénètre à l'intérieur puis la confia aux soins d'une religieuse beaucoup plus jeune. Celle-ci l'installa en face d'une femme âgée aux cheveux coupés courts. Le regard rivé sur son assiette, elle ne lui accorda aucune attention. Ses mains envahies de croûtes rougeâtres plongeaient la cuillère dans le liquide puis la portaient à sa bouche aussi régulièrement que le tempo d'un métronome. À ses côtés, une toute jeune fille frêle remuait le contenu de son assiette sans conviction et sans avaler une seule goutte.

Naturellement conçu pour être rempli d'une vive animation, cet espace d'échange sentait le renfermé et la tristesse. Ses rares et hésitantes convulsions : les tintements des couverts contre les assiettes. Toutes semblables, ces filles perdues avaient pour commandement de se purifier de leurs péchés. Il leur était inculqué que chaque mot déposé sur leurs lèvres était comme un feu ardent qui préparait au malheur. Si certaines avaient tendance à l'oublier, les gardiennes du temple savaient le leur rappeler douloureusement.

Le repas achevé, la journée touchait à sa fin. Après que les filles se furent toutes rendues à l'entrée du réfectoire, les nonnes leur ordonnèrent de se rendre au dortoir. Après une toilette rapide sous la direction de l'une d'elles, elles prièrent et se mirent toutes au lit dans le silence le plus total.

Cette nuit-là, Angèle ne rencontra pas le sommeil après ses *complies*. La veille encore, elle était entourée de sa famille et partageait son lit avec la chaleur familière de Millie.

Dans l'obscurité du dortoir, elle se nommait désormais Euthalia. Une mauvaise fille avec un enfant à naître. Il se racontait que pour sortir du couvent, il fallait être désirée, que quelqu'un vous en sorte. Celles qui restaient trop longuement cloîtrées entre ses murs disparaissaient ou finissaient par prononcer leurs vœux pour ne plus jamais en sortir.

PRISE DE POSTE

Dublin Nord – Octobre 1926

Insomniaque, Angèle avait égrainé son rosaire durant une bonne partie de la nuit. Elle commençait tout juste à trouver le sommeil lorsque simultanément, la cloche sonna six coups et la porte du dortoir s'ouvrit sur deux nonnes. Chacune se posta à l'une des extrémités de la pièce et contrôla que les filles sortent toutes de leur lit le plus rapidement possible. Aucune récalcitrante ne devait ralentir la procédure.

Plongée dans l'obscurité et postée debout aux pieds de son lit, chaque pénitente grelottait dans sa longue chemise de nuit. L'air ambiant était encore frais. Après avoir récité les prières du matin, chacune attendit son tour pour rejoindre ses camarades alignées en file indienne. Une fois la file constituée, et sur l'accord de l'une des nonnes, elles se dirigèrent vers la salle d'eau pour effectuer leur toilette matinale. Dans un calme monacal, elles se débarbouillèrent puis, toujours l'une derrière l'autre, retournèrent dans le dortoir pour enfiler leur uniforme avant de descendre prendre leur petit déjeuner. Composé de thé et de toasts détrempés, il était invariablement consommé dans le silence. L'absence de sons indésirables soutenait les bonnes pénitentes et entravait le développement des amitiés. Une fois le maigre petit déjeuner ingurgité, les filles prirent la direction de la chapelle pour l'office du matin.

Angèle manqua de concentration durant la *tierce.* Les remous provoqués par les toasts à l'intérieur de son ventre firent obstacle à son implication. Elle tenta de masser son abdomen durci pour soulager les douleurs lancinantes. Lorsque la cloche sonna l'ouverture de la journée de travail, son état ne s'était pas amélioré.

Dans la même posture que la veille, sœur Rita, droite, les bras le long du corps et les mains jointes, l'attendait à la sortie de la chapelle.

— Suis-moi Euthalia. Nous allons te faire couper les cheveux. Ensuite, tu pourras prendre ton poste.

Elles montèrent au deuxième étage du bâtiment principal et pénétrèrent dans une pièce aux faux airs d'infirmerie. Une jeune nonne les attendait postée debout derrière une chaise, une paire de ciseaux à la main. Contrairement à celui de sœur Rita qui était noir, elle portait un voile blanc. C'était une novice. Elle leur adressa un large sourire. Ses dents étaient mal plantées mais elle rayonnait, honorée de pouvoir effectuer la tâche qui lui avait été confiée.

— Bonjour sœur Katherine. Je vous présente Euthalia. Elle est arrivée hier.

La novice se pencha vers l'avant en baissant la tête pour saluer Angèle.

— Bonjour Euthalia. Je suis sœur Katherine.

— B... B... Bonjour, lui répondit Angèle dont l'attention se portait, inquiète, sur la paire de ciseaux.

Sœur Rita attrapa son bras sans attendre puis la poussa en direction de la chaise pour l'inciter à s'asseoir au plus vite. Elle se plaça ensuite derrière elle. Dans le même temps, elle trouva opportun de lui fournir plus d'informations sur celle qui allait l'amputer de sa chevelure tentatrice.

— Sœur Katherine était comme toi avant de prononcer ses vœux. Elle est un parfait modèle de pénitence réussie. Tu peux t'en inspirer ma fille.

De peur qu'elle ne s'échappe, elle pressa fermement sa main sur l'épaule droite d'Angèle dont le ventre se contracta sous la tension.

— Elle va couper tes cheveux très courts. Il faut le faire. Les garder longs est trop dangereux. Ils risqueraient de se prendre dans les machines et être source d'accidents.

La mode était aux cheveux coupés sous les oreilles. Les siens atteignaient les épaules. Pour économiser l'entretien d'une coupe courte, elle avait pour habitude de nouer sa chevelure noire en une tresse épaisse.

La nonne ordonna à sœur Katherine de couper. La novice dénoua le lien qui retenait la natte puis commença à cisailler l'épaisse chevelure de manière hasardeuse.

Des toupets sombres et aériens se déposèrent lentement sur le sol carrelé. Son individualité fauchée, bonne à mettre au rebut.

Alors que les coups de ciseaux sifflaient tout près de ses oreilles, Angèle ressentit subitement une violente douleur. Une matière chaude coula le long de son cou. Par réflexe, elle apposa sa main contre sa joue. Lorsqu'elle la retira, elle était couverte de sang. La novice avait donné un mauvais coup. Elle avait touché l'oreille.

— Oh ! Je suis désolée Euthalia ! Dieu me pardonne ! s'excusa-t-elle en se précipitant pour attraper une cotonnade déposée sur une table toute proche.

Elle essuya son cou puis appliqua avec précaution le morceau de tissu contre son oreille. Angèle se mordit la lèvre inférieure. Les élancements pulsatiles intenses lui firent monter les larmes. Sœur Rita, qui jusqu'à présent supervisait l'opération à distance respectable, accourut vers les deux jeunes femmes. Elle retira le chiffon de la main de sœur Katherine pour examiner la plaie.

— Montre-moi ça… Oh ! Ce n'est rien, c'est superficiel. Termine la coupe ma fille, et nous banderons l'oreille. Ça ne doit pas empêcher Euthalia de travailler.

Angèle, la tête enturbannée d'une gaze peu seyante, ne s'aperçut jamais de l'étendue réelle du saccage occasionné par la novice. La vanité était péché mortel, et les miroirs, rares au couvent.

Des particules de lumière blanches flottaient devant ses yeux. Le sol fuyait sous ses pieds. Personne ne lui avait proposé de calmants. Le sang pulsait à l'intérieur de son oreille meurtrie, avec l'impression qu'un petit animal s'y était retrouvé piégé.

La religieuse souhaitait lui présenter les différents ateliers avant qu'elle ne prenne son poste au tri. Contrainte, elle visita toutes les ailes du couvent : l'atelier de repassage sur la droite, celui du lavage à côté de l'entrée arrière, le tri à la gauche du lavage, et pour finir, celui de la couture, relié au bâtiment principal.

En substance, les ateliers étaient de grands hangars à l'intérieur desquels des femmes travaillaient à laver leurs péchés sans rétribution. Toutes d'anonymes Jézabel : jeunes ou vieilles simplettes, prostituées ou filles-mères, aguicheuses ou simplement trop jolies, toutes jugées inaptes à rester dans la société. Trop offensantes.

Sœur Rita avait déposé Angèle à l'atelier de tri. Chaque matin des camionnettes entières déversaient quantité de linge sale au couvent. Le soir, elles revenaient récupérer le propre. Les clients : la prison d'état, des hôtels, les hôpitaux, l'armée. Les nonnes étaient toujours à la recherche de nouvelles clientèles. La bonne marche de leur établissement était coûteuse. Les grands coffres d'osier arrivaient par l'entrée arrière et étaient déposés sur la gauche dans la salle de tri. On ne traitait pas une chemise à la manière d'un drap.

Angèle avait pris place derrière l'une des tables le long desquelles avaient été alignés les coffres. La nonne qui avait pris le relais de sœur Rita avait déversé devant elle le contenu de l'un d'eux pour lui expliquer brièvement comment procéder. En face d'elle, derrière un autre alignement de tables, une pénitente n'avait pas interrompu son travail pour la saluer. Elle l'épiait tout de même de temps à autre pour contrôler qu'elle s'acclimate correctement à la tâche. Cette dernière n'était pas complexe : trier le linge en fonction de son type – linge de corps, draps, serviettes... – et de son niveau de salissure. Des saletés, il y en avait de toutes sortes : encre, nourriture, graisse... Les pires étaient produites par l'homme : vomissures, urine et excréments, le trio gagnant.

Angèle porta la main à sa bouche pour s'empêcher de régurgiter les toasts du matin. Ecœurée, l'odeur la répugnait. Enrobante et envahissante, elle s'accrochait aux cavités nasales comme une tique sur le dos d'un chien. Sa tempe battait fort contre la gaze trop serrée. Elle dut s'éloigner du monticule de linge avant de rendre le contenu de son estomac sur le sol de l'atelier. Assise sur une chaise, la nonne peu compatissante qui surveillait le déroulement des opérations, la remit immédiatement au travail.

— Que se passe-t-il ma fille ? Tu es indisposée ? Tu nettoieras ça en fin de journée. Dis-toi que chaque tache retirée est un pas vers le pardon et la rédemption. Allez, courage ! Au travail. Tout de suite !

Angèle se remit aussitôt au tri sans tenter de se justifier, trop faible et honteuse pour se révolter. Elle accorda son rythme à celui de sa compagne. Elle laissa ainsi couler la matinée jusqu'au retentissement salvateur de la cloche qui sonnait la *sexte*.

Comme la veille, les pénitentes rejoignirent les nonnes au centre de la cour pour se rendre ensemble à la chapelle. Les prières puis le déjeuner avalé dans le silence de rigueur, Angèle reprit son poste derrière les tables de tri. Elle n'avait presque rien mangé mais dut encore partir s'isoler deux fois pour se soulager. À quinze heures, la cloche sonna la *none*, une pause de dévotion avant la reprise du travail de repentance.

En fin de journée, les va-et-vient des chauffeurs revenus récupérer les coffres de linge frais lui apportèrent une légère distraction. Les hommes ayant interdiction d'entrer en contact avec les filles, les opérations s'exécutèrent à la hâte. À dix-neuf heures, la nonne qui avait somnolé une bonne partie de l'après-midi, écroulée sur sa chaise, annonça la fin de journée de travail. Toujours accompagnée, Angèle se rendit à la chapelle pour l'office du soir puis au réfectoire pour dîner avant l'extinction des feux.

Hormis le dimanche, les journées se déroulaient toutes de la même manière : lever à six heures, *prime*, toilette, petit déjeuner, *tierce*, travail, *sexte*, déjeuner à midi, travail encore, *none*, travail encore, *vêpres*, dîner, toilette, *complies* et coucher. La qualité première demandée à une bonne pénitente était de parvenir à s'acclimater à l'activité humiliante, la monotonie des gestes et le manque flagrant d'humanité.

Après avoir éteint les lumières, les surveillantes quittèrent le dortoir. Emmaillotée comme un nouveau-né, Angèle put enfin se détendre. Elle avait attendu ce moment une bonne partie de la journée. La pression des draps du lit contre son corps était apaisante. Malgré la douleur occasionnée par sa coupure à l'oreille et la gêne pratique induite par le pansement, elle ne tarderait pas à trouver le sommeil.

Alors qu'elle était sur le point de s'abandonner, peu de temps après le départ des nonnes, elle entendit une voix murmurer auprès d'elle :

– Psitt ! psitt ! psitt ! Tu dors ?

C'était la fille sur sa gauche. Elle souhaitait entrer en contact avec elle. Angèle avait besoin de réconfort, de parler à quelqu'un. Elle l'accueillit avec soulagement.

— N... N... Non !

Elle se redressa et s'assit dans son lit, adossée contre l'oreiller pour être plus confortable. Elle discerna la silhouette à sa gauche faire de même dans la pénombre.

— Ici on m'appelle Augusta mais en fait je m'appelle Mary, et toi ?

— A... A... Angèle.

— Oh ! C'est joli c'prénom ! Enchantée Angèle, j'suis contente de t'connaître.

— Moi a... a... aussi, j's... suis h... h... heureuse !

Mary lui confia qu'elle allait bientôt avoir vingt ans et qu'elle était prisonnière du couvent depuis trois ans. Son père et sa mère l'avaient envoyée chez les religieuses car ils trouvaient qu'elle était trop dissipée et entreprenante avec les hommes. Ils lui avaient promis qu'ils reviendraient la chercher quand elle serait suffisamment dressée. Elle ne supportait plus d'attendre et allait entamer une grève de la faim pour inciter ses parents à la retirer de cet enfer. Elle était déterminée.

À son tour, Angèle lui confessa que ses parents trouvaient qu'elle aussi, était trop intéressée par les garçons – même si c'était faux – mais omit de lui raconter ce qui lui était arrivé à l'usine de bacon.

Irritées par leurs chuchotements, plusieurs filles tentèrent à plusieurs reprises de mettre fin à leur échange. Il faut dire qu'il était plus que laborieux. À voix basse et fatiguée, Angèle se faisait difficilement comprendre par sa voisine. Mary lui faisait répéter presque tout ce qu'elle lui confiait. Elle était patiente.

Avant de clôturer la journée, sa nouvelle amie lui confia une dernière chose :

— Tu sais, fait pas bon rester ici trop longtemps. Les vieilles qui y sont restées presque tout'leur vie, disparaissent du jour au lendemain. Et celles qui sont en cloque et bien... ces sales nonnes leur enlèvent leurs p'tits dès qu'ils sont nés... Ils disparaissent eux aussi.

Angèle agrippa son ventre à deux mains, la révélation de Mary la surprit comme un coup de tonnerre. Son enfant... Elle n'y avait pas pensé depuis son arrivée la veille. Elle n'était même pas sûre qu'il existe vraiment. Elle pouvait juste être malade, comme ça. Mais s'il était réellement là, à pousser dans son ventre ? Si ce que Mary disait était vrai, alors qu'adviendrait-il d'elle et son enfant ?

LA FRISE AFRICAINE
Paris – Printemps 2019

Ce moment suspendu est celui que je préfère. La sonnerie du réveil vous appelle mais votre esprit hésite encore : doit-il vous ramener à la réalité ou bien poursuivre le rêve ? Votre corps est détendu, vous êtes parfaitement bien, oublieux dans les draps. Vous souhaiteriez que cet instant ne cesse jamais mais votre matérialité reprend le dessus. Vous reprenez conscience de votre corps. De nouveau, vous ressentez le sang circuler dans vos artères et courir jusqu'au bout de vos doigts. De nouveau, la fraîcheur de l'air pénètre douloureusement dans vos poumons, comme dans ceux d'un nouveau-né. Vous contractez vos orteils engourdis par la nuit. Vous étirez mécaniquement chacun de vos membres et d'un seul coup, comme une rivière libérée d'un barrage, tout revient avec fureur, le bon comme le mauvais. Vous redevenez vous... juste vous.

Nous sommes samedi et je maudis Pierre. Je maudis Pierre et je me maudis, moi aussi. J'habite encore dans notre futur ex-appartement. Il m'incombe donc de recevoir les futurs acquéreurs dans notre ex-fantastique petit nid d'amour. Trois visites sont programmées aujourd'hui : deux couples et une personne seule. Il est huit heures du matin et alors qu'une journée marathon m'attend – psychique, pas physique le marathon – je n'ai encore pas mis un pied hors du lit. Dans moins d'une heure, un livreur sonnera à ma porte pour me remettre un frigo et une cuisinière flambant neufs. Pourquoi ? Et bien parce que Pierre, mon cher amour, a retourné sa veste. Il m'avait pourtant gracieusement fait don de l'électroménager acheté par ses soins lors de notre installation. Mais deux jours après être passé récupérer ses trois derniers cartons, il a décrété qu'il souhaitait reprendre ce qu'il avait investi dans notre couple. Il a embarqué avec lui tout ce qui avait un tant soit peu de valeur. Je dois m'estimer chanceuse qu'il m'ait fait don du vieux canapé. Durant notre vie commune, moi je réglais les factures d'électricité et payais les courses pour lui mitonner de bons petits plats. Je le regrette amèrement aujourd'hui. Ce que j'ai investi dans notre couple est parti en fumée, il n'en reste rien. J'ai l'impression d'un grand gâchis, je me sens ridicule assise sur le rebord de mon lit les yeux rivés sur mes pantoufles. Elles sont si fatiguées que j'arrive à apercevoir mes petits orteils à travers. Pourquoi ne l'ai-je pas laissé payer les factures et acheté le frigo à la place ? Il serait encore à moi aujourd'hui ! Je donne des conseils avisés aux femmes et ne suis pas capable de me les appliquer, bougre d'idiote ! Des siècles de conditionnement, voilà ce que c'est ! La femme doit assurer le confort du foyer... et du guerrier ! Lui, il amène l'argent et le matériel. Je suis une bécasse conditionnée, voilà ce que je suis ! L'électricité coûte une fortune, bon sang !

L'employé du grand magasin est venu installer l'électroménager en un tour de main. Un petit régime minceur pour mon compte en banque. Je dois vite aller faire un tour à la supérette avant l'arrivée des premiers futurs acquéreurs. Avant, je donne quand même un petit coup de balai et range deux ou trois choses. L'appartement n'est pas vraiment sens dessus dessous, il est presque vide, mais je dois tout de même le rendre agréable. Il faut qu'il fasse envie. J'ai entendu dire que les appartements vides se vendent facilement, c'est tant mieux.

Voilà des semaines que je ne suis pas rentrée dans la

chambre du fond, celle qui devait accueillir le bébé. Je dois prendre sur moi. Avec un peu d'appréhension, je tourne la poignée de la porte, elle est un peu grippée. Le jaune poussin que nous avions choisi pour les murs m'enchante toujours autant. Je me souviens de nous, tous les deux riant, lui m'expliquant que l'on doit peindre en faisant des petits carrés – ça ne laisse pas de marque – et moi, de la peinture plein les cheveux. Je contemple avec nostalgie la frise sur laquelle dansent les éléphants, les girafes et les lions. Je trouve les frises ringardes, mais il avait insisté. Je m'étais faite une raison en imaginant notre toute première visite au zoo, à trois. C'est douloureux, les larmes me viennent. Je ferme la porte.

Je viens de recevoir le SMS de l'agent immobilier, ils arrivent. Je jette un dernier coup d'œil à l'appartement... C'est bon, je suis prête.

J'ouvre la porte sur la jeune trentenaire. Son allure me confirme l'idée que je m'étais faite d'elle au téléphone : blonde un peu trop décolorée, talons un peu trop hauts, jupe un peu trop serrée, rouge à lèvre un peu trop rouge et sourire un peu trop forcé.

— Bonjour madame Robinson, enchantée, Elodie Jacquemin.

Elle tend son bras de manière franche et broie ma main restée un peu trop molle. Elle se poste ensuite à mes côtés pour me présenter les potentiels futurs acquéreurs.

— Je vous présente monsieur et madame Durieux. Ce sont de jeunes mariés.

Eux aussi ont la petite trentaine. Je voudrais les trouver antipathiques mais je n'y arrive pas, ils ont l'air d'un petit couple sympathique. Chacun à leur tour, ils me serrent la main en affichant un sourire franc. Après cette rapide présentation, madame Jacquemin les dirige dans le salon comme si elle se trouvait chez elle. Elle entame sa visite sur les chapeaux de roues. Elle fait comme si je n'existais pas. J'ai la sensation d'être invisible, qu'elle me manque de respect. C'est peut-être tout à fait naturel lorsqu'on a obligation de vendre un bien contre son gré. La jeune épouse m'interpelle – j'existe tout compte fait !

— Le parquet est sublime. Il est vitrifié ?

L'agent immobilier, à l'affût, ne me laisse pas l'occasion de lui répondre.

— Oui, tout à fait ! Il est d'origine, daté des années 20. Je pense que vous avez aussi pu apprécier à sa juste valeur la magnifique façade art déco de l'immeuble. Elle est splendide, n'est-ce pas ?

— Oui, oui, somptueuse ! lui répond le couple en cœur.

Elle leur accorde trois minutes pour admirer le salon. Ils prennent leur temps pour en inspecter chaque recoin. Je trouve ces minutes interminables.

— Comme vous pouvez le constater, le salon est suffisamment spacieux pour recevoir du monde… Suivez-moi, allons maintenant découvrir la cuisine !

Le couple emboîte le pas de l'agent mais je ne les suis pas. Je m'installe sur le canapé pendant qu'elle leur vante la superficie et l'état de la cuisine équipée. Je n'ai qu'une envie, que la visite s'abrège, qu'ils quittent l'appartement au plus vite.

Ils partent ensuite explorer la salle de bain. J'y perçois des Ah ! et des Oh ! L'agent les guide pour finir vers les deux chambres. Mon pouls s'accélère, je me lève dans l'urgence pour les rejoindre.

— Voici la première chambre, elle fait 11 m2.

Madame Jacquemin serait parfaite en Madame Loyale : *Et maintenant mesdames et messieurs… la femme à barbe !* Elle donne ma chambre en spectacle.

— Je trouve qu'elle n'est pas très grande, se plaint la jeune épouse en pinçant sa bouche en cul de poule.

— Moi, je la trouve correcte, lui rétorque son jeune époux, évidemment par esprit de contradiction.

— Passons à la seconde si vous le voulez bien... Suivez-moi.

Pressée, elles les poussent presque dans le dos.

Mon corps se tend et ma nuque se raidit. Je tire discrètement sur les coins de mon pull en coton pour compenser ma crispation. Je me retourne, je ne veux pas les regarder pénétrer dans la pièce. Alors que je souhaiterais être invisible, l'épouse s'adresse à moi, enjouée.

— Oh quelle jolie chambre ! Elle est très bien celle-ci. Si ce n'est pas indiscret, vous avez un garçon ou une fille ? On verra, mais j'espère bien en avoir deux... En tous cas, cette pièce est parfaite pour accueillir des enfants.

Ma mâchoire se contracte involontairement. Coincée, je ne peux pas fuir. Je dois composer, faire preuve de courage. Je prends une grande inspiration avant de me retourner.

— Je n'ai pas d'enfant mais je suis certaine que la chambre sera parfaite pour les vôtres.

Avec une impression de ralenti, ses yeux s'arrondissent et sa main se pose sur sa bouche.

Voilà ce que j'aurais souhaité éviter : *le malaise.* Le temps semble se suspendre durant quelques instants.

— Très bien, comment trouvez-vous l'appartement alors ? leur demande l'agent en les entraînant vers le salon.

Toujours figée dans le couloir, je ne saisis pas ce qu'ils lui répondent. Je suis rouge de honte, humiliée, désemparée.

Le malaise n'a pas de forme, il est insaisissable.

Nous avons attendu le dernier visiteur en vain. Il nous a posé un lapin. Elodie Jacquemin vient de partir. Elle m'a affirmée être confiante concernant le premier couple. Désormais, je voudrais que tout aille vite. Qu'elle revienne demain en me disant : « c'est bon, ils achètent ! ». Je voudrais déjà être ailleurs, dans une vie meilleure. Je me sens idiote, seule dans mon salon. Je ne sais pas quoi faire de ma peau, mes jambes sont lourdes, je me sens vidée. Je décide de m'étendre sur mon lit pour oublier tout ça quelques instants.

Dès mon retour d'Irlande, j'avais déposé la photo de mon père et sa sœur Amélia sur la table de chevet. Si j'en avais la faculté, je me projetterais à l'intérieur. Accepteraient-ils de me raconter leur vie et celle de leur famille ? Je n'ai jamais connu mes grands-parents, mais ils me manquent chaque jour. Les parents de ma mère sont décédés dans un accident de la route alors qu'elle n'avait que vingt-deux ans. Elle était beaucoup trop jeune pour vivre ce drame. Elle ne mérite pas que je sois si dure envers elle, chacun porte sa croix après tout. À qui a-t-elle pu confier son chagrin ? Pas à moi en tous cas, elle semble toujours être si confiante, infaillible. Je dois bien l'admettre, je suis trop intolérante envers elle, peut-être un peu jalouse de son assurance. Je voudrais connaître mes grands-parents mais je ne connais même pas ma propre mère, qui elle, est bien présente dans ma vie.

J'avais déposé sans grand soin sur le sol de ma chambre, les boîtes trouvées chez mon père. Elles m'attendent toujours, patientes, devant la grande armoire. Est-ce un besoin de réconfort ? Je ne sais pas, mais c'est le bon moment pour moi de découvrir leur contenu. Je les dépose sur mon lit et m'installe confortablement, assise en tailleur le dos contre mon oreiller.

Les petits ballotins de lettres sont parfaitement noués. Je n'envisage pas de tous les délacer pour l'instant, ils sont trop nombreux. Je recherche celui qui contient les lettres les plus anciennes... Je le trouve enfin : septembre 1927. Je desserre le lien et m'empare de la première lettre avec prudence. Elle est si fine qu'elle pourrait se disloquer sous mes doigts et tomber en poussière. La feuille quadrillée semble avoir été arrachée à un cahier. Les ans l'ont jaunie et l'encre de ses mots a tourné au sépia. Des auréoles maculent certaines parties, comme si l'encre avait fusé sous le poids de larmes. Je débute ma lecture.

Ma Millie,

Je suis soulagée de pouvoir enfin t'écrire. J'ai tant pensé à toi. Je t'ai imaginée attendant dans l'angoisse ma lettre qui ne venait pas. Tu peux être rassurée, on est bien arrivées. On est en sécurité et on a un toit ferme sur la tête. Connor a dû te raconter comme la première partie du voyage avait été longue, avec le pneu crevé et tout le reste. Il a dû aussi te dire que je n'avais pas été une très bonne compagnie pour lui, toute tourneboulée que j'étais par les évènements. Je trouve qu'on s'est quittées trop rapidement. Il faut dire qu'on a failli louper l'embarquement. Il s'en est fallu de peu pour qu'on reste sur le quai. Une fois à bord, c'était encore une autre histoire. Que j'ai trouvé le voyage long ! Je suis restée couchée pendant les deux premiers jours sans rien avaler. Je souhaite ça à personne ma Millie, je te le jure. Je voudrais t'en raconter plus mais je n'ai plus assez de papier pour l'instant. Dès que j'en aurai trouvé plus, je te promets de t'écrire autant que je pourrai. Je voudrais te dire merci encore et encore, jamais m'arrêter de le faire. Ecris-moi à cette adresse pour l'instant, je te dirai si j'en change. Au fait, comme tu me l'avais promis, tu peux aller au cimetière dire à maman que tout va bien pour nous ?

Je t'aime et t'aimerai toujours, on t'embrasse toutes les deux. À très vite.

Ta petite Angèle

Je ne trouve pas l'adresse qu'elle mentionne, elle devait se trouver sur l'enveloppe. Toutes les lettres conservées, sans exception, sont écrites de la main d'Angèle et adressées à Millie. Je manque de courage pour entreprendre la lecture des autres. Je pense aussi être incapable de dormir ici seule cette nuit. J'attrape mon portable sur la table de nuit et compose le numéro.

— Allo Emilie, ça va ma chérie ? Qu'est-ce qu'il y a ?

Ma gorge est nouée.

— Je peux dormir chez toi ce soir maman ?

— Mais oui, bien sûr ! Tu peux rester autant de temps que tu veux.

QU'ELLE S'HYDRATE !

Dublin Nord – Novembre 1926

Lorsque chaque matin, elle patientait auprès d'elle au pied de son lit, Angèle la soutenait. Lorsqu'elle la croisait dans la cour, dans la chapelle ou au réfectoire, elle hochait légèrement la tête pour l'encourager à rester forte. Un signe qui avait celé leur amitié au lendemain de leur première discussion dans le dortoir. Angèle avait encouragé Mary à entamer sa grève de la faim. Mary l'encourageait à croire en un avenir possible hors des murs du couvent. Chacune pensait à l'autre. Ensemble, elles s'étaient promises de rester debout.

C'était sa première journée au poste de lavage. Depuis son arrivée, un mois environ, elle n'avait travaillé qu'au tri. Les nonnes estimaient que c'était déjà trop long. Au sein de la laverie, les filles devaient être capables d'effectuer toutes les tâches. La veille en fin de journée, sœur Rita l'avait informée qu'à partir du lendemain, elle changerait de poste.

L'hiver était précoce, l'air sec et glacial. Le bout de ses pieds était gelé dans ses chaussures de toile, trop fines pour la saison. Lorsqu'elle traversa la cour en route pour l'atelier, Angèle imagina la légère pellicule de givre qui devait recouvrir à cet instant les fines branches des arbres du dehors. À l'intérieur, aucune végétation ne poussait, la cour était stérile.

Arrivée devant l'atelier, elle trouva les deux grandes portes coulissantes fermées. Malgré ses doigts crispés, elle s'empara à deux mains de l'une des poignées et tira de toutes ses forces. Elle faillit chuter. La lourde porte gronda et s'ouvrit sur l'immense hangar carrelé. L'activité commençait à s'éveiller. Des filles étaient déjà installées à leurs postes.

À l'entrée, Angèle observa l'atelier avec appréhension sans oser y pénétrer. Celles qui rentrèrent derrière elle la bousculèrent mais elle s'en rendit à peine compte. Tout au fond, une jeune religieuse élancée serpentait entre les machines et les chariots. Elle se dirigeait vers elle. C'était à elle qu'elle venait s'adresser.

La nonne s'arrêta à une distance d'environ un mètre puis la dévisagea de la tête aux pieds. Son visage luisait sous la lampe qui éclairait la double porte. En s'ouvrant, sa bouche claqua.

— Je ne t'ai jamais vu ici. Tu dois être Euthalia. Sœur Rita m'a prévenue de ta prise de poste aujourd'hui. Tu vas commencer aux éviers. Pour les machines, ça sera un peu plus tard pour toi. Ça demande une formation. Suis-moi.

Le bas de sa robe noire ballottait au rythme de sa marche lorsqu'elle conduisit Angèle à travers l'atelier. Quatre filles, le corps contracté, poussaient devant elles des chariots remplis de draps sales. Elles venaient de les ramener du tri. L'une d'elle avait les avant-bras si secs et noueux qu'Angèle grinça des dents. Elles positionnèrent les chariots près de grosses cuves en bois, puis ouvrirent les grandes vannes placées sous un enchevêtrement de tuyaux tout proche. Quelques gargouillis se firent entendre avant que l'eau ne jaillisse et se déverse dans les grands baquets, comme le flot d'un torrent au cœur de l'hiver. Pour finir, chaque fille se positionna à côté d'une machine, s'empara du drap sur le haut de la pile du chariot et le jeta dans la cuve. Elle versa ensuite le savon avant de refermer son couvercle.

Arrivée dans la deuxième zone au fond de l'atelier, la nonne s'arrêta devant une double rangée d'éviers. Ils étaient déjà en partie occupés par des pénitentes d'âge divers. En bout de ligne, une fille à la mine triste venait juste de déposer une charrette pleine de linge de corps. Une de celles qu'Angèle avait triées et composées la veille. Il attendait d'être décrassé.

— Viens t'installer ici, lui ordonna la nonne en lui désignant le bac vaquant à l'extrémité droite de la ligne.

Elle lui indiqua de prendre une planche, un gros morceau de savon, et de remplir d'eau le fond de l'évier. Elle prit ensuite son poste de surveillance sur une chaise, sous une statue du Christ. L'évier était profond et permettait à la planche de bien être calée contre ses parois. L'eau du robinet peinait à chauffer, elle restait tiède. Le froid polaire refroidissait les tuyaux. Angèle n'eut pas à s'acharner pour décoller les salissures, le linge était peu taché.

Pendant qu'elle donnait des coups de savons réguliers contre la planche, elle repensa aux moments qu'elle avait partagés avec Millie derrière la grande bassine en zinc dans leur petit appartement. Ce n'était pas une corvée alors, mais un rituel, un moment de complicité partagé. Moment qu'elle devait désormais oublier.

Une fois grossièrement essoré à la main, elle déposa le linge dans un chariot destiné à l'essorage mécanique.

Après deux heures passées à savonner courbée sur l'évier, elle sentit son oreille convalescente pulser contre sa tempe et s'arrêta quelques secondes pour masser la zone douloureuse. Le bas de son dos donnait, lui aussi, des signes de contractures. Le relâchement n'était pas permis. La nonne se leva aussitôt de sa chaise pour la rappeler à l'ordre. Elle le faisait pour toutes celles qui montraient des signes de fatigue. Les plaintes n'étaient pas, elles non plus, autorisées. Angèle reprit le travail en silence.

Courte délivrance, la cloche sonna la *sexte*. Les pénitentes sortirent en ordre. Dans la cour, Angèle tenta de trouver Mary. Sans succès, trop de filles lui barraient la vue. Déçue et forcée de rentrer dans le rang, elle enfouit ses mains dans les poches de son tablier en attendant d'entrer dans la chapelle. Le froid pinçait sa peau encore humide. À l'intérieur, elle retrouva son amie debout derrière le banc du premier rang. Elle lui tournait le dos. Une fois la célébration achevée, elle attendit qu'elle passe à sa hauteur pour se rendre à ses côtés au réfectoire.

Dans la file, elle lui trouva les yeux cernés et les joues creuses. Elle refusait de s'alimenter depuis deux semaines. Malgré son épuisement évident, elle lui souriait toujours. Un sourire de connivence, plein d'audace. Mais ses yeux étaient tout de même moins brillants.

À table, même installée loin d'elle, Angèle pouvait l'apercevoir. Les bras croisés contre sa poitrine, elle restait immobile devant son assiette pleine, le regard fixant droit devant, volontaire.

Elle l'attendait appuyée contre un mur près de la porte du réfectoire. Elles retournaient toujours travailler ensemble. Deux religieuses sortirent de la salle dans laquelle elles prenaient leur repas. L'une d'elle, une petite ronde que son voile et sa peau grêlée faisaient ressembler à la pleine lune, semblait anxieuse. Elles s'éloignèrent à peine pour entamer leur conversation. Tout près et invisible à leurs yeux, Angèle écoutait. Elles parlaient de Mary.

— J'ai encore constaté qu'elle n'a rien mangé. Pensez-vous qu'il faille la forcer à le faire ma sœur ? Je m'inquiète un peu pour sa santé.

La nonne au visage de lune ne cessait de tirer sur le chapelet qu'elle avait enroulé autour de sa main, prête à l'arracher de sa ceinture. Des tics nerveux parcouraient son visage.

— Non, je ne pense pas ma sœur. Il faut juste veiller à ce qu'elle s'hydrate. Pour le reste, il faut l'ignorer. Au tempérament rebelle comme le sien, il faut répondre par le silence. Quand elle aura réalisé que personne ne prend garde à elle, ni ne s'émeut de son jeûne forcé, alors le martyre qu'elle s'impose deviendra vite insupportable.

Elle s'arrêta de parler et posa ses mains sur les épaules de sa consœur.

— Vous verrez, c'est très efficace, elle finira par s'alimenter de nouveau. Ne vous inquiétez pas pour si peu.

— Très bien ma sœur. Je vais tout de suite donner l'ordre de surveiller qu'elle s'hydrate correctement alors.

Le visage d'Angèle brûlait. En apnée, elle chercha du soutien contre le mur. Elle ne vit pas Mary sortir du réfectoire. Lorsqu'elle prit la pleine conscience de ce que signifiaient les propos des deux nonnes, elle était déjà passée sous ses yeux. Elle courut la rejoindre avec l'urgence de lui raconter ce qu'elle venait d'entendre.

Silencieuses mais en compagnie l'une de l'autre, elles traversèrent la cour avant de se quitter pour retrouver chacune leur atelier. Mary était affectée au repassage. De retour à son poste, Angèle se maudit de ne pas avoir pu lui parler.

Quatre religieuses et un nombre indéterminé de filles étaient regroupées au centre de l'atelier. Il était en pleine effervescence. Celles qui voyaient mal, sautillaient ou se mettaient sur la pointe des pieds pour apercevoir ce qui attirait tant l'attention des autres.

Angèle avait réussi à se faufiler et passer devant une vieille femme replète et la fille au regard sombre qu'elle avait déjà surprise à menacer les autres pour les impressionner. Entre une épaule et une coiffe, elle réussit à apercevoir une partie de la structure métallique de l'une des machines. Soudain, le souffle coupé par la surprise, elle reçut un violent coup dans les côtes. La fille au regard sombre n'avait pas supporté qu'elle lui passe devant. Elle se retourna pour s'excuser en prenant soin de ne pas croiser son regard menaçant.

S'entraînant les unes, les autres, les filles discutaient de plus en plus fort. La responsable de l'atelier ramena le silence avec autorité.

– Chut les filles ! Calmez-vous. Nous allons faire comme d'habitude. Reprenez vos postes. De notre côté, nous allons faire installer et tester ces deux nouvelles machines.

Elle releva les manches de sa robe et demanda à toutes de reculer pour laisser respirer le matériel, se pencha, puis montra du doigt un élément extérieur à la pièce principale de l'appareil.

– Vous voyez le moteur, là sous la cuve. Et bien il fait tourner cette courroie. Elle permet à la manivelle de tourner toute seule. Vous ne serez plus obligées de le faire à la main. Attention tout de même, ce sont les seuls changements par rapports aux machines que nous possédons déjà. Il faudra toujours changer l'eau pour le rinçage et rester à côté pour surveiller que tout se passe bien. Allez ! Au travail maintenant !

La foule se dispersa et Angèle retourna aux éviers. Tout l'après-midi, elle s'évertua à faire disparaître des taches de graisses sur des serviettes de table, des auréoles sous des manches de chemises et des cendres sur des nappes. Son dos la faisait souffrir, elle ressentait toujours l'impact du coup dans ses côtes. La fille qui l'avait agressée se trouvait un peu plus loin dans la ligne en face. Elle lui envoyait des regards méprisants tout en donnant de grands coups de savon contre sa planche, comme pour se défouler. Angèle s'en moquait, elle flottait au-dessus de son corps.

La conversation des deux religieuses tournait dans sa tête. Elle devait trouver Mary avant d'aller aux *vêpres*. Elle lui parlerait cette fois-ci.

Dans la cour, les nonnes veillèrent à ce qu'elle ne puisse

toujours pas le faire. Ce soir-là, elle accueillit tout de même son dîner avec plaisir. Elle n'avait plus de nausées depuis quelques jours et la faim l'avait tenaillée tout l'après-midi. La soupe n'était pas très consistante et son goût un peu fade, mais elle l'ingurgita goulûment. Si elle en avait eu la permission, elle aurait aussi avalé celle de Mary pour ne pas gâcher.

La fille au regard sombre l'avait guettée sur le chemin du dortoir. Elle s'était postée derrière elle, dans les escaliers, et l'avait frappée une seconde fois dans les côtes. Angèle n'avait pas pu retenir son cri. L'expression de sa souffrance lui valut les remontrances de l'une des religieuses qui n'avait que faire de savoir si elle était victime ou coupable.

Accueillant l'isolement du lit avec soulagement, elle s'était glissée avec difficulté dans ses draps. Après l'extinction des feux, elle tenta de rester immobile sur le dos, mais à chaque malheureux mouvement, elle sentait des lames de couteau se planter dans sa chair. Malgré tout, c'était le bon moment pour raconter à Mary la conversation qu'elle avait surprise.

— M... M... Mary, je p... p... peux te p... p... parler ?

— Oui Angèle, tu peux.

— C... C... Comment tu vas ?

Elle l'entendit soupirer. Elle mit du temps à lui répondre. Elle hésitait.

— J'ai vraiment du mal. Mais on s'est promis de tout s'dire, alors j'vais l'faire. Il s'est passé quelque chose.

Elle s'arrêta quelques secondes puis reprit la parole. Elle chuchotait mais Angèle l'entendit clairement déglutir. Sa voix tremblait.

— Une bonne sœur est venue me chercher avant l'après-midi de travail. Elle m'a fait monter dans un bureau et a fermé la porte. Elle m'a demandé si j'buvais. Je lui ai dit que oui, un peu. Mais comme j'fais la grève de la faim, j'bois pas trop quand même. J'ai bien vu que ça lui plaisait pas. Ensuite, elle est sortie du bureau et est revenue avec une cruche pleine d'eau. Elle a rempli un verre et me l'a tendu en m'demandant d'le boire.

Elle soupira. Angèle l'entendit renifler, elle pleurait. Elle reprit :

— J'ai pas voulu. J'voulais sortir, mais elle a bloqué la porte et m'a menacée. J'ai toujours pas voulu et là... elle a dénoué sa ceinture et m'a demandé de m'pencher sur le bureau. J'voulais pas, mais j'ai quand même fini par l'faire. J'étais obligée. Après... elle a frappé avec sa ceinture... plusieurs coups.

Angèle avait attrapé et serré le bord du drap qui l'enveloppait. Le sang ne circulait plus dans ses doigts crispés. Son corps n'était qu'une immense douleur. Prisonnière de son lit, elle était en colère. Mary renifla, puis après une longue expiration, elle continua :

— J'pleurais pas, j'te jure. Tu comprends, j'dois être forte pour tenir... Ensuite, elle m'a fait relever et m'a demandé de boire la cruche d'eau entière, verre après verre. J'l'ai fait... pour avoir la paix. J'ai cru que j'allais éclater. J'en pouvais plus, alors j'ai craché une bonne partie d'la flotte par terre... J'aurais dû lui cracher à la figure à la place.

Elle venait de s'asseoir subitement dans son lit. Dans la pénombre, elle se tourna vers Angèle.

— Après, elle m'a demandé de m'excuser en m'faisant répéter cinq fois sa phrase idiote. J'l'ai fait et elle m'a renvoyée à l'atelier.

Angèle, elle aussi, avait l'impression qu'elle allait éclater. Elle tenta de se redresser dans son lit mais la fulgurance de la douleur l'en empêcha.

— F... F... Faut que tu a... a... arrêtes ta g... g... grève. Ça fera pas r... r... revenir tes parents !

Elle lui raconta ensuite de manière confuse la discussion

qu'elle avait entendue au réfectoire. Sous l'effort, le ton de sa voix était monté et commençait à agacer les filles qui tentaient de dormir.

— Chut les deux ! Il y en a qui veulent dormir ici ! Taisez-vous, non de Dieu !

— Oui, allez. Laisse-moi dormir maintenant Angèle. D'toute manière, tu m'empêcheras pas de continuer à pas manger. J'continuerai, même si j'peux plus sortir d'ce lit. Elles finiront bien par comprendre. J'suis sûre.

Angèle n'était pas aussi optimiste que Mary. Les nonnes ne céderaient pas. Elles la laisseraient mourir de faim. Elle les avait entendues le dire. Elles détenaient le pouvoir et se moquaient de chacune d'elles. Pessimiste et le corps douloureux, elle ne réussit pas à trouver le sommeil cette nuit-là.

SOUS SON TABLIER, UNE PETITE VIE

Dublin Nord – Décembre 1926

Dans les craquelures de ses mains s'étaient installées des particules bleuâtres. Lorsque ses doigts se refermaient sur la manivelle, le rouge se mélangeait alors au bleu, dans un déluge de picotements et de brûlures. Les nonnes ne consentaient à procurer de la pommade aux filles qu'à partir du moment où celles-ci ne pouvaient plus tenir quoi que ce soit dans les mains sans grimacer. Angèle travaillait déjà depuis trois heures. Elle avait besoin de soins. Ses doigts crevassés saignaient, entravaient la bonne marche de son travail.

Assise sur une chaise à accoudoirs, les jambes croisées sous sa robe, la nonne était absorbée dans les pages de sa bible. Usée par des années de lecture intensive, ses quatre coins étaient cornés. Angèle se racla la gorge. La religieuse, qui ne l'avait pas entendu s'approcher, sursauta, perdant la page qu'elle était en train de lire. Un peu ennuyée, elle referma la bible en un claquement sec.

— Oui Euthalia, que veux-tu ?

Comme les filles, les nonnes changeaient souvent de poste. Celle-ci venait de prendre la surveillance du lavage, deux jours auparavant. Son visage n'était en rien identique à celui de sœur Rita. Il était lumineux. Elle lui souriait. Malgré la coiffe qui lui enserrait le visage, elle était presque jolie.

— Mes m... m... mains saignent trop, j'ai b... b... besoin de p... p... pommade, expliqua Angèle en lui exposant ses mains rougies par le sang et les irritations.

La nonne se leva, posa le livre sur l'assise cannée, puis prit les deux mains d'Angèle dans les siennes.

— Attends ici. Je vais aller t'en chercher tout de suite.

Angèle patienta debout près de la chaise vide. Elle pressa ses mains l'une contre l'autre, les éloigna de son tablier pour ne pas risquer de le tacher. Il devait rester immaculé, ne pas défraîchir le linge.

Elle entendit le claquement de la robe. La religieuse revenait auprès d'elle d'un pas rapide, tenant dans l'une de ses mains la pommade, et dans l'autre, une serviette blanche propre.

— Va te rincer les mains, lui demanda-t-elle.

Elle l'accompagna à l'évier le plus proche. Lorsqu'Angèle eut terminé de passer ses mains sous le filet d'eau, elle les enveloppa dans la serviette.

— Voilà, tiens-la en pressant quelques secondes. J'appliquerai la pommade tout de suite après.

Par petites pressions, Angèle tapota la serviette contre sa peau pour en retirer l'humidité. La nonne prit alors une grosse noix de pommade et la lui appliqua. Angèle grimaça au contact du produit. La jeune religieuse massa ensuite sa chair rougie jusqu'à ce qu'une bonne partie ait pénétré.

— C'est bon, tu peux finir. Par contre, attends bien qu'elles ne soient plus grasses avant de les remettre au contact de l'eau.

Elle donna un petit signe de tête, et lui sourit avant de repartir ranger le pot.

Angèle attendit que ses mains soient apaisées et reprit le travail. Elle attrapa le drap sale posé sur le haut de la pile du chariot et le jeta au fond de la cuve de la machine. Celui ou celle qui avait dormi dedans avait rendu « tripes et boyaux ». L'odeur était à vomir. Elle retint sa respiration quelques secondes pour ne plus sentir, et se pencha pour attraper les cristaux de soude posés sur le sol. Pliée en deux, elle ressentit soudain des coups vifs portés à l'intérieur de son ventre. Ce n'était pas la première fois. Elles les avaient déjà ressentis en attendant dans la file pour aller au réfectoire. Mary lui avait dit que c'était son petit qui donnait des coups de pieds. Que dans son ventre, il ressemblait déjà à un tout petit être humain. Angèle versa les cristaux et les morceaux de savon dans la cuve. Elle referma le couvercle, vérifia que la base chauffe correctement puis empoigna la manivelle.

Pendant qu'elle tournait la grande roue, elle se demanda à quoi ressemblait son bébé à l'intérieur de son ventre. Avait-il bien ses deux yeux, ses deux jambes et ses deux bras ? Avait-il déjà des cheveux ? Les autres ne pouvaient pas le deviner, mais sous son tablier, son ventre devenait chaque jour plus rond. Peu lui importait la sueur qui coulait au creux de sa nuque, l'humidité étouffante et le bruit des machines dans l'atelier. Malgré ses craintes, elle était heureuse que dans son corps pousse une petite vie. Fille ou garçon, l'important était qu'il naisse bien portant.

Après presque deux heures de tours de manivelle, elle vida l'eau sale de la cuve et la remplaça par de l'eau propre. Pour le rinçage, elle versa à l'intérieur quelques boules de *bleu outremer.* Leur vive couleur *lapis lazuli* avait le pouvoir de rendre le linge plus blanc. Quelques particules bleues s'aimantèrent contre ses doigts humides.

— Euthalia ?

Elle tressaillit quand elle entendit dans son dos, la voix de la nonne s'adresser à elle.

— Oh ! Pardonne-moi de t'avoir surprise. Je viens juste te dire que demain je t'installe sur l'une de nos deux machines automatiques. L'état de tes mains est catastrophique. Elles pourront cicatriser un peu plus vite comme ça.

Angèle, étonnée par sa sollicitude, oublia de la remercier. La jeune femme ajouta :

— Je sais que Josefina a un ascendant fort sur les autres. Elle arrive souvent à s'approprier ces machines.

Elle se retourna en direction de l'accusée. C'était la fille au regard sombre, celle qui lui avait donné des coups dans le dos à plusieurs reprises. Les bras croisés sur la poitrine, elle observait d'un air satisfait les autres travailler dans la sueur.

— Je vais y mettre un peu d'ordre. Demain, l'une d'elle sera à toi. Ça te soulagera. Tu portes un enfant. Il faut qu'il puisse naître en bonne forme.

Elle fit demi-tour puis la regarda à nouveau droit dans les yeux.

— Bon courage ma fille, tes efforts seront récompensés. Si ce n'est pas dans cette vie, ce sera dans l'autre.

Angèle venait de terminer de laver la pile de draps assignée pour la matinée. Elle décontracta son corps, se pencha en arrière, étira sa colonne vertébrale puis son cou. C'était le début de l'après-midi. Sous les toits de verre découpés, la laverie était nimbée d'une lueur diffuse et crépusculaire. Dehors, il neigeait. Les flocons tombaient sans un bruit sur les toitures inclinées et s'amassaient en silence à la base de leurs pentes angulaires.

Elle caressa la rondeur de son ventre. Comme la corde d'un dirigeable, sa douceur et sa régularité la reliaient à la terre. Elle s'empara ensuite des deux poignées du chariot pour le confier aux filles de l'essorage. Mary y travaillait depuis une semaine. Angèle appréciait que son amie soit proche d'elle mais s'inquiétait. Elle dépérissait un peu plus chaque jour. Tous les soirs, elle tentait de la convaincre de recommencer à se nourrir, ne serait-ce qu'un tout petit peu. Mais toujours, Mary refusait. Elle l'entendait remuer dans son lit à la recherche de repos, privée de sommeil réparateur. Plus les jours passaient et plus son visage plein et jovial se creusait. C'était désormais les deux marques profondes au creux de ses joues qui frappaient le regard de celles qui la croisaient. Il était facile d'imaginer que sous son uniforme, ne se trouvait rien de plus qu'un maigre épouvantail à moineaux. Jour après jour, elle disparaissait. Souvent, Angèle la surprenait à se masser les tempes ou se tenir le ventre. La veille, prise de vertiges, elle avait monté les escaliers avec peine et avait dû s'agripper à la rampe jusqu'au premier étage.

Les bras tendus et crispés, Angèle poussa le chariot jusque dans la zone des essoreuses. L'eau emprisonnée dans les fibres des draps avait fait doubler son poids. Alertées par le bruit des roues sur le carrelage, deux filles se ruèrent sur son contenu et le déposèrent sur le haut d'une pile déjà formée sur une table. L'espace dédié à l'essorage était modeste mais envahi de piles de linge. L'humidité y était encore plus étouffante que dans les autres parties de l'atelier. Quatre filles étaient postées derrières de grands baquets en bois. Elles actionnaient les manivelles qui entraînaient les deux rouleaux pressant le linge. L'une d'elles était la vieille femme aux mains pleines de croûtes. Celle en face de laquelle elle avait dîné lors de sa première soirée au couvent. Sa chevelure déjà rare était parsemée de trous. Angèle ne les avait pas remarqués la première fois.

Mary travaillait au fond. Trop tendue, le regard fixé dans le vide, elle tournait la roue de sa machine de manière saccadée. Elle s'arrêtait fréquemment et semblait discuter avec un interlocuteur invisible.

Angèle risqua les foudres de la surveillante pour s'approcher d'elle. Les trois autres filles continuèrent à effectuer leurs gestes mécaniques. Mary ne la voyait pas. Tout en donnant des tours de manivelle, elle continuait à parler seule.

— Non, non, non, j'te l'dis, non j'l'enlèverai pas.

Sa tête tournait de gauche à droite, puis d'avant en arrière de manière désordonnée.

Angèle attrapa son bras, la força à s'arrêter et à se tourner vers elle.

— M... M... Mary c'est moi ! Tu... tu me v... vois, dis ?

Ses lèvres remuaient. Son regard fou passait en revue l'atelier, à la recherche d'un repère auquel s'accrocher sans y parvenir. La respiration d'Angèle se raccourcit, laborieuse. Les mots restèrent coincés dans sa gorge. Paniquée, elle tapa du pied sur le sol, secoua son amie. Quand elle put enfin se libérer, sa voix était étranglée.

— M... M... Mary r... r... reviens !

Elle la secoua de plus en plus fort.

À mille lieux d'elle, Mary scrutait le carrelage blanc, à la recherche d'une chose que le commun des mortels ne pouvait voir. Son visage se contorsionnait, grotesque.

— P... P... P... Parle-moi ! A... Arrête ça !

Mary releva la tête. Incontrôlables, ses yeux se mirent à rouler frénétiquement dans leurs orbites. Angèle la lâcha et tapa encore une fois du pied sur le sol. Elle gémit avant d'hurler.

— Nooon ! À l'a... a... aide !

Son amie propulsa sa tête en arrière. Ses yeux se révulsèrent. Un filet de sang coula le long de son menton. Elle se raidit puis s'écroula sur le sol. Angèle, en larmes, se jeta par terre à son tour. Elle la prit dans ses bras et la secoua. Inerte, le corps de Mary balançait, mou comme une poupée de chiffon.

— À l'a... a... aide !

Deux religieuses éloignèrent les filles qui s'étaient massées interdites autour d'elles. Angèle reconnut la surveillante du lavage. L'autre, plus âgée, semblait irritée.

— Qu'est ce qui se passe ici ! Ecartez-vous ! Au nom du Seigneur, laissez-nous passer !

La vielle nonne s'agenouilla pour repousser Angèle, agrippée avec force à son amie. Elle se pencha sur le corps inanimé, vérifia sa respiration et sans lever la tête, s'adressa à sa consœur :

— Sœur Rose, allez tout de suite chercher de l'aide. Il faut la transporter à l'infirmerie.

La jeune femme s'était déjà élancée en direction de la double porte.

— Ma sœur, dites bien que c'est urgent ! Dites que c'est Augusta ! lui rappela-t-elle en prenant appui sur la machine pour se relever.

— Oui, très bien ma sœur… je fais au plus vite !

Elle posa ensuite sa main veinée de bleu sur la tête d'Angèle.

— Maintenant, éloigne-toi ma fille. Tu ne peux rien pour elle.

Assise sur le sol maculé de traces de savon figées par le froid, Angèle ne l'entendait plus. Son corps de plomb, même si elle lui en avait donné l'ordre, refusait d'obéir. Elle était de nouveau dans l'appartement du 12, dans son lit à côté du corps inerte de sa mère, envahie par ce même sentiment qui l'avait alors tétanisée : l'impuissance.

Elle ne vit pas les nonnes coucher Mary sur une civière et l'emmener loin de l'atelier.

Sur le sol, les jambes pliées sur le côté, elle ne sentit pas le froid piquer et engourdir ses doigts.

— Euthalia…

La voix posée de sœur Rose la ramena doucement. Sa silhouette floue et ses paroles lointaines flottaient devant ses yeux, comme de la vapeur d'eau à la surface d'un lac de montagne.

— Euthalia, allez lève-toi et viens avec moi. Les autres ont déjà repris le travail. Augusta est à l'infirmerie. Elle ira mieux tu verras. Elles vont la nourrir et notre Seigneur veillera à son rétablissement. On priera toutes pour son salut. Toi, tu dois d'abord penser à ton enfant.

Elle l'aida à se relever et la ramena devant la machine à laver.

LA SALLE JAUNE

Dublin Nord – Matinée du Samedi 25 Décembre 1926

La grande salle jaune était réservée pour les grandes occasions. La veille, toutes les filles avaient participé à son aménagement. Pour le moins désordonné, il avait duré une bonne partie de l'après-midi. Dans un vacarme assourdissant, elles avaient positionné les chaises et installé les tables pour former le grand U de rigueur. La mère supérieure avait décidé que la crèche serait placée sous la grande fenêtre vénitienne, en face de la porte. Angèle avait aidé à répandre la paille sur la bâche, elle devait protéger le parquet ciré. Les figurines étaient lourdes. Joseph lui arrivait à la taille. Elle l'avait installé auprès de Marie. Avec l'aide d'une autre fille, elle avait déposé l'âne non loin du couple. Le blanc poudreux du plâtre ressortait sous la queue cassée de l'équidé.

Selon la tradition, une bougie avait été allumée en l'honneur de Marie, Joseph et l'enfant Jésus. La mère supérieure l'avait installée sur l'autel, sous le grand vitrail. Sa flamme éclairait la vierge qui, dans un camaïeu de jaune et bleu, bras tendus et paumes ouvertes, offrait sa bénédiction aux pénitentes.

Après la messe de minuit, Angèle avait retrouvé Mary au coucher. Elle n'avait pas participé au réveillon. Suite à son malaise, elle retravaillait mais refusait toujours de s'alimenter. Plus les jours avançaient, plus elle restait au lit.

La coutume voulait qu'une jeune femme prénommée Mary éteigne la bougie. Angèle ne sut jamais qui l'avait soufflée dans la grande salle jaune au matin de Noël.

Les filles sortaient de la chapelle. Elles venaient d'assister à la messe. En rang, elles se dirigeaient au second étage du bâtiment principal. L'ambiance était électrique dans la cage d'escalier, elles s'apprêtaient à découvrir leurs cadeaux. Pour celles qui en avaient encore la force, c'était une journée particulière. Une journée accordée pour oublier un peu la morosité du travail mécanique et recevoir la visite de proches.

La grande salle tirait son nom des fines rayures verticales jaune doré qui ornaient son papier peint. La veille, les filles l'avaient quittée propre et ordonnée. En ce matin de Noël, le soleil commençait juste à se lever et la nimbait d'une douce lumière orangée.

L'enfant Jésus était étendu dans son berceau de paille. Ses bras potelés grands ouverts firent sourire Angèle. Elle caressa son ventre rond en imaginant que c'était à cela que les bras de son enfant ressembleraient.

Auprès d'elle, Mary avait pris appui contre le mur. Sa respiration n'était encore qu'un râle râpeux. Elle avait dû la soutenir pour monter les deux étages. Les muscles de ses jambes ne la supportaient plus. Chaque marche franchie fut pour elle, une réussite gagnée au prix d'un effort incommensurable.

Des nonnes avaient pris place aux extrémités de la table en U sur laquelle, des paquets, tous identiques, avaient été déposés.

La mère supérieure se posta au centre de la salle. Sous la clarté naissante, elle était effrayante : ses yeux translucides ressemblaient à deux orbites vides creusés dans un masque de carnaval. Elle demanda le silence puis prit la parole :

— Mes filles, pour que cela ne soit pas la cohue, nous avons inscrit pour chacune, votre prénom sur un papier cartonné. Vous trouverez votre cadeau dessus. Nous allons vous nommer par ordre alphabétique. Une fois votre prénom énoncé, vous vous positionnerez devant votre chaise. Vous conserverez cette place pour le repas, tout à l'heure. Quand vous serez toutes installées, je vous donnerai l'ordre d'ouvrir vos paquets.

Elle se tourna en direction de sœur Rita. Solennelle et fermée, elle attendait ses instructions debout près de la première table.

— Sœur Rita, vous pouvez commencer.

La nonne débuta l'appel, chaque fille étiquetée par son prénom de pénitente. Mary fut l'une des premières. Angèle eut l'autorisation de l'accompagner jusqu'à sa chaise. Un spectacle pathétique. À son tour, elle fut nommée et se plaça en silence debout derrière la chaise en bois.

Le petit paquet au papier rouge vermillon entouré d'un lien de coton blanc attendait d'être ouvert. À ses côtés, le prénom de la fille fantôme – son double – était inscrit à l'encre sur le papier plié : *Euthalia.*

Le geste des nonnes était surprenant. Cette journée sonnait comme une trêve. Angèle ne doutait pas qu'elle soit de courte durée.

Les filles toutes en place, la mère supérieure donna son accord pour l'ouverture des cadeaux. Des sons inhabituels de papiers froissés et de chuchotements envahirent la salle.

Enveloppée avec soin à l'intérieur du papier, Angèle découvrit une bible. Cadeau additionnel, un pendentif avait été déposé sur le plat de sa couverture. Elle parcourut du bout des doigts les petites bosses noires en croûte de cuir. Elle essuya les larmes qu'elle n'avait pu parvenir à contenir. C'était pour John Burke qu'elles coulaient. Elle respira profondément, déposa la bible sur la table et examina ensuite le pendentif de plus près. C'était un médaillon relié à une fine chaîne. Au centre d'un losange doré, la vierge était représentée debout, dans la même position que celle du vitrail. Chaque pointe du losange était entourée d'un motif de feuilles ajouré. Après avoir vu des filles l'accrocher autour de leur cou sans encourir les foudres des nonnes, Angèle fit de même et le dissimula sous son uniforme.

Mary, elle, n'avait pas ouvert son cadeau. Elle était restée debout derrière sa chaise, prenant appui sur son dos pour ne pas tomber, absente à l'effervescence produite par l'événement. Au bout d'un certain temps qui lui sembla interminable, Angèle vit finalement une religieuse l'aider à ouvrir le paquet et accrocher le pendentif à son cou.

Les filles avaient quartier libre pour la journée de Noël. Certaines, celles qui n'avaient pas été abandonnées, recevaient la visite de membres de leur famille. Dans la salle de détente, quelques-unes jouaient aux cartes – sous contrôle – alors que d'autres lisaient des livres empruntés à la bibliothèque.

Angèle avait parcouru un dimanche ses rayonnages, mais n'avait rien trouvé à son goût. Elle avait décidé de passer sa journée auprès de Mary, de prendre soin d'elle. Entre deux de ses phrases incohérentes, elle avait compris qu'elle souhaitait se rapprocher de la salle des visites, avant le repas.

Plus que jamais, Mary espérait que son cri de désespoir puisse encore attirer l'attention de ses parents. Elle avait enfin trouvé son but au sein de la laverie. Sa grève brisait l'attente sans fin qu'elle endurait depuis trois ans. Volontaire, elle s'accrochait et espérait. C'était sa prière. Elle luttait contre le délabrement physique et mental pour affirmer sa dignité. Indigne pour être digne, aux yeux d'Angèle, elle était admirable.

Elles s'étaient assises toutes les deux dans le couloir pour ne rien louper des va-et-vient des familles qui se présentaient. Angèle pouvait entrevoir son propre reflet dans les yeux fiévreux de son amie. Tels deux miroirs au mercure déformant, ils dévoraient son visage émacié. Ils s'agitaient sans repos en direction de la porte, dans l'attente anxieuse qu'elle s'ouvre enfin sur un parent salvateur. Dès que la poignée s'abaissait, son corps se raidissait d'excitation puis se relâchait presque aussitôt, déçu de ne pas reconnaître les siens.

Plus la déception s'intensifiait, plus Angèle faisait sienne l'agitation de Mary. Dans cet univers carcéral, elle était sa seule famille.

Son comportement se dégradait rapidement depuis la remise des cadeaux. Sa pensée devenait de plus en plus incohérente et sa respiration paraissait s'entraver. D'apathique, elle devenait euphorique. Quand elles gravirent les dernières marches qui les menaient à la salle jaune pour le repas de fête, Angèle lui évita de chuter. Inconsciente de l'abîme dans laquelle elle plongeait un peu plus chaque seconde, Mary brûlait ses dernières réserves d'énergie.

Elle n'avait pas ressenti la douceur sucrée de la sauce aux baies rouges qui accompagnait sa tranche de bœuf épicé. Si quelqu'une lui avait demandé si elle avait trouvé bonne sa dinde, elle aurait répondu qu'aucune dinde n'avait été servie à table. Même chose pour les pommes de terre rôties. Elle avait pourtant tout consommé, avec appétit. Pour chaque bouchée avalée, elle n'avait eu de pensée que pour Mary. L'assiette de son amie restait pleine.

Le pudding venait d'être servi. Un par tablée. Angèle observait la nonne retirer le houx du sommet du gâteau lorsque Mary se leva subitement, renversa sa chaise sur le parquet et se mit à hurler en secouant la tête dans tous les sens, agrippant son cuir chevelu.

La salle se figea. Soudain, plus de bruit de couverts. Toutes les filles arrêtèrent de respirer, médusées par la violence du spectacle. Une seconde Mary criait, celle d'après, elle riait comme une démente.

La mère supérieure se leva, chancelante et écarlate. Elle frappa des deux poings sur la table. Un coup si fort, qu'il fit tinter la vaisselle.

— Emmenez-la ! Elle exagère. Nous ne tolérerons pas ses manipulations plus longtemps ! Aucun chan...

Elle n'eut pas le temps d'achever sa phrase. Toutes entendirent un bruit sourd. Mary venait de s'écrouler sur le sol. Stupéfaites, Angèle et de nombreuses filles se levèrent d'un bon.

— Mes sœurs, ramenez-la dans son lit. Pas de chantage ici ! vociféra la responsable du couvent qui triturait sa serviette entre ses mains noueuses.

Elle ordonna ensuite aux filles de ne pas bouger. Le cœur d'Angèle battait trop fort. Traversée par une vague nauséeuse, elle posa sa main sur sa bouche et sentit soudain les petits coups nerveux lancés contre les parois de son ventre. Tout en le soutenant, elle respira profondément. Elle s'étira ensuite au maximum pour tenter d'apercevoir, par-dessus les tables, Mary allongée sur le sol. Elle ne vit rien d'autre que les dos noirs des trois nonnes penchées sur elle. L'une d'elle se releva en prenant appui sur la table. Elle expira fort et dans un cri du cœur, elle lâcha :

— Elle respire ma mère !

La mère supérieure resta de marbre.

— Très bien, alors évacuez-la d'ici tout de suite.

Sans montrer aucun signe d'inquiétude, elle se rassit puis entama sa part de gâteau. Sur le point de porter un morceau à sa bouche, elle retint son geste puis reprit la parole :

— Allez les filles, faites comme moi... Ce n'est rien, mangez votre dessert.

La portion de pudding campait telle une île au milieu de la crème au Brandy, ses raisins comme des monticules rocheux. La gorge nouée, Angèle tenait la cuillère dans sa main sans pouvoir la planter dans la texture dense du gâteau. Alors que les nonnes évacuaient son amie pour la seconde fois sous ses yeux, sa main tremblait. Elle grimaça pour éviter de fondre en larmes. Elle se devait de tenir, elle lui avait promis.

UNE PAIRE DE GANTS VERTS

Dublin Nord – Après-midi du Samedi 25 Décembre 1926

Elle venait d'empiler les dernières chaises dans la réserve. La grande salle jaune, vide à nouveau, pouvait se rendormir. Elle attendrait son prochain événement. Angèle s'assura que plus aucune fille ne se trouvait à l'intérieur et ferma la porte derrière elle.

Anxieuse, elle pressait le pas dans le long couloir qui menait à la cage d'escalier du bâtiment principal. Elle souhaitait s'assurer que Mary avait bien été déposée dans son lit.

En ouvrant l'une des portes intermédiaires, elle tomba nez à nez avec une religieuse. Elle semblait pressée. Quand elle releva la tête, Angèle vit les yeux de sœur Rose s'écarquiller. Visiblement, c'était elle qu'elle cherchait. Elle souhaitait discuter.

— Oh ! Tu m'as fait peur Euthalia. C'est toi que je voulais voir justement. J'espère que tu as apprécié le repas. Moi, je ne suis pas une grande amatrice de dinde, mais celle que j'ai mangé était correcte… Bref, je viens t'annoncer quelque chose.

Elle ne mentionna pas Mary. Elle avait pourtant dû remarquer leur complicité. Angèle hésita à lui demander des nouvelles.

— Quelqu'un est venu pour te voir et t'attend. Je crois même qu'il y a un petit quelque chose pour toi !

Bouche bée, Angèle manqua de réaction. Elle n'espérait pas recevoir de visite. Sœur Rose s'empara de son bras droit et le secoua légèrement.

– C'est bien, non ? Suis-moi, je t'accompagne. Ton invitée est déjà installée.

La salle des visites se trouvait tout près de l'entrée du couvent. Le cœur d'Angèle cognait dans sa poitrine. Un mélange d'excitation et d'appréhension. Quelqu'un venait-il lui annoncer qu'elle pouvait enfin quitter ce purgatoire ?

Lambrissée jusqu'à mi-hauteur de panneaux en chêne massif, la pièce était élégante. C'était une agréable journée de Noël ensoleillée. En ce début d'après-midi, une lumière franche pénétrait par les trois grandes fenêtres situées sur sa droite. Les tables vernies étincelaient. Deux sur six d'entre elles étaient déjà occupées par une pénitente et sa famille. L'atmosphère était tendue et les filles, réservées.

– Voilà, tu peux aller la retrouver, l'autorisa sœur Rose en indiquant d'un signe de tête la femme assise seule à l'une des tables. Vous êtes libre de converser comme il vous semble. Une sœur peut passer pour contrôler que tout se déroule bien, mais elle ne reste jamais bien longtemps. Encore joyeux Noël Euthalia !

Sœur Rose quitta la pièce en sourdine.

La jeune femme patientait, perdue dans ses pensées, les deux mains posées sur un chapeau cloche. Dès qu'elle aperçut Angèle, elle se leva sur-le-champ et repoussa sa chaise qui racla sur le parquet. Elle courut à sa rencontre et l'étouffa dans ses bras. C'était Millie.

– Joyeux Noël ma p'tite Angèle ! Mon Dieu, j'suis si heureuse ! J'ai bien fait de tenir tête à maman pour venir te voir… Oh mon Dieu, que j'suis contente !

Happée par la tendresse démonstrative de sa cousine, Angèle attendit qu'elle la libère. À sa manière, elle lui exprima à son tour sa joie de la revoir. Le travail de déconstruction des nonnes s'avérait efficace. En seulement deux mois d'échanges limités, Angèle avait oublié ce qu'était l'expression d'affection sans contrainte. Elle hésitait. Le trop était risqué, le peu, préférable.

Millie l'entraîna vers la table avant de s'asseoir en face d'elle. Son manteau de laine marron était replié sur le dos de la chaise. Elle portait une nouvelle veste longue bleu marine et sa jupe droite en tartan gris. Un paquet entouré de papier journal était posé auprès de son chapeau de feutre. Elle enveloppa les mains d'Angèle dans les siennes. Angèle se contorsionna.

— T'as l'air fatigué. Et tes mains... Oh pardon... elles sont dans un état, ma pauvre ! s'excusa-t-elle en retirant les siennes avant de continuer, sans reprendre son souffle.

— Et tes beaux cheveux bruns ! Mon Dieu, si j'pouvais t'faire sortir d'ici ! J'te jure que j'pense à toi tous les jours. Raconte-moi tout. Prends ton temps, j'suis pas pressée.

Les yeux d'Angèle seraient bientôt noyés de larmes. Les mots préféraient rester à l'intérieur. Comment pourrait-elle lui raconter le silence forcé, la discipline des corps et des âmes soumis et exercés au travail harassant ? Et la grève de la faim de Mary ? C'était trop dangereux.

— T'as c... c... coupé tes c... c... cheveux ?

Ce fut la seule chose qu'elle réussit à lui dire. Elle se sentait si hideuse dans ses vêtements informes, privée de sa chevelure, les mains à vif. Elle avait honte. Aux yeux de sa cousine, elle devait passer pour une souillon.

— Euh... oui, t'aimes j'espère ?

Millie lui sourit. Fière, elle souleva son carré court, les deux mains en coupe. Sa masse de cheveux blonds ondulés formait un casque. Il éclairait les pointes de son visage.

— J'imagine que toi, t'as pas eu l'choix. Elles te les ont coupés, hein ?

— Oui, elles le f... f... font t... t... tous les q... q... quinze j... j... jours.

— Oh Angèle ! Pourquoi tu dois subir ça ! T'es pas une criminelle !

Au sein du couvent, toutes les filles étaient coupables d'avoir offensé la société et ses codes moraux.

Angèle esquissa un très léger sourire en coin à l'attention de sa cousine. Le petit être qui grandissait en elle venait de se manifester. Voilà un sujet dont elle se sentait libre de parler !

— Il vient de b... b... bouger le p... p... p'tit !

— Montre-moi ça, j'peux toucher ton ventre ?

Millie se leva, encore accompagnée du charivari de la chaise, impatiente d'assister aux premières manifestations de vie du fœtus in utero.

— Oui b... b... bien sûr ! V... V... Viens.

Elle posa sa main et plaqua son oreille contre le ventre de sa cousine.

— Oh, je l'entends ! Ça va être un petit chenapan celui-là !

Elle se redressa. Une ombre inquiète traversa son visage.

— Elles te nourrissent bien au moins ? Ton ventre est encore pas bien gros, j'trouve.

Millie retourna s'asseoir derrière la table, croisa ses bras contre sa poitrine, s'humecta les lèvres et poussa un profond soupir.

— Tu sais Angèle, j'suis très inquiète. Il y a beaucoup de rumeurs au sujet des laveries. Il y en a qui disent que les bébés de celles qui sont enceintes sont envoyés en Amérique pour être adoptés par des riches. J'ai peur pour vous deux, tu sais.

— C'est pas p... p... possible. D... D... Dieu peut pas p... p... permettre ça M... M... Millie.

— J'sais pas... En tous cas, j'te promets de pas les laisser faire.

— C... C... Comment tu feras ?

Millie s'approcha du visage de sa cousine et lui chuchota

à l'oreille :

— J'sais pas encore, mais on trouvera une solution.

Puis en se reculant contre le dossier de sa chaise :

— En attendant, j'suis venue pour ça.

Elle s'empara du paquet en papier journal et le tendit à sa cousine.

— C'est un p'tit cadeau pour toi. Joyeux Noël ! Les nonnes l'ont ouvert mais ont accepté que j'te l'offre. C'est pour ça que le papier est un peu froissé.

— Merci Millie !

— Oh, c'est pas grand-chose, tu sais.

Le paquet était moelleux. Angèle l'ouvrit sans trop faire de bruit. Elle ne dérangea pas les familles voisines. C'était une paire de gants en laine, d'un vert profond.

— Enfile-les, c'est moi qui les ai tricotés. J'ai trouvé qu'le vert ressemble à celui du châle qu'portait tante Bessie. Comme ça, t'oublieras pas qu'elle et moi, on est toujours à tes côtés… J'vais la voir souvent, tu sais. D'ailleurs, dès que j't'aurai quittée, je file au cimetière pour lui raconter comment tu t'portes et lui parler du bébé.

Angèle hoqueta puis fondit en larmes. Millie reprit ses mains gantées dans les siennes. Encore une fois, elle serra un peu trop fort.

— S'il te plaît, ne pleure pas. Je vais t'sortir de cet endroit d'malheur. Je t'en fais la promesse. Tiens le coup, pour le bébé au moins.

Angèle déglutit plusieurs fois puis la rassura :

— Oui, il le f… f… faut. T'as r… r… raison.

Elle se redressa. Digne, elle essuya ses larmes.

Millie avait encore une chose importante à lui dire, une heureuse nouvelle. Elle fit patienter Angèle quelques instants, prit une grande inspiration, avant de claironner à tue-tête :

— Connor et moi, on va s'marier ! Tu t'rends compte !

J'avais peur que les parents n'acceptent pas.

Les visiteurs des tables voisines se retournèrent et pointèrent leurs regards froncés dans sa direction. Un excès d'enthousiasme était mal reçu dans un couvent. Angèle se leva à son tour pour la serrer dans ses bras. Le bonheur de sa cousine était si flagrant. Elle oublia sa retenue.

— Oh ! Je s… s… suis h… h… heureuse pour toi !

— Merci ! Je vais pouvoir enfin filer d'l'appartement. Avec Connor, on aura l'nôtre. Normalement, y en a un qui devrait bientôt s'libérer au 12. Tu t'rends compte, plus d'mère sur l'dos !

Toutes les deux se mirent à rire de bon cœur. Pas trop fort… pour ne pas déranger.

Le temps d'une visite, en compagnie de Millie, Angèle retrouva les contours de la joie de vivre qui avait jadis animé leur complicité d'enfant. Avant de la quitter, sa cousine remit chapeau et manteau, et se pencha une dernière fois sur son ventre. Elle écouta sa délicieuse petite musique puis l'embrassa, lui promettant de revenir très vite.

Angèle grimpait deux par deux les marches qui la séparaient du dortoir. De toute urgence, elle devait retrouver Mary. Lorsqu'elle pénétra à l'intérieur, le claquement sec de la porte se dilua dans l'immense chambrée inoccupée. Sans ses résidentes, elle était mortellement calme. Elle la trouva couchée dans son lit. Seule sa tête était visible, le drap avait été remonté jusque sous son cou. Elle s'assit auprès d'elle au bout du lit. Mary paraissait endormie, ignorant la présence de son amie. Son visage creusé était pâle, son apparence cireuse. Quelques mèches de cheveux collaient son front. Sa respiration était lente, laborieuse.

La cloche sonna l'heure de l'office. Angèle referma la porte avec douceur puis rejoignit les autres dans la cour. Certaines nonnes semblaient agitées. D'autres se précipitaient même en courant à l'intérieur des bâtiments, la main sur la bouche ou sur ventre. Quelle mouche pouvait bien les avoir piquées ?

Elle rejoignit la chapelle le cœur cafardeux. La journée de Noël touchait à sa fin et la visite de Millie avait rouvert la blessure de sa vie interrompue. Sous les volutes d'encens, Mary n'était pas à ses côtés, elle non plus.

PÉNITENCE

Dublin Nord – Fin Décembre 1926 – Début Janvier 1927

Angèle était confuse. À dix heures, sœur Rose lui avait demandé de la suivre sans lui préciser le motif du déplacement. Il était vrai que plusieurs filles l'avaient observée de manière insistante à l'atelier, ce matin. Elle s'était figuré que c'était à cause de son ventre qui changeait. Il commençait à former une bosse sous son tablier. Ça pouvait faire jaser. Elle avait aussi entendu dire, qu'après le repas de Noël, de nombreuses nonnes avaient été prises de vomissements et de fortes douleurs au ventre.

Pour la seconde fois depuis son arrivée, elle se trouvait assise sur le bout de la chaise glissante, dans le bureau de la mère supérieure.

— Alors ma fille, tu n'as rien à me dire ? Sais-tu pourquoi tu es là au moins ?

Le bleu de ses yeux n'avait jamais été aussi menaçant. Hostiles, ils la jugeaient déjà fautive. Mais de quoi ? Les mains réfugiées dans les poches de son tablier, Angèle ne cessait de gesticuler. Sous les spasmes de ses jambes, un pied de sa chaise cognait en résonnant sur le parquet bosselé.

— Arrête ça tout de suite ! lui ordonna la vieille femme qui la toisait, droite comme une statue de commandeur.

— Alors ? Dis-moi, pourquoi penses-tu être là ?

Angèle cessa sur le champ de s'agiter et bredouilla :

— Je s… s… sais p… p… pas ma M… M… Mère.

— Comment ça, tu ne sais pas ? Je vais te le dire moi, ma fille. Tu es à l'origine des maux qui ont frappé un grand nombre de nos sœurs, après le repas de Noël. Nous savons que tu as déposé des copeaux de savon dans toutes les sauces qui ont été servies à leurs tables. Certaines sont tellement indisposées qu'elles n'ont toujours pas quitté le lit... C'est inadmissible !

Angèle sentit le sol se dérober sous ses pieds. Sa tête se mit à tourner dans tous les sens. La mère supérieure se trompait. Elle n'avait jamais mis les pieds dans les cuisines.

— Une fille t'a vu le faire... en douce. Tu ne peux pas le nier. Si tu avoues tout de suite, tu seras déjà à moitié pardonnée par notre Seigneur... Alors ?

Une fille ? Quelle fille ? Quel savon ? Quelle sauce ? Elle n'était coupable de rien ! Ce que la femme en face d'elle alléguait venait de la museler. Pour la préserver du danger, les mots, emplis de leur propre conscience, s'interdirent de jaillir de sa bouche. Elle ne put émettre aucun son. Les lèvres de son opposante remuaient, mais elle se tenait sur une rive bien trop éloignée pour qu'Angèle puisse la comprendre.

— Lève-toi ma fille.

Se lever... L'autoritaire était une marionnettiste. Sans même s'en apercevoir, Angèle se retrouva debout devant le bureau. La vieille religieuse se leva à son tour, s'approcha d'elle puis retira la large ceinture de cuir qu'elle portait autour de sa robe.

— Tu peux t'estimer chanceuse. Tu attends un enfant, Tu ne recevras que quatre coups. Allez, penche-toi sur la table maintenant.

Angèle s'inclina. La mère supérieure pressa sa main contre son dos, forçant sa joue droite à s'écraser contre la surface froide du bureau. Les coups s'abattirent rapidement : un... deux... trois... quatre.

Par malheur, les retombées cinglantes de cette flagellation expiatoire n'étaient que l'une des conséquences des innombrables châtiments exercés au sein du couvent.

— Voici pour tes péchés ma fille. Relève-toi maintenant.

Angèle se redressa. Son cœur battait ses tempes et le feu brûlait ses reins. Son ventre tressauta à plusieurs reprises, douloureux lui aussi. L'autre vint se poster en face d'elle. Trop proche, elle soufflait une haleine rance.

— Je veux maintenant que tu répètes vingt fois de suite la phrase suivante : *je suis désolée ma Mère, s'il vous plaît, pardonnez-moi, je ne le ferai plus jamais.* Vas-y, je t'écoute ma fille.

Angèle recula de quelques pas et concentra son regard sur la cloche du bureau.

— Je s… s… suis d… d… désolée m… m…

Entre ses hésitations, son embarras et ses coups de pieds rageurs sur le sol, Angèle était en larmes. Au bout de la sixième répétition, son bourreau perdit patience.

— Arrête de t'humilier ! C'en est assez ! On arrête là !

La vieille femme exaspérée retourna à son bureau et s'empara de la cloche qu'elle fit tinter avec fureur. Aussitôt, des bruits de pas pressés résonnèrent dans le couloir. Une nonne fit son entrée, un peu essoufflée. Son visage était pâle et ses yeux cernés de marques brunâtres.

— Oui ma Mère ?

— Vous pouvez emmener Euthalia dans la chambre des pénitentes.

— Tout de suite ma Mère.

La nonne se courba en signe de soumission avant de se tourner vers Angèle.

— Suis-moi, ma fille.

La couleur sang de bœuf peinte sur les murs du long corridor du troisième étage évoquait l'acte de mortification.

Sans souffrance, les pénitentes ne pouvaient atteindre le salut. Afin de se tourner vers leurs semblables et vers Dieu, elles se devaient avant tout de renoncer à elles-mêmes.

C'était la voie qu'avait imposée la mère supérieure à Angèle. Une sanction qui s'adressait plus à son âme qu'à son corps.

Les portes défilaient sous ses yeux. Hypnotiques, elles l'attiraient vers des profondeurs dissimulées. Les murs rouges semblaient se rapprocher puis s'éloigner d'elle dans un lent mouvement de va-et-vient. Ils respiraient. Des mains surnaturelles l'arrachaient du sol terrestre. Toutes-puissantes, elles détenaient le pouvoir de la disloquer, de l'éparpiller dans le néant. Son cœur palpitait, pris au piège dans sa poitrine comprimée. Elle transpirait et frissonnait. Impossible de lutter.

Son corps s'engourdit. Le sol de carreaux de ciments ondula, la déséquilibra. Pour éviter la chute, elle plaqua son dos et ses mains moites contre le mur. Dans le couloir, la nonne n'était déjà plus qu'une vague silhouette. Dans sa détresse, Angèle la supplia :

— Ma s... s... sœur !

Ce n'était qu'un murmure mais elle l'avait entendue. Elle rebroussa chemin. Les semelles de crêpe de ses chaussures couinèrent au contact du carrelage. Le souffle court, Angèle prit appui sur son épaule.

— Respire ma fille. Allez, courage. Tu n'en ressortiras que plus forte, tu verras.

Pour lui montrer le chemin, la religieuse inspira et expira profondément. Angèle calqua sa respiration sur la sienne. Après plusieurs cycles, elle sembla se détendre.

— Ça va mieux ? lui demanda-t-elle en passant son bras sous le sien.

Angèle acquiesça d'un léger signe de tête. Elles reprirent la route et firent encore quelques pas avant de bifurquer sur leur gauche jusqu'à une porte au fond du couloir. La nonne lâcha le bras d'Angèle pour l'ouvrir.

La pièce ne contenait qu'une chaise, un bureau s'apparentant plus à une table de cuisine très usagée, et un meuble de rangement débordant de paperasserie. L'air y était poussiéreux.

— Rentre ma fille, c'est ici que l'on s'arrête.

Elle fit pénétrer Angèle la première, entra à son tour et referma la porte en la claquant.

Sur la droite, à côté du meuble, se trouvait une seconde porte. Elle la déverrouilla à l'aide du jeu de clés qu'elle portait à la ceinture. La porte gémit. C'était un réduit d'environ quatre mètres carrés. Son unique source de lumière provenait d'un minuscule vasistas au verre dépoli. Hormis un matelas nu posé à même le sol et un pot de chambre, elle était vide.

— Voilà la chambre des pénitentes. Rentre ! Tu resteras ici pendant une semaine. Tu seras nourrie trois fois par jour et tu feras tout ce que tu as à faire dans le pot que tu vois là, dans le coin.

Angèle rentra dans la cellule puis se retourna pour dévisager son accompagnatrice, l'air de ne pas comprendre.

— Cette semaine sera intense. C'est une épreuve, mais elle te permettra de réfléchir à tes actes passés pour éviter de les reproduire dans le futur. Prie intensément. Le Seigneur t'enverra peut-être un signe. Tu découvriras ce qu'il attend de toi.

Elle n'ajouta rien de plus, referma la porte qui gémit à nouveau, et tourna deux fois la clé dans la serrure.

Enfermé, même avec un éclairage modeste, l'être humain perd ses repères et la notion du temps. Les tours de clés rythmaient les journées d'Angèle. Au début, son cœur battait trop fort lorsqu'elle les entendait s'introduire dans le trou du cylindre. À la fin, elle avait appris à anticiper l'apparition de leurs cliquetis. Ils étaient associés aux repas. Elle n'aurait pas su dire s'ils étaient servis chaque fois par des nonnes différentes, tant leur passage était furtif. Les plats étaient plus frugaux qu'en temps normal, mais étaient attendus et rompaient l'ennui.

Très angoissée les premiers jours, sa colère lui avait tenu lieu de compagne. Elle avait été battue puis enfermée. La douleur pulsait encore au creux de son dos. Qui avait bien pu l'accuser ? Elle avait pensé un moment que la fille au regard sombre avait fait le coup. Puis très rapidement, son bébé s'était manifesté. Elle n'était pas seule durant sa détention. Elle lui consacra toute son attention. Elle pria pour lui, le berça, lui chanta à chaque fois qu'il gigotait en elle *Combien de miles jusqu'à Dublin ?*, la comptine de son enfance. Etendue de côté sur le matelas, les jambes repliées, elle liait ses mains en coupe pour ne rien rater de ses soubresauts. Une fois par jour, sept en tout, elle lui racontait l'histoire d'Alice, les moyens qui lui avaient permis de grandir et rétrécir, les animaux merveilleux qu'elle avait rencontrés lors de son aventure. Les murs disparaissaient et les possibles se transformaient alors à l'infini. Entre les cloisons de sa prison, elle avait réussi à recréer pour elle et son fœtus, le velouté de la vie intra utérine. Sans avoir à rendre de compte à personne, elle se sentait bien, en sécurité.

C'est la lumière aveuglante de l'ampoule qui lui fit mal en premier. En sortant du cagibi, il lui fallut plusieurs minutes pour se réacclimater à la normalité. Elle éternua dans la pièce poussiéreuse et prit conscience qu'elle était désormais en 1927. À travers la fenêtre, de nombreuses étoiles brillaient dans la nuit noire.

— Très bien ma fille, ta punition est levée. Il est tard, je te conduis au dortoir. Tu te décrasseras avant de te coucher. Tu sens vraiment mauvais.

L’air dégoûté, la nonne plissa le nez et reprit :

— Demain matin, tu reprendras ton poste au lavage.

Elles descendirent ensemble les deux étages. Les couloirs étaient silencieux. Arrivées dans la salle de bain collective, elle lui tendit la chemise de nuit propre qu’elle avait gardée sous son bras.

— Tiens, tu iras te coucher tout de suite après tes *complies*. Attention à ne pas faire trop de bruit, les filles sont déjà au lit. Bonne nuit Euthalia.

L’eau tiède dénoua ses muscles endoloris. Le coton de la chemise de nuit était frais et agréable au contact de sa peau. Quelques effluves du savon avec lequel elle venait de se frictionner s’éternisaient dans l’air autour d’elle.

En se dirigeant vers le dortoir, elle pensa tout de suite à Mary. L’idée de la retrouver la mit en joie mais une ombre traversa tout de même son esprit. Comment son état avait-il évolué ?

Elle ouvrit lentement la porte du dortoir et la referma afin de ne pas réveiller les filles. La clarté de la lune illuminait la grande salle, elle n’eut aucun mal à retrouver le chemin de son lit. Arrivée, elle chercha la silhouette de Mary dans le lit voisin.

C’est seulement en insistant un peu qu’elle comprit ce qu’elle avait du mal à distinguer : le lit était vide. Les draps avaient été retirés. Mary n’était plus là. Sous un éclat de lune, elle vit quelque chose briller auprès de l’un des pieds du lit. Elle se pencha pour le ramasser. Elle tenait la médaille de la vierge, celle qui leur avait été offerte le jour de Noël. Sa chaîne se balançait comme un pendule dans le creux de sa main. Angèle l’accrocha autour de son cou, tout près de la sienne. Elle s’agenouilla et pria.

EXPRESSO
Paris – Printemps 2019

Les expressos sont trop courts pour me réveiller le matin, une seule pression ne suffit pas. J'appuie une seconde fois sur le bouton. Le café coule et fait vibrer la table. La version diluée se mélange à l'originale. Et voilà ! Un café à la Robinson !

La fumée qui s'échappe du mug a quelque chose de rassurant. Je l'attrape à deux mains et avale une première gorgée. Elle me brûle à l'intérieur. Avec Pierre, nous n'avons jamais acheté de machine à dosettes. Chez ma mère, j'ai l'impression de m'offrir un petit plaisir. Jamais je ne lui dirais bien sûr !

Mon dos est pincé, elle n'a toujours pas mis son vieux convertible aux encombrants. Nous avons inversé les rôles. C'est maintenant elle qui dort dans la chambre et moi qui déplie ce vieux tas de ressorts.

Durant des années, entre mes petits déjeuners et ses couchers, nous n'avons fait que nous croiser. Elle semblait toujours courir après le temps. Chaque matin dans mon lit, j'entendais la clé tourner nerveusement dans la serrure puis, juste après, le boum de ses chaussures jetées sur le parquet. Ensuite, elle se ruait sur le placard de la cuisine pour sortir mon bol et les céréales. Elle les déposait sur la table, avant de courir ouvrir le frigo pour attraper la bouteille de lait et revenir en verser dans le bol. Elle toquait ensuite à ma porte, s'asseyait sur mon lit pour déposer un baiser – toujours moite – sur ma joue. Pour finir, je l'entendais déplier le canapé et se jeter dessus toute habillée.

Je me dépêche de retirer les draps et de les plier. Je remets le canapé en place contre le mur. J'entends qu'elle sort du lit. Elle referme la porte de la chambre derrière elle. Elle a le visage brouillé. J'ai un pincement au cœur. Sans maquillage et les cheveux en bataille, elle vieillit.

— Bonjour, je te sers un café maman ?

Elle s'approche de moi et m'embrasse sur la joue. Ses lèvres sont molles, légèrement humides.

— Non ma chérie, je prends toujours un thé vert le matin.

— OK.

J'éteins la machine. Sa bouilloire se met à ronfler comme un avion prêt à décoller.

— Tu as passé une bonne nuit ? Je sais que le canapé n'est plus très bon.

— J'ai un peu mal au dos, mais ça va aller.

Elle dépose quelques cuillères de thé dans une théière en fonte puis verse l'eau bouillante. Côte à côte, nous nous asseyons sur le canapé. Elle avec sa tasse, moi avec mon mug. Mon regard se pose sur le portrait de *Florence Nightingale*, déjà depuis trente ans sur le mur.

— Merci de m'avoir accueillie hier soir maman. Je ne me sentais pas très bien.

— C'est normal. Qu'est ce qui t'arrive ? Tu veux m'en parler ?

— Les visites… hier. C'était difficile.

Je voudrais lui dire que c'est parce que tout ce que j'ai tenté de construire a été détruit.

Qu'il ne me reste rien. Que je me sens vulnérable et incapable de mettre un pied devant l'autre. Que la réalité me terrorise. Que tirer un trait sur le passé est impossible.

— Si tu veux, je t'aide à chercher un appartement en location dans un quartier sympa. Il va falloir que tu y penses si tu vends vite.

— Oui, c'est sûr.

Je veux lui faire comprendre. Régler mes comptes. Je fais un petit signe de tête en direction de Florence.

— Tu sais que j'ai toujours eu peur d'elle.

— Ah bon ? Mais tu ne me l'as jamais dit. Pourquoi ?

— Et bien, il n'y a qu'à la regarder, avec son air sévère et ses yeux tombants. J'ai longtemps cru, qu'un jour, elle sortirait de son cadre pour me punir. Je croyais que j'étais une mauvaise fille.

Ma mère pose sa tasse sur la table basse et se tourne légèrement pour me regarder dans les yeux. Son front se plisse et ses sillons se creusent.

— C'était une grande femme tu sais, et tu ne serais pas de ce monde sans elle.

— Oui, je connais l'histoire maman. Ce n'est plus drôle… Peut-être que tu aurais été mieux sans moi dans les pattes ?

Je vois ses deux mains agripper ses genoux et les serrer. Elle se tourne vers moi, le visage contrôlé.

— Oh arrête ça Emilie, tu veux ? Ce n'est pas parce qu'un homme t'abandonne que ta vie est foutue.

— Comment oses-tu maman ? Justement, parlons-en d'abandon !

— Tu te sens abandonnée ?

— Oui ! par Pierre, par toi… par mon père.

Elle se lève subitement en emportant sa tasse avec elle. Je l'entends la déposer dans l'évier. Immobile quelques instants, elle me tourne le dos, les deux mains appuyées contre le plan de travail. Elle revient ensuite s'asseoir à mes côtés.

— Bon… que veux-tu que je te dise Emilie ? Je t'écoute.

— Je veux que tu me parles… de toi, de mes grands-parents… de l'accident.

Elle inspire lentement, s'installe au fond du canapé et croise les bras sur sa poitrine. Je m'oblige à faire de même.

— Très bien. Je suis étonnée que tu ne me l'aies pas demandé plus tôt. Je n'aime pas parler du passé tu sais… mais puisque c'est important pour toi…

Elle semble réfléchir à ce qu'elle va me dire.

— J'étais présente à l'hôpital quand ils les ont amenés. J'étais en dernière année aux urgences et de garde cette soirée-là.

Elle se penche en avant et se cache le visage dans les mains. Quand elle se redresse, elle se tourne vers moi. Ses yeux brillent.

— Tu sais, ils se sont sacrifiés pour que je puisse faire des études et… cet enfoiré de chauffard me les a pris. Quand j'ai vu arriver les brancards, je ne savais pas… j'ai juste fait mon travail. Je me suis précipitée et… je les ai vus. Après, tout est devenu flou. Je sais que je me suis mise à hurler. Des mains m'ont agrippée et mise à l'écart. C'est tout, le reste, je l'ai oublié.

Elle s'arrête de parler quelques secondes. Elle n'essuie pas les larmes qui coulent le long de ses joues. Elles sont immédiatement aspirées par le col de son peignoir en soie. Elle fixe les losanges du tapis, revivant ses souvenirs.

— Ce soir-là, ils allaient au restaurant. Pour eux c'était exceptionnel, un véritable événement. Ils avaient économisé… J'ai mis des années pour oublier ces brancards.

Je déglutis. Les mots restent coincés. Je ne sais pas quoi répondre.

— Je suis désolée… Merci de m'en parler aujourd'hui maman.

Elle essuie enfin son visage à l'aide de ses manches soyeuses.

— Tu sais, ta grand-mère avait cette expression quand rien n'allait. Elle me disait toujours : « à chaque jour suffit sa peine ». Quand tu es entrée dans ma vie, j'aurais fait n'importe quoi pour que tu ne connaisses jamais de peine. On fait tous comme on peut. Je ne suis pas la mère parfaite, c'est sûr. J'en suis consciente. Je pense à moi. J'ai fait des erreurs avec toi. J'en ferai encore... Mais je ne t'abandonnerai jamais Emilie, sache-le. Tu viens de mon ventre, de mes tripes.

— Tu crois que c'est ça ? Que j'ai peur de l'abandon ? Je me pose des questions, tu sais ?

— Oui, c'est normal. Un de tes schéma vient d'imploser. Tous les êtres humains ont peur d'être abandonnés, de se retrouver seuls pour mourir. On se fabrique des scénarios rassurants pour tenter de conjurer le sort. La constitution d'une famille en est un parmi tant d'autres. Elle n'apporte pas forcément le bonheur. Elle repousse juste la peur de mourir, mais pour un temps seulement. Je suis sûre que l'on peut transmettre autrement que par les enfants. Tu peux enfanter différemment, Emilie. Il faut juste que tu trouves comment le faire... Tu verras, ta douleur se transformera. En définitif, toute épreuve est positive. Sois juste un peu patiente... Ne te laisse pas avaler par ta colère...

Elle me parle pour la première fois. Je voudrais la prendre dans mes bras, lui dire que je l'aime, mais je n'y arrive pas.

— Tu vas te doucher ou j'y vais ?

— Vas-y en premier maman.

— Très bien. Je me suis dit qu'après, on pourrait aller se faire un petit resto et un ciné, qu'en dis-tu ? On pourrait aussi aller faire un tour au bois. Il fait trop beau pour s'enfermer, non ? Je te parlerai de tes grands-parents, si tu veux. On pourrait aussi parler de ton père et de sa famille.

— Oui, c'est une bonne idée, maman. On fait comme ça.

ENTORSE À LA MI-CARÈME

Dublin Nord – Mars 1927

Angèle ne revit jamais Mary. À maintes reprises, elle tenta de demander de ses nouvelles à sœur Rose. À chaque fois, sœur Rose répondait qu'elle les avait quittées, sans plus de détails. Ne pouvant se résoudre au pire, elle espérait de toutes ses forces que ses parents soient venus la chercher.

Elle avait fini par renoncer à connaître la vérité. Le lit de Mary était resté vide presque un mois. La fille qui avait pris sa place était différente, plus disciplinée. Petit à petit, Angèle s'était repliée sur elle-même, dans sa bulle. Elle ne conversait qu'avec son ventre. Il s'arrondissait un peu plus chaque jour.

Après l'épisode de l'empoisonnement des nonnes, elle reprit son poste au lavage. Elle fut ensuite transférée au repassage, moins éreintant pour une femme enceinte. Au début, elle triait le linge : s'il conservait des traces d'humidité, il était écarté.

Elle travailla ensuite en binôme avec une grande maigre sur la repasseuse à rouleaux. Elle lui faisait un peu penser à Millie. Mais leur ressemblance s'arrêtait à leur physionomie, la fille était taciturne. Qui pouvait l'en blâmer ? À part celles qui perdaient la tête, elles étaient toutes comme ça à la laverie. Un jour, la fille n'avait pas retiré sa main assez tôt. Un des rouleaux l'avait entraînée. Il s'en était fallu de peu pour qu'elle soit broyée. Angèle avait appuyé sur le bouton STOP avant la catastrophe. La courroie avait pris son temps avant de s'arrêter de tourner.

La nonne de garde avait examiné la main de la fille. Mis à part un pincement rouge au niveau du mont de vénus, elle était intacte.

Après la repasseuse à rouleau, le repassage manuel. Le travail était harassant pour le dos, les filles travaillaient debout. Deux rangées de tables longues mises bout à bout remplissaient l'immense hangar. À chaque table, une pénitente avait pour outil un fer à repasser. Son cordon était relié à une prise électrique placée sur un support en bois qui semblait flotter dans l'air. Angèle devait se pencher un peu plus que les autres pour pouvoir repasser, son ventre envahissait l'espace.

Rythmées par le travail et les offices, les journées mornes s'égrenaient sans fin. Au début du carême, les nonnes la prirent en pitié et la transférèrent à l'atelier de couture. Son ventre était lourd, travailler assise la soulagea. C'était de loin le poste le moins ingrat au sein du couvent. L'atelier était situé au sud, ce n'était pas un hangar, et le soleil pénétrait de manière franche à travers ses innombrables fenêtres. Angèle y avait retrouvé Josefina, la fille au regard sombre. Justice divine appliquée, elle revenait à son tour d'un passage d'une semaine dans la chambre des pénitentes.

Arrivée la mi-carême, Angèle mourait de faim, le matin, le midi, et le soir. Le moindre effort l'essoufflait. La nuit, elle n'arrivait pas à trouver de position confortable pour dormir. Une nonne lui avait annoncé que l'enfant était prévu dans un mois. Elle trouverait bien le courage de patienter encore un peu.

Une légère entorse à la rigueur avait été acceptée, le dimanche était un jour de tolérance. Elle avait eu droit à un grand verre de lait au petit déjeuner, un autre au repas de midi. Elle les avait avalés d'une traite, presque sans respirer. Elle avait ensuite lentement léché ses lèvres, aucune trace de la délicieuse matière grasse sirupeuse ne devait se perdre. Elle était heureuse, reconnaissante pour cette journée différente des autres. Elle attendait le retour de Millie.

Elles s'embrassèrent chaleureusement dans la salle des visites. Millie ne portait plus son manteau, mais seulement sa veste bleue. Les jours rallongeaient et se réchauffaient.

— Tu veux qu'on sorte dans la cour ? Allons respirer un peu l'air frais du printemps, lui proposa-t-elle en la prenant par le bras.

— Oui.

La cour était vide d'espaces pour s'asseoir. Elles optèrent donc pour l'unique option : la marche. Elles firent un premier tour de cour dans un silence gêné. Angèle réfléchissait trop à ce qu'elle allait dire. Millie, elle, attendait qu'elle se lance. Voyant sa cousine empêtrée, elle la précéda.

— Dis donc, comment t'arrives à porter un ballon pareil, avec les toutes p'tites hanches que t'as ?

Elle réussit à faire sourire légèrement Angèle.

— Je s... sais pas. En t... t... tout c... c... cas, j'ai d... d... drôlement mal au d... d... dos.

— Oui, mais moi, j'suis sûre que tu t'plains pas comme maman quand elle était enceinte de Declan. Tu t'rappelles ?

— Oh o... o... oui ! lui répondit Angèle. Un véritable cri du cœur.

Elles entamèrent leur second tour de cour.

— Tu sais, t'es plus à la maison mais elle est toujours aussi pénible. Comme quoi, même si elle en avait souvent après toi, t'étais pas la cause de son mauvais caractère.

— Merci, tu es g... g... gentille M... M... Millie... C... Comment va oncle A... Angus ?

— Oh, toujours pareil tu sais. Mais j'vois bien qu'il est content que Connor et moi, on s'marie.

— Moi a… aussi, tu sais.

— Oui, je sais ma p'tite Angèle.

Avant d'attaquer leur troisième tour, Millie s'arrêta et serra sa cousine dans ses bras. Elle contrôla ensuite du regard chaque recoin de la cour.

— Il y a pas de bonnes sœurs dans les environs… non, parfait.

Elle ouvrit son sac à main et en sortit une petite enveloppe de papier alimentaire. Elle la tendit à sa cousine.

— Tiens, c'est pour toi. Au diable les règles !

Angèle déplia le paquet. Quatre petits caramels mous étaient soudés entre eux. Ils avaient taché le papier.

— J'vois tes yeux briller. J'les ai achetés hier. Ils sont restés dans mon sac et ont pris un coup de chaud. Mange-les vite, avant qu'une de ces sales bonnes femmes te les confisque !

Angèle en mit deux d'un coup dans sa bouche. La douceur sucrée glissa le long de sa gorge, succulente. Meilleurs que toutes les sucreries qu'elle avait déjà goûtées, ces caramels avaient le goût de l'interdit. Elle la remercia la bouche pleine, les caramels collaient à ses dents de devant.

— Ça me fait plaisir de t'voir un peu heureuse. On reprend la marche ?

Entre temps, elles avaient été rejointes par deux filles. Comme elles, elles tournaient en rond. Angèle dégusta les deux derniers caramels. Cette fois-ci, elle les laissa fondre lentement. Millie attendit que l'une des filles les ait dépassées puis, tout en marchant, se rapprocha de l'oreille d'Angèle.

— Tu t'rappelles, je t'avais dit que j'trouverais un moyen pour t'faire sortir d'ici ?

Angèle avala tout rond. Elle dévisagea sa cousine, curieuse mais inquiète.

— Et bien… Connor vient de se faire embaucher comme

chauffeur par la prison. Il conduira une des camionnettes qui viennent livrer le linge sale. On sait pas encore vraiment comment on va faire, mais il connaît un gars de la manufacture des tabacs qui va pouvoir nous aider.

Angèle s'arrêta brusquement. L'autre fille passa tout près d'elles sans les regarder. Elle attendit qu'elle s'éloigne.

– C'est d... d... dangereux !

– Oui, un peu... mais si tu restes ici, elles t'enlèveront ton enfant et tu mourras à petit feu. Jamais j'pourrai m'le pardonner si j'te laisse dans ces murs ! Tu veux rester ici ? Tu veux laver la merde des autres toute ta vie ? Être esclave des bonnes sœurs jusqu'à ta mort ? Tu veux avoir l'air d'une vieille sénile à trente ans, finir dans une tombe anonyme ? Tu crois que tu mérites tout ça ?

Muette, Angèle observait sa cousine perdre son souffle. Elle disait vrai, c'était effrayant. Elle relança la marche et Millie termina :

– J't'ai jamais demandé comment ça t'était arrivé. T'as le droit de pas vouloir me le dire. Quoi qu'il en soit, tu mérites pas d'être enfermée parce que t'attends un enfant. Un enfant est un don de Dieu, non un péché qu'il faut cacher !

Elle s'arrêta, prit le visage d'Angèle dans ses mains, se pencha vers elle et murmura à son oreille :

– Dis-le-moi et j'tenterai rien. Je respecterai ton choix.

Angèle ne voulait pas disparaître. Elle voulait vivre.

– D'accord, je v... veux bien.

Elles firent encore deux tours de cour en silence, puis rentrèrent.

NAISSANCE ET LEICA

Dublin Nord – Fin Avril 1927

— Pousse !

Angèle était étendue sur une simple table recouverte de draps. Une nonne pressait ses cuisses pour toujours les écarter plus, son intimité à sa merci. Les contractions mobilisaient tous ses muscles, testaient sa robustesse. Ses perceptions se transformaient. Sa conscience se modifiait. Une force primaire avait pris la main sur sa détermination. Tout allait vite, trop vite. Son corps n'était que souffrance. La douleur menait la danse.

Elle se contracta. Ses poings se serrèrent et ses orteils se replièrent, crissant sur la face lisse des draps blancs amidonnés. Ne pouvant plus se contenir, elle se relâcha et jura.

Assise sur une chaise cinq heures auparavant, le liquide chaud s'était écoulé une première fois. Elle raccommodait une chemise. Puis, de manière discontinue, il avait continué à s'échapper très lentement. L'humidité était inconfortable mais elle n'avait pas osé demander à se changer.

Presque une heure plus tard, son ventre serré, devenu dur comme la pierre, avait pris une forme étrange. Les douleurs qui le comprimaient et irradiaient son dos étaient montées crescendo. Elle continua pourtant à coudre jusqu'à ce que les spasmes ne l'arrêtent. Ils l'avaient contrainte à se lever et se pencher en avant pour reprendre son souffle. Elle s'était alors sentie impuissante et avait interpellé la nonne, qui, voyant la tache humide sur le devant de sa blouse, l'avait conduite en urgence à l'infirmerie.

— Allez pousse ma fille ! Respire ! Pousse encore !

Elle s'était cambrée, son corps totalement mobilisé. Les mèches de ses cheveux qui, collées par la sueur, recouvraient ses yeux, ne la gênaient plus. La force qui la consumait, poussait, toujours plus fort.

— C'est bien, continue comme ça, je commence à voir la tête.

Elle hurlait, la table tourbillonnait, pousser la soulageait. Proche de la délivrance, son corps perdait ses contours, la douleur s'effaçait.

— Allez continue, pousse encore…

La nonne, qui appuyait jusqu'à présent sur ses genoux, venait de retirer ses mains.

— On dirait que la tête est bloquée.

Sans l'avertir, elle inséra ses deux bras en elle. Elle arracha l'enfant. Sous la fulgurance du choc, Angèle se redressa sur la table, droite comme un mort ramené à la vie.

Entre deux de ses hurlements, l'enfant était sorti. Elle sentit glisser hors d'elle une masse de chair. Elle était reliée au nouveau-né par une corde grisâtre. La religieuse la coupa et tapa sur le dos du bébé. Son petit visage ridé barbouillé de sang se contorsionna, et sa bouche s'ouvrit pour émettre un cri strident.

Il ne ressemblait en rien à l'enfant Jésus. Couvert de sang et d'impuretés violacées, le corps agité et fripé, il était dégoûtant, monstrueux. L'enfant du diable ! Angèle, terrifiée, pensa en son for intérieur qu'elle méritait bien sa place à la laverie, finalement.

Une nonne était sortie de la pièce en l'emportant avec elle. Celle qui l'avait accouchée resta, nettoya les taches de sang sur son corps à l'aide d'une éponge savonneuse, puis retira sa chemise pour lui en lui passer une propre. Elle la guida ensuite vers le lit de fer.

— Couche-toi et repose-toi. On va te l'amener… C'est une fille.

Angèle s'était assoupie quand la nonne avait déposé le nourrisson auprès d'elle. Lorsqu'elle ouvrit les yeux, se furent les plis de son front qu'elle vit en premier. Il était enveloppé dans un linge blanc, seule sa tête dépassait et ses grands yeux observaient les siens avec curiosité. Ce n'était plus la créature repoussante qui était sortie de ses entrailles qu'elle contemplait, mais bien une créature de Dieu.

Elle paraissait si fragile… sa petite Alice.

Les religieuses ne leur destinaient pas de futur ensemble. La petite n'aurait pas de prénom. Angèle ne devait pas s'attacher.

Suite à la naissance de l'enfant, elle avait vu sa poitrine durcir et gonfler. La sensation légèrement douloureuse disparut après les trois premiers jours. Les nonnes lui enseignèrent la bonne pratique d'un allaitement efficace : soutenir son sein, appuyer le menton du nourrisson contre celui-ci pour provoquer l'ouverture de la bouche et bien enfoncer le mamelon.

La première semaine, elles n'avaient pas été séparées. Les nonnes les avaient installées dans une chambre du troisième étage, isolées du reste des filles. Angèle n'avait pas repris le travail et consacrait son temps aux tétées – la petite était vorace – et à l'apprentissage de la toilette.

Bien avant qu'elle ne pleure, elle avait vite appris à reconnaître les signes de la faim chez sa petite : elle commençait par s'étirer, remuait bras et jambes puis portait ses minuscules poings à sa bouche avant de les sucer avec avidité.

Alice ressemblait à tous les nourrissons de son âge, pourtant, Angèle ne pouvait pas s'ôter de l'esprit qu'elle puisse être démoniaque. C'était ce que sa tante Katie et les nonnes lui avaient mis en tête : enfant de la honte, enfant du diable. Plusieurs fois par jours, elle comptait ses dix doigts et ses dix orteils. À chaque fois, elle soupirait, soulagée.

La changer relevait du calvaire. Poser son regard sur la partie intime de son corps nu, interdite et sale, devoir la nettoyer, la rendait malade. Cette nudité la dégoûtait, alors qu'elle avait ressenti l'amour dès que leurs yeux s'étaient croisés et que sa peau parfaite avait effleuré la sienne. Pourquoi ces femmes l'obligeaient-elle à faire cet acte qu'elles même réprouvaient ?

Lorsque le linge humide glissait sur son ventre rebondi, la petite innocente, loin de ces considérations, babillait de plaisir en agitant ses petits bras plissés.

Elle n'avait repris le travail qu'à mi-temps. Ses doigts agiles lui permettaient de coudre vite. Très vite aussi, elle montait les trois étages pour retrouver Alice – son petit miracle, remède contre la tristesse. Les religieuses ne la lui enlèveraient pas, impossible. On ne sépare pas une mère de son enfant.

Millie était venue plusieurs dimanches lui rendre visite. Elle souhaitait voir Alice et avait supplié les nonnes. Elles refusaient. Le règlement interdisait de voir l'enfant. Pour combler le manque, Angèle lui avait décrit le nourrisson en détail : elle avait déjà quelques petits cheveux – des bâtons de bois dressés droits sur la tête – noirs comme ceux de sa mère et des membres potelés et vigoureux. Millie semblait heureuse mais, à chaque visite, une ombre traversait son regard. Elle lui rappelait qu'avec Connor, ils la feraient sortir de cet enfer. « Toi et ta petite serez bientôt libres », lui promettait-elle après l'avoir embrassée, à chaque fois qu'elle devait la quitter. De quelle manière ? Millie n'avait pas le pouvoir de la faire sortir, seul son oncle pouvait signer. Elle lui souriait pour lui cacher, qu'en réalité, elle n'imaginait aucune échappatoire.

Le dernier dimanche d'avril, elle était venue la visiter avec un appareil photo *Leica* dans son sac. Un emprunt fait à un ami de Connor. Elle avait menti à la nonne de garde : c'était pour prendre une photographie d'elles et l'envoyer à une vieille tante mourante. Pour lui faire plaisir. Pour qu'elle puisse voir ses deux nièces ensemble, avant de rejoindre notre Seigneur. La religieuse l'avait naïvement crue, une fille qui nomme le Seigneur est une bonne fille.

Dans la salle des visites, elle avait prêté son peigne à Angèle pour qu'elle se coiffe. Elle lui avait demandé de s'adosser contre le mur blanc du fond, avant de sourire. Un sourire officiel. Elle avait pris plusieurs photographies, Angèle était trop crispée sur les premières.

Elle s'était prêtée au jeu sans comprendre à quoi pourrait bien servir cette mise en scène. « Je sais pas si ça fonctionnera, mais il faut tenter l'coup », lui avait dit Millie en rangeant l'appareil dans son sac. Elle avait ensuite ajouté : « Il faudra sûrement un peu de temps. C'est pas plus mal, on pourra mieux s'organiser comme ça. J'suis désolée de ne pas t'en dire plus. Je veux pas t'inquiéter et te créer de faux espoirs, au cas où on échouerait ».

Angèle avait déjà trop perdu. Elle ne se permettrait pas d'espérer. Les murs du couvent étaient bien trop écrasants et la déception douloureuse.

DERRIÈRE LE PREMIER MUR DE BRIQUE

Dublin Nord – Début Août 1927

Les tétées s'étaient espacées. Angèle n'était plus autorisée à dormir auprès de sa fille. Elle avait repris le travail, et son lit dans le dortoir. La nuit, éveillée parmi celles qui luttaient elles aussi contre leurs propres démons, elle ne pensait qu'à Alice, endormie deux étages plus haut. Elle l'imaginait se réveillant d'un mauvais rêve, cherchant aveuglément, les bras tendus, le contact de sa mère absente.

Début mai, Millie était revenue pour lui faire part du plan d'évasion qu'elle avait conçu pour elle avec l'aide de Connor. Sa réussite dépendait en grande partie d'elle, de son sang-froid. Une nonne la chaperonnait quand elle se trouvait en présence d'Alice. D'une manière ou d'une autre, il lui faudrait trouver un moyen d'échapper à sa surveillance pour atteindre la zone de tri.

Angèle inspira profondément lorsque ses deux pieds nus contactèrent la surface brillante du parquet. Concentrée, elle ne prêta pas attention aux filles qui prenaient place dans la file. Ses mains tremblaient, elle ne pouvait pas reculer, manquer la chance d'être libre avec Alice, décevoir sa cousine. Après avoir inspiré une seconde fois, elle convoqua les esprits de John Burke et de sa mère. Ils lui prendraient la main, lui donneraient l'assurance nécessaire, la guideraient. Elle se rappela aussi le regard résolu de son amie Mary, son courage et la promesse qu'elle lui avait faite. Elle posa sa main sur les deux médaillons qui reposaient sur sa poitrine.

L'estomac noué, elle toucha à peine son petit déjeuner. À l'atelier, chaque coup d'aiguille lui sembla démesuré. Le mot « fuyarde » brûlait son front, elle baissa le regard pour ne pas attirer l'attention. Les coups frappés des machines à coudre comptaient le rebours. De plus en plus fort, ils résonnèrent… jusqu'au dernier.

Dix heures. Son cœur battait au rythme des secondes. Il était temps de retrouver Alice. Angèle sortit de l'atelier pour rejoindre le bâtiment principal. Le cœur sur le point de rompre alors qu'elle cherchait à s'ancrer sur les marches de bois, elle réussit tout de même à gravir les trois étages. La petite se trouvait toujours dans la pièce qui l'avait vu naître. Elle ne l'avait encore jamais quittée. Quelle nonne ouvrirait la porte ? Cette question était essentielle. Elle frappa un coup sec puis recula d'un pas. Elle la reconnut. Celle-ci était compréhensive, tout devrait bien se dérouler.

Un voilage de crêpe qui recouvrait la fenêtre filtrait les rayons de soleil. La journée s'annonçait chaude. Cet été irlandais était exceptionnel. La petite, assise affalée contre les barreaux d'un parc aménagé, agita les bras dès qu'elle la vit entrer. Angèle retira son tablier et le déposa contre le dossier du fauteuil. Elle s'approcha d'Alice et l'attrapa sous les bras. Les babils du bébé rebondirent contre sa poitrine. Elle s'assit ensuite dans le fauteuil et déboutonna le haut de son uniforme. Elle repoussa les deux médaillons à l'arrière de son cou, sortit son sein et plaqua la tête du nourrisson contre son mamelon. La petite commença à tirer en grognant de contentement.

Angèle avait peu de temps, Connor avait déjà dû commencer à décharger les malles. Assise à côté de la porte, la religieuse était plongée dans la lecture de sa bible. Angèle fouilla dans la poche de son tablier et récupéra le verre qu'elle avait subtilisé au réfectoire et rempli de porridge. Elle le renversa à la hâte sur sa poitrine et barbouilla le visage du bébé. Elle allait devoir jouer la comédie.

— Oh ! M... M... Ma s... s... sœur ! J'me s... sens pas b... b... bien, bredouilla-t-elle en gesticulant, peut-être un peu trop théâtrale.

La nonne se leva de sa chaise pour constater l'étendue des dégâts.

— Et bien ! Vous êtes propres toutes les deux !

La petite Alice avait été retirée du sein et agitait ses bras impatients. Elle tentait de se débarrasser de la bouillie gluante que sa mère avait badigeonnée sur sa bouche.

— Comment te sens-tu maintenant ma fille ?

— E... c... écœurée, lui mentit Angèle en portant la main à son visage, sur le point de vomir, encore une fois.

— Deuxième porte à droite du couloir. Tu trouveras un cabinet de toilette. Va te rincer et nettoyer l'enfant.

— M... M... Merci, m... ma s... s... soeur.

Angèle sortit très vite de la pièce en serrant la petite contre elle. D'un pas vif, elle se dirigea vers la salle de toilette que lui avait indiquée la nonne. Elle rinça sa poitrine et le visage du bébé. Elle reboutonna sa blouse puis contempla un instant, son image dans le petit miroir fendu au-dessus du lavabo : ses cheveux noirs épais étaient hirsutes et mal taillés. Sa peau fine, trop pale, peinait à cacher l'angularité trop prononcée de l'ossature, déjà délicate, de sa mâchoire. Elle se fit l'effet d'une vieille femme fatiguée. Elle détourna son regard pour le poser sur sa fille. Elle cherchait aveuglément le sein auquel elle avait été arrachée.

— Allez ma p'tite ! On sort de là ! dit-elle, rassurant autant Alice qu'elle-même.

Elle replaqua la petite contre sa poitrine et sortit de la salle d'eau. Dans le couloir, elle passa devant la nurserie de fortune en courant – pas un bruit à l'intérieur – avant de s'arrêter net devant la porte qui la séparait de la cage d'escalier.

Elle inspira une grande bouffée d'air. Elle devait paraître détendue, ne pas affoler les religieuses qu'elle pourrait croiser. Dans l'éventualité, elle avait prévu de dire que l'enfant, qui paraissait malade, refusait le lait et qu'elle avait reçu l'ordre de l'aérer.

Par chance, elle ne croisa personne.

Arrivée aux pieds des escaliers, le dos de son uniforme était trempé de sueur. La petite était lourde et gigotait trop. Affolée, elle ne trouva pas immédiatement la porte métallique qui menait à l'extérieur du bâtiment, côté rue. Elle finit par la trouver, masquée par une avancée de mur à droite. Elle pria pour qu'elle ne soit pas fermée. Lorsqu'elle actionna sa poignée, elle s'ouvrit. La petite Alice glissait lentement de ses bras. Angèle la souleva, pressa son visage contre son cœur, avant de s'engouffrer dans l'étroite tranchée qui séparait le couvent du monde des vivants.

Inexorables, les grains de sable glissaient dans le sablier. Elle se mit à courir. Des graviers s'échappèrent en crissant sous ses pas. Elle devait rejoindre au plus vite l'entrée arrière du bâtiment. Alertée par le son tonitruant des machines piqueuses à l'approche de l'atelier de couture – ses fenêtres étaient ouvertes –, elle ralentit puis passa devant en rasant le sol.

Il ne restait plus qu'à atteindre le tri et attendre que la voie soit dégagée. Arrivée, elle plaqua son dos contre le mur. Alice se mis à gémir. Elle allait hurler. Angèle déboutonna sa blouse et la plaqua contre son sein, les larmes aux yeux.

Six camionnettes étaient stationnées devant l'entrée du tri. Millie lui avait précisé que celle dans laquelle elle devait se cacher serait peinte en rouge. Elle serait garée contre le mur, cachée au regard de celles qui se trouveraient à l'intérieur de l'atelier.

Des hommes tournaient autour des véhicules, discutaient à grands éclats de rire en manipulant les coffres remplis de linge. Sur le plateau de la camionnette, un coffre vide l'attendait, dissimulé sous une bâche. Millie lui avait dit d'être prudente. De ne pas agir avant que les hommes terminent leur chargement, fassent vrombir leurs moteurs et quittent le couvent.

Elle guetta, aussi discrète qu'elle le put – la petite tétait bruyamment –, la peur au ventre.

Le dernier véhicule franchit le portail. Elle s'élança. Alice ballottait, accrochée à son sein. Arrivée à l'arrière de la camionnette, elle la déposa sur le plateau, grimpa à son tour, ouvrit le couvercle du coffre en osier, la récupéra et pénétra à l'intérieur. Elle referma le couvercle. Son corps vibrait de la tête aux pieds.

Couchée sur le côté, les jambes repliées sous la petite qui avait repris le sein, Angèle, entre deux battements de cœur, entendit quelqu'un s'approcher. Les pas de l'inconnu résonnèrent sur les planches du plateau et l'osier crissa juste avant qu'il ne soulève le couvercle. Les paupières closes et serrées, elle se raidit, étouffant presque Alice qui régurgita un peu de lait sur son uniforme gris.

Elle ouvrit les yeux. Le visage de Connor, sur lequel elle lut joie et soulagement, la contemplait en souriant. Sans un mot, il referma le couvercle, sortit du véhicule et rentra dans la cabine en claquant la portière.

Elle aurait pu décrire la structure complète de la route qu'ils avaient empruntée, faite de bosses et de creux, comme certaines couvertures de romans. Secouée dans sa malle, elle aurait pu, pour de vrai, cette fois-ci, rendre le peu de porridge qu'elle avait avalé quelques heures auparavant.

Elle avait remercié le vent. Merci de s'être infiltré dans les vides en faisant claquer la bâche de toile. Merci d'être venu jusqu'à elle, traversant le tissage serré de la malle en osier.

La camionnette venait de s'arrêter. Le ronflement du moteur fit place au silence. Les suspensions du véhicule s'activèrent, Connor venait de grimper à l'arrière.

– Tu peux sortir avec la p'tite. Vous êtes en sécurité maintenant.

Angèle n'avait pas entendu de voix masculine depuis plusieurs mois. Elle hésita quelques instants, puis souleva le couvercle. Il fit quelques rebonds avant de s'immobiliser. Côte à côte, Connor et Millie se tenaient aux pieds de la camionnette. À son rythme, ils la laissèrent sortir de la malle pour les rejoindre. Alice, repue, reposait sereine dans les bras de sa mère.

– Oh mon Dieu, Angèle ! J'en reviens pas ! On a réussi à t'faire sortir !

Millie tournait en rond en sautillant, excitée comme un chien fêtant son maître. Ses mains se portaient frénétiquement à son cœur, sa bouche, sa tête.

– Calme toi Amélia ! Tu vas effrayer la p'tite, lui ordonna Connor en se rapprochant d'Angèle.

Millie grimaça à l'intention de son futur époux, encore abasourdie par la réussite de son projet.

– Je peux ? demanda Connor en tendant les bras en direction du nourrisson.

– Oui, b… b… bien s… s… s…

Les mots restèrent bloqués dans sa gorge. Angèle se crispa, tapa fort du pied sur le sol, les larmes au bord des yeux.

Connor lui prit le bébé des bras. Elle lui céda sans résistance. Millie repoussa le jeune homme sur le côté pour serrer sa cousine contre elle.

– C'est pas grave si t'arrives pas à parler ! T'es chamboulée, c'est normal après ce qu'on t'a fait faire.

J'voudrais avoir le quart de ton courage. Tout va bien se passer tu verras. Tu vas pouvoir avoir une belle vie, loin d'ici.

Elle l'embrassa sur le sommet du crâne.

— Mais les n... n... nonnes ?

— T'inquiète pas. Ces diablesses pourraient bien vider la *Liffey*, qu'elles te trouveraient pas.

Millie se tourna vers Connor. Il berçait Alice.

— Montre-moi cette beauté maintenant, c'est mon tour.

Un peu à regret, il lui remit le nourrisson.

— Oh Angèle ! Elle est bien plus belle que l'Alice du roman ! J'suis sûre qu'elle aura les mêmes cheveux épais que toi. Elle a tes yeux aussi, tu trouves pas Connor ?

Il acquiesça, le regard attendri posé sur la petite bulle qui venait de se former au coin de la bouche rosée du bébé.

Millie la rendit à sa mère. Curieuse, la petite se tortillait de gauche à droite, cherchant à ne rien manquer de cet environnement, si différent des murs lézardés de sa chambre monacale.

La camionnette était stationnée sur un terrain vague qui, en dehors d'un arbre à moitié desséché et quelques brins d'herbes qui luttaient pour tenir droits, devait tenir lieu de décharge sauvage. Non loin d'eux, le tintamarre de la ville agitée était à peine perceptible.

Une goutte de sueur glissa lentement sur les lèvres de Millie pour se perdre dans le creux de son menton. Angèle essuya son front puis celui d'Alice, saturant la fine toile de la manche de sa blouse. Connor chassa de la main un insecte qui sifflait au creux de son oreille. La chaleur n'atteignait jamais Dublin. Mais cette année, entre deux épisodes de pluie, elle étouffait tous ceux qui n'étaient pas habitués au climat continental.

Une voiture rutilante était garée près de l'arbre. Millie qui venait de quitter sa cousine, était en train de se battre avec une valise posée à l'arrière du véhicule. En cuir marron et sécurisée par deux sangles, elle paraissait peser le poids d'un âne mort. Connor accourut auprès d'elle pour la décharger. Il la déposa aux pieds d'Angèle.

— Tiens, elle est pour toi, l'informa Millie en lui désignant la valise.

Le regard circonspect d'Angèle passa de la valise au visage de sa cousine.

— Il y a des vêtements et des produits de toilette pour toi et la p'tite. Tout du moins, pour le début du voyage. C'est vrai qu'elle est lourde, mais je pense que tu trouveras bien une âme charitable pour t'aider à la transporter.

Millie s'empara ensuite de son sac à main, elle l'avait déposé à l'arrière de la camionnette. Elle en sortit deux enveloppes et les échangea contre la petite Alice.

— Ouvre-les, je vais t'expliquer.

Angèle ouvrit la première : elle contenait un formulaire tapé recto-verso à la machine. Il portait la signature du consul des Etats-Unis d'Amérique. Une photographie d'identité était collée sur le recto. Elle reconnut, en fond, le mur blanc de la salle des visites du couvent.

— C'est un formulaire de demande de visa. T'es autorisée à entrer sur le territoire américain. Tout est en règle. T'auras plus qu'à le présenter à ton arrivée. La p'tite est mentionnée, bien sûr.

Plantée à côté de la valise, Angèle resta bouche bée devant le document. Connor gardait le silence, Millie avait presque tout organisé seule.

— Ouvre l'autre maintenant !

Angèle ouvrit la seconde enveloppe. Elle contenait un ticket et des billets de banque.

— Connor va t'emmener jusqu'à Queenstown avec la voiture qu'tu vois là-bas, sous l'arbre. Le départ est prévu pour le 16.

Des pas résonnèrent sur le sol de terre battue. Tous les trois se retournèrent et virent apparaître un jeune homme. À pied et trempé de sueur, il devait arpenter les rues chaudes de Dublin depuis déjà un moment. Il fit un rapide signe de tête à Connor et s'installa dans la camionnette, à la place du chauffeur.

— C'est un de mes amis. Il va la ramener. Ils se rendront compte de rien à la prison, dit-il à Angèle pour justifier la présence de l'homme.

Elle tenait les billets et le ticket fermement dans les mains lorsque le moteur démarra. Elle les tritura un moment avant de trouver les mots qui lui permettraient de comprendre.

— Pourquoi si l... l... loin ?

— Parce qu'ici, il y a que la laverie pour toi. La laverie, ou t'cacher dans la campagne où personne s'inquiétera de toi. Là-bas, tu pourras être qui tu veux. Ils acceptent tout le monde, ils sont tolérants. Ici, tu seras toujours une fille-mère honteuse à cacher. Une fille que ceux qui s'pensent mieux que tout le monde montreront du doigt.

— Mais l'a... a... argent ? questionna Angèle en lui tendant la liasse de billets tremblante.

— Ne t'fais pas de souci avec ça. Connor et moi, on a économisé pour toi et Alice. Tu nous dois rien. Mais sois prudente, montre-le à personne. On sait jamais !

Angèle rangea l'argent et le ticket dans l'enveloppe. Elle fondit en larmes.

— Pleure pas. Tiens, regarde-la comme elle est belle ! C'est aussi pour elle qu'on fait tout ça, lui dit sa cousine en lui tendant le nourrisson.

— Pour que vous ayez un bel avenir toutes les deux.

Millie qui avait réussi à se contrôler jusqu'à présent, se mit à sangloter, elle aussi.

Connor se gratta la gorge, mal à l'aise avec les larmes.

— Je suis désolé les filles, mais il va falloir qu'on y aille. Vaut mieux pas trop traîner ici.

— T'as raison chéri, les adieux sont pas faits pour moi d'toute manière.

Millie essuya son visage du revers de la main.

— Tu vas r... r... rentrer comment ? lui demanda Angèle.

— Par le tramway, il y a un arrêt pas trop loin d'ici. J'vais marcher un peu... Allez maintenant, rentre dans la voiture avec Connor... et bonne route pour Queenstown.

— Au fait, une question Millie. Pourquoi t'as sorti la valise de la voiture puisqu'elle retourne dedans ? demanda Connor tout en l'empoignant.

— Ben, j'sais pas chéri, pour la montrer à Angèle... Et puis arrête de m'chercher, j'suis assez bouleversée comme ça !

Ils se dirigèrent tous les trois en silence vers la voiture. Connor ouvrit la portière du côté passager. Angèle se retourna vers sa cousine avant de s'asseoir sur le siège en cuir.

— J'veux p... p... pas q... q... quitter Dublin. J'ai p... p... peur. J'te r... r... reverrai plus.

Si elle n'avait pas tenu la petite dans les bras, elle aurait sûrement agrippé sa cousine pour ne plus la lâcher.

— Mais si, j'viendrai te voir là-bas. Et puis on s'écrira tout le temps. C'est pas un océan qui arrivera à s'mettre entre nous. On restera ensemble par la pensée. Et puis, j'irai parler à tante Bessie de tes aventures en Amérique. Tu vois, tu peux partir tranquille.

Angèle esquissa un très léger sourire. Elle comprit que c'était le moment. Elle devait partir. Elles s'étreignirent une dernière fois, toutes les deux un peu honteuses de verser autant de larmes.

— Je t'a... a... aime M...

— Moi aussi ma p'tite Angèle, je t'aime... Allez ! rentre

là-dedans avant qu’je fonde devant toi !

Angèle pénétra dans la voiture et déposa la petite Alice sur ses genoux. Millie referma la portière. Angèle sursauta. Connor mit le moteur en route. Lorsqu’il amorça sa marche arrière, les roues dérapèrent sur le sol de terre battue. Millie recula pour se protéger du nuage de poussière. Angèle se retourna pour faire un dernier signe de main à sa cousine. Elle la vit lui répondre avant de se troubler et disparaître derrière le premier mur de brique.

CARTES POSTALES
Paris – Printemps 2019

J'ai décidé de mieux la comprendre. Je dormirai sur le canapé, le temps de trouver un nouvel appartement. Pour nous deux, j'enterrerai la hache de guerre.

Nous sommes plus exigeants envers nos parents qu'avec le reste du monde. Pour l'enfant resté caché en nous, ce sont des êtres extraordinaires. Le petit humain vulnérable est incapable de les décevoir mais rêve d'être un géant. C'est ainsi que naît le conflit.

Tôt ou tard dans la vie, deux météorites entrent en collision. L'une : la réalité démaquillée, l'autre : la fantasmagorie enfantine.

La déflagration ébrèche la vitrine protectrice dans laquelle l'adulte-enfant contemplait ses parents valeureux. Il ne voit désormais que le reflet de lui-même dans le verre altéré. Derrière les espaces laissés vacants par les fêles, il les redécouvre : créatures faillibles, à son image.

Hier, je me suis coulée dans l'exposition Van Gogh à *l'atelier des lumières*. Un ciel étoilé s'affichait sur le sol et les murs. Les flamboyants reflets jaunes de la ville déposés sur la mer d'huile ont pris substance sous mes pieds. Chancelante, j'ai perdu mes repères. Forcée de pénétrer en moi, j'ai pris conscience de l'ampleur de ma complexité, de la vulnérabilité humaine.

Ma vitrine ne s'est pas seulement fissurée à cet instant, elle s'est brisée en une multitude d'échardes lumineuses, mes illusions d'enfant restées encapsulées à l'intérieur. Je remercie ma mère de m'avoir ouvert son cœur. Elle m'a donné la permission. Mes racines peuvent désormais croître, nourrir l'arbre chancelant.

Suis-je honnête ? Dans mon travail, je m'attribue le beau rôle en aidant toutes ces femmes. Du bon côté de la barrière, je suis celle qui sait, qui prend les bonnes décisions. Forte, parce que bien intégrée. *Suivez mes conseils, prenez modèle sur moi !* En réalité, je m'évite de chercher à savoir qui je suis, rassurée par mon sentiment de supériorité.

Maintenant, je leur ressemble. Je ne suis plus cette femme – la bien intégrée –, je suis juste une femme rejetée. Mes rêves de normalité – de maternité – m'ont fui. De nombreuses femmes ont vécu pire, vivront pire. Si je pouvais avoir le quart du courage de toutes celles qui viennent chercher conseils au planning…

J'ai reçu un SMS de madame Jacquemin ce matin. Le premier couple venu visiter l'appartement l'achète. Ma période Pierre est close. Je pose un point final. J'ai besoin de ma mère. L'avenir, seule, me terrifie. Elle va m'accompagner, prendre la petite fille par la main.

En attendant, je lis la correspondance d'Angèle à Amélia. Le soir dans mon lit, j'apprends à la connaître. Elle était sa cousine, non sa sœur. La douce lumière orangée que diffuse ma lampe de chevet me réchauffe. L'espace temporel se brouille. Par-delà les océans, le passé devient présent.

Les courriers sont rapprochés, j'ai le sentiment de faire intrusion. Ses mots sont expressifs, je m'imagine sans difficulté à ses côtés. Je vis par procuration. Un peu voyeuse, je déguste chaque ligne, comme un bon vin, une douceur sucrée. Mais a-t-on le droit de lire l'intime ? De se l'approprier ? Angèle m'autoriserait-elle à le faire ? Les lettres qui me restent à découvrir sont encore nombreuses.

Quels sont ses traits ? Je n'ai trouvé aucune photo, alors je l'imagine un peu comme Amélia. J'ai déduit au fil de ma lecture qu'elle l'avait aidée à fuir quelque chose. Ses lettres débordent toutes de reconnaissance, jamais elle ne mentionne le négatif. A à peine dix-huit ans, elle a quitté l'Irlande avec sa fille Alice. Peut-être a-t-elle échappé à un homme violent ? Bien sûr, ce n'est pas l'unique raison, elles sont multiples. En tous cas, elle semble parfaitement s'acclimater à la grande ville américaine.

Et Amélia ? Le manque de ses lettres me frustre. Son courrier devait pourtant être abondant en réponse à celui de sa cousine. Angèle la supplie de venir lui rendre visite. Elle ne l'a toujours pas fait. Trop d'obligations, ou peut-être la peur du voyage à l'étranger ? Son désir d'enfant n'est pas comblé. Angèle la réconforte, prie pour elle. Elle ne doit pas désespérer.

Sur les conseils de Marion, j'ai approfondi mes recherches. Amélia s'est mariée avec un certain Connor Dunne mais n'a jamais eu d'enfant. Je comprends maintenant l'impression prégnante qui émane de la photo, son attachement pour mon père, son fils de substitution.

Un des cartons est rempli de cartes postales. Une agréable manière qu'avait Angèle de faire découvrir son nouveau monde à Amélia.

J'en tire une au hasard : *Les lions mangeurs d'homme du Stavo.* Une photo en noir et blanc, deux lions naturalisés dans une vitrine. L'un est debout, l'autre couché à ses pieds. Au dos, l'écriture penchée d'Angèle à l'encre : *ils sont effrayants mais Alice les adore!* Je tape sur le clavier de mon portable : attraction phare du muséum, ils sont réputés avoir dévoré une centaine d'hommes en 1907 sur un chantier africain.

Je prélève une autre carte : *Le village irlandais – Exposition Universelle 1933.* Je n'arrive pas à déterminer si c'est une illustration colorée ou une photo retouchée. L'entrée du pavillon a des allures de film hollywoodien : le *Robin des Bois* avec Errol Flynn. Une façade médiévale à créneaux au toit vert et gardée par des dragons de bois sculpté bat pavillon américain. Ici encore, Angèle est avare de mots. D'une écriture pressée elle indique que l'évènement ressemble à une kermesse géante.

Une troisième : *Field garden apartement homes.* C'est une photo colorisée. Elle montre deux rangées de bâtiments identiques, face à face. Au centre, un chemin piétonnier bordé de bancs et de zones arborées entraîne le regard au loin. Dans le fond, un drapeau américain flotte au vent. Angèle précise qu'elle loue un nouveau logement dans cet ensemble.

Je pique une quatrième carte : *La photo d'une horloge imposante.* Soutenue par un support métallique ouvragé à l'angle de deux façades d'un même bâtiment, elle semble flotter dans l'air. Angèle a inscrit sur son envers : *Grâce à elle, je n'arrive jamais en retard au travail !*

Toujours plus curieuse, je prélève une dernière carte : *un éléphant d'Asie plonge une patte dans le bain de son enclos.* C'est *Deed-A-Day* – traduction : *une bonne action par jour* – le pachyderme du zoo. Drôle de prénom ! Lors de son arrivée, l'éléphanteau reçut un coup de sac de cacahouètes sur le sommet de la tête en guise de baptême. Angèle note que c'est l'animal préféré d'Alice.

Doucement, les mots et les images de cartes postales tissent la trame d'une vie. Chaque soir, avant d'éteindre la lampe, j'en tirerai cinq… jusqu'à la dernière.

LA RENCONTRE

S.S ARABIC – Août 1927

Sur le pont, les bourrasques d'air imprégné par les embruns transportaient des effluves puissants de peinture fraîche. Du bastingage aux coursives, le paquebot tout entier exhalait ce parfum d'artifice.

Suite à son récent rachat, les deux imposantes cheminées, jaunes à l'origine, venaient d'être repeintes en noir. Lorsque Angèle passa auprès d'elles, un relent chargé lui souleva le cœur. C'était le second jour de la traversée. Le premier, la faute à trop de remous, elle était restée étendue, malade sur sa couchette de troisième classe. Un pied devant l'autre, les rafales la ralentissaient. Le vent hurlait à ses oreilles, affaiblissant le son de ses pas sur les larges planches patinées par le sel. Elle baissa la tête et cacha Alice sous la couverture fournie aux voyageurs par la compagnie. Son objectif : atteindre la poupe pour respirer pleinement. Sur l'étroit pont, elle progressa malgré la résistance du souffle, évitant les chiens en laisse et les couples qui stationnaient bras dessus, bras dessous, profitant du paysage.

La poupe était envahie. Des voyageurs allongés sur des chaises longues se prélassaient enveloppés dans leur couverture de laine chaude. Tous grimaçaient, fouettés par la bruine salée. Angèle se rapprocha du bastingage. La voyant accompagnée du nouveau-né, un homme à la mise impeccable lui proposa sa place. Elle refusa. Elle ne resterait pas longtemps.

Tout était allé si vite. Les vagues se brisaient contre

la coque noire du navire en une explosion d'écume mousseuse. Le drapeau à étoile rouge claquait contre le tourbillon incessant. Angèle serra Alice contre elle et inspira une profonde bouffée d'air iodé. Elle pensa à Millie et Connor. Connor en sueur, qui, sur le bas-côté de la route, avait changé le pneu crevé de la voiture sous les hurlements de la petite qui supportait mal la chaleur. Connor qui vers la fin, avait perdu ses moyens en pensant qu'elle allait manquer le départ. Millie... disparue derrière les briques rouges. Elle l'imaginait tournant autour de la table, se rongeant les sangs. Il lui vint aussi à l'esprit que le couvent devait être en alarme. Elle repoussa vite cette pensée angoissante. L'océan sans fin avait remplacé les murs tristes. Elle n'était ni heureuse, ni apeurée. Pour l'instant, elle luttait contre la tempête qui faisait rage dans sa poitrine, dans son ventre. Le roulis des vagues était pire qu'au fond de sa couchette. Elle décida de rentrer.

Dans l'étroit couloir blanc, l'odeur était encore plus écœurante que dans le reste du paquebot. Elle irritait la gorge comme trop de fumée de cigarettes. L'heure de la tétée approchait, la petite commençait à s'agiter. Lorsqu'elle rejoignit la cabine, elle était vide. La femme qui la partageait avec elle l'avait quittée tôt ce matin après sa toilette. L'espace restreint n'était pas entièrement occupé. Deux places restaient vacantes. Angèle avait déposé sa valise sur le superposé du haut et dormait dans celui du bas avec Alice. Sa compagne de chambre avait fait de même avec les deux lits voisins.

Elle s'installa sur sa couche et sentit le navire tanguer sous ses pieds. Alice, peu incommodée, tira sur son sein avec vigueur, comme à l'accoutumée.

Angèle sursauta légèrement. La porte venait de s'ouvrir sur sa voisine. Elle revenait de l'extérieur. Ses cheveux étaient ébouriffés et ses joues rosies par l'air marin. Depuis leur arrivée la veille, hormis un rapide bonjour-bonsoir, elle n'avait pas cherché à discuter avec elle. Elle referma la porte et vint s'asseoir sur son lit. Elle ouvrit un petit nécessaire de toilette tapissé d'un tissu vieillot, en sortit un peigne, et se recoiffa tout en observant Alice avec intensité derrière ses lunettes embuées.

— Vous vous sentez mieux ? lui demanda-t-elle d'une manière un peu sèche, après avoir rangé son peigne et essuyé ses lunettes avec un mouchoir.

Au premier abord, la femme un peu ronde d'une bonne quarantaine d'années ne semblait pas très sympathique. Angèle lui répondit par un petit signe de tête positif. Son état s'était pourtant à peine amélioré.

— Il fait un froid de canard dehors. On est mieux à l'intérieur. Je ne comprends pas tous ces gens qui se prélassent sur des transats... Mon Dieu, le temps va paraître long à bord. Vous savez jouer aux cartes ? Elles passent bien le temps.

— N... n... non, lui répondit Angèle sans quitter du regard Alice qui tirait comme une forcenée sur son sein.

— Oh, c'est dommage... Nous aurions pu jouer ensemble.

Elles restèrent toutes les deux dans un silence embarrassé, puis la femme reprit :

— Je m'appelle Alma Murphy, et vous ?

— A... A... Angèle R... R... Robinson et là, c'est A... A... Alice, lui répondit-elle en essuyant la bouche de la petite après l'avoir placée sur ces genoux.

— Enchantée mesdames. Angèle, c'est un prénom étranger, non ?

— Oui, f... f... français. Mon p-p-père...

— Votre père était Français. C'est pour ça que je ne vous trouve pas l'air très irlandais. Pour moi, c'est différent. Si je pouvais dire adieu à ces taches de rousseur et ce teint rougeot !

Angèle pensa aussi à son air renfrogné mais repoussa vite sa méchante pensée.

— Vous avez le mal de mer. Si vous vous sentez trop mal, je peux sortir votre fille ? Ça ne me dérange pas, je ne tiens pas en place de toute manière.

— M... M... Merci.

— Il n'y a pas de quoi.

Alma consulta sa montre. Elle paraissait minuscule autour de son poignet dodu.

— Il va être l'heure d'aller déjeuner. Vous me suivez ?

— Oh, non ! je suis e... e... encore m... m... malade.

Angèle remuait sur son lit, mal à l'aise d'avoir à dire non à cette femme impressionnante. Secouée, Alice éructa sans retenue. Elle lui tapota le dos.

— En voilà une qui a bien mangé au moins ! Très bien, reposez-vous. Je vous ramènerai un petit quelque chose au cas où.

Alma Murphy se leva, lissa les plis de sa robe et caressa le sommet de la tête d'Alice avant de quitter la cabine pour aller déjeuner.

Le navire progressait sur l'océan, Angèle se sentait mieux mais dormait mal. La carcasse du bateau grinçait par à-coups surprenants, Alice réclamait souvent le sein et sa voisine se levait en pleine nuit pour sortir dieu sait où. Néanmoins, elle appréciait de plus en plus ses passages sur le pont. Elle confiait Alice à Alma et goûtait au plaisir solitaire de se prélasser tout en regardant déambuler les voyageurs, cheveux aux vents. Malgré son apparence rugueuse et son comportement un peu brusque, sa compagne de cabine était une femme généreuse. Elle lui apprit même à jouer aux cartes.

Chaque jour, elles passaient ensemble une à deux heures dans la salle commune des troisièmes classes. Elles s'installaient, soit sur les grandes banquettes de bois –

Alma tricotait et Angèle s'occupait d'Alice –, soit aux tables pour s'entraîner aux cartes. Elles jouaient uniquement toutes les deux, Angèle craignait de se mélanger aux groupes, ils riaient trop fort. Alice participait aux parties. Elle avait choisi rois et reines. Son bon goût la poussait à tenter de les porter à sa bouche sans arrêt, jusqu'au moment où, fatiguée, en impératrice, elle exigeait le retour du silence. Toutes les trois se retiraient alors dans leur cabine, les unes pour terminer leur partie et l'autre pour rêver, pouce en bouche.

Un après-midi où l'océan était lisse, Alma s'acharnait à faire tinter ses aiguilles. Les sourcils froncés et la bouche pincée, sans lâcher son ouvrage, elle remontait régulièrement ses lunettes qui glissaient le long de son nez. Assise à ses côtés, Angèle comptait le nombre de places occupées par banc. Elle tentait de détourner son esprit. Seules les heures et les minutes la séparaient du débarquement. Elle rêvait que le paquebot s'arrête, pour toujours. À terre, elle n'aurait aucun endroit où se réfugier, ni personne à retrouver. Elles n'avaient pas encore discuté de leur future vie une fois en Amérique, mais Alma semblait savoir où aller. Ses aiguilles cliquetaient. Elle avait déjà habilement exécuté un dos et nouait la dernière boucle d'une minuscule manche de laine bleu ciel. Angèle voulait savoir, elle en profita :

— C'est un v… v… vêtement d'enfant que vous t… t… tricotez ?

Alma serra le nœud et attaqua la seconde manche sans lui jeter un regard.

— Oui, c'est un gilet pour mon petit-fils. J'aimerais qu'il soit terminé avant que l'on débarque. Je veux lui offrir dès mon arrivée. Je veux faire un petit pantalon aussi, pour aller avec.

— Il r… r… reste que d… deux jours, c'est un p… p… peu

court.

— Oui je le sais bien. C'est mon objectif et je compte bien le remplir, lui rétorqua-t-elle sur un ton militaire.

Sur les genoux de sa mère, Alice tendait les bras, s'étirant un maximum vers la pelote bleue qui se déroulait au rythme des coups d'aiguilles. Elle réussit à l'agripper.

— Non Alice, arrête !

Le nourrisson cramponnait la laine, bien décidé à ne pas lâcher sa prise. Elle l'attirait déjà vers sa bouche. Angèle dut insister pour la lui faire lâcher.

— Vous allez r… r… rejoindre votre p… p… petit f… fils en Amérique ?

— Dites donc, vous êtes bien curieuse mademoiselle !

Angèle passa du blanc au rouge pivoine. Alma déposa le gilet sur ses genoux puis se tourna vers elle. Au même moment, un groupe d'enfants passa devant le banc en courant. Elle attendit le retour au calme avant de répondre.

— Oui, je vais vivre auprès de mon fils. Mon mari vient de décéder. Je n'ai plus personne à Cork maintenant. Mon fils est parti tenter sa chance là-bas, il y a quelques années déjà. À l'époque j'avais tout fait pour le dissuader de partir. Mais bon… une vraie tête de mule comme sa mère, celui-là ! Mais je dois dire qu'il s'en sort plutôt bien. C'est pour ça qu'il m'a proposé de venir le rejoindre. Je me suis aussi décidée pour être proche du petit, sa fierté.

Elle sourit en regardant Alice. La petite serrait et desserrait ses minuscules poings, retrouvant de l'intérêt pour la pelote.

— Vous allez où ? lui demanda Angèle sans hésiter.

— J'échange Cork contre Chicago. C'est pour ça que je tricote. Le climat est rude là-bas, il paraît. On appelle Chicago *la ville venteuse.*

Angèle n'avait jamais entendu parler de cette ville, ni d'aucune autre d'ailleurs.

— C'est l… loin de New-York ?

— Oui, un peu. Je n'arrive pas à mesurer les distances mais je sais que là-bas, leurs routes ne sont pas comparables aux nôtres… Et vous, mademoiselle Robinson ? Quelle est votre destination ?

Les mains d'Angèle se mirent à trembler. Elle avait du plomb dans la poitrine. Elle retira brutalement la laine des mains d'Alice puis ferma les yeux, muette.

— Et bien ? Vous n'avez pas de destination ? Personne ne vous attend en Amérique ?

Elle ne lui répondit pas. Les yeux clos, elle pinça ses lèvres. Sa tête tournait.

— Mais… Vous êtes en règle au moins ? Votre visa ?

Le ton de la voix d'Alma s'était durci. Des larmes remplirent les yeux d'Angèle.

— Oh non, mademoiselle ! Vous êtes trop émotive. Je ne voulais pas vous impressionner. Je vois bien que vous n'êtes pas une mauvaise personne… Donnez-moi la petite.

Alma se leva et Angèle lui tendit Alice.

— Regroupez mon tricot. Nous allons faire un tour sur le pont. Ça nous éclaircira les idées.

Alma lui posait trop de questions. Angèle la laissa sans réponse. Sur le pont animé, des enfants jouaient aux palets et un vieux monsieur photographiait l'horizon. Dans les rares nuages qui occupaient le ciel dégagé, Angèle crut retrouver la silhouette floue du chat de son enfance.

— Que vous est-il arrivé pour que vous restiez muette comme ça ?… Bon… je n'insiste pas… Ah ! Je vois un banc vide là-bas. Vite, allons-y avant de nous le faire voler !

Elles pressèrent le pas et prirent place sur le banc situé sous l'une des deux cheminées du paquebot. Alice retourna dans les bras de sa mère. Alma, décoiffée par la brise, se redonna un coup de peigne.

— Ne me dévisagez pas comme ça ! Je préfère garder mon

peigne sur moi. Mais ne pensez surtout pas que je sois une coquette ! Ça non !

Des reflets de soleil inondaient les lunettes d'Alma et scintillaient à la surface de l'eau. Ils l'habillaient à la manière d'une robe de gala. Dérangée par un léger courant d'air, Alice fronça le nez.

— Vous me faites pitié. Vous n'avez vraiment aucun endroit où aller ? Ma pauvre fille, avec un bébé sur les bras en plus !

Elle sembla réfléchir quelques instants puis lui déclara d'une traite :

— Accompagnez-moi à Chicago.

Angèle la dévisagea, les yeux écarquillés, un peu absente.

— Oui, vous m'avez bien entendue mademoiselle. Mon fils m'a trouvé une place au sein de son entreprise. Ils recherchent souvent du monde, des saisonniers. Ça pourra bien faire l'affaire si vous ne savez pas où aller. Qu'en dites-vous ?

L'avait-elle bien comprise ? Chicago ? Oui, et pourquoi pas, cette ville ou une autre. Angèle sentit qu'elle pouvait lui faire confiance.

— Vous ne m'avez pas répondu pour le visa. Vous êtes bien en règle ?

— Oui ! lui hurla-t-elle par-dessus le brouhaha, réalisant à l'instant même qu'elle savait désormais qu'elle n'était plus seule.

Les valises bouclées, elles montèrent sur le pont. À de nombreuses reprises, Angèle vérifia si ses papiers se trouvaient bien dans la poche de sa robe. Son cœur battait, de peur d'être refoulée à l'arrivée sans son précieux sésame.

Comme elles, ils étaient nombreux, accrochés au bastingage de *l'Arabic*. Tous ne voulaient rien rater de l'arrivée du paquebot dans le port new-yorkais.

Comme les arbres d'une forêt artificielle, les premiers bâtiments apparurent dans le lointain. Puis… une silhouette floue. Alma la pointa du doigt.

— Regardez Angèle, la voilà !

C'était elle que tous ne voulaient pas manquer : la grande dame. La liberté.

NOUVEAU MONDE

New-York – Chicago – Septembre 1927

La nervosité de la grande ville était palpable. À petits pas ou à grandes enjambées, les voyageurs arpentaient le hall de *Grand Central*, pressés.

Assises sur le sol trop froid, Angèle, Alice et Alma attendaient l'arrivée du *20th Century Limited*. Alma avait réservé sa place à bord du train le plus célèbre du monde depuis plus d'un mois. Angèle venait de patienter une heure dans une file interminable en espérant une place vacante. Elle était chanceuse. Quelques-unes attendaient dans un wagon de queue.

Abasourdie par l'ambiance mouvementée, Angèle cherchait à calmer son malaise. Petit oiseau en cage, les grilles des hautes fenêtres en forme d'ogive l'oppressaient. L'intérieur de l'édifice était trop sombre. Seuls quelques rares rayons de soleil attiraient l'œil sur un bout de chaussure, un chapeau ou un fragment d'architecture. Elle leva la tête, le plafond était plus haut qu'aucun monument de sa connaissance. Elle la pencha en arrière et l'appuya contre le mur. Une fresque était peinte sur sa voûte. Sur un fond bleu ou vert, elle n'aurait su le dire, elle reconnut la forme d'un bélier, d'un crabe et d'un cheval ailé. Tracés à l'or fin, ils semblaient suivre une ligne courbe. Elle avait le tournis. Alice remua sur ses genoux, elle commençait à s'impatienter. Depuis combien de temps attendaient-elles, assises en plein courant d'air ? Sa compagne de voyage dodelinait auprès d'elle, un bras posé sur l'une de ses valises. Comment arrivait-elle à somnoler, confiante, entourée de tous ces gens dans un vacarme pareil ?

La petite avait besoin d'être calmée, Angèle se leva. Elle vit alors un homme en livrée – de nombreux individus portant un tel habit, arpentaient la gare – se frayer un chemin parmi la foule. Il la rejoignit. Il portait une veste à gros boutons dorés et un nœud papillon autour du cou. Il retira sa casquette avant de la saluer.

— Bonjour madame, je me permets de vous demander si vous devez embarquer sur le *20th century ?*

— Oui… m… m… monsieur.

— Très bien. Je vous informe qu'il entrera en gare dans une demi-heure. Je vous conduis sur le quai. Si vous voulez bien me suivre… Ce sont vos bagages ? lui demanda-t-il en désignant les trois valises déposées auprès d'Alma, désormais dans les bras de Morphée.

Après avoir obtenu l'accord d'Angèle, l'homme les embarqua sur un chariot roulant.

— Suivez-moi, je vous guide jusqu'au quai madame.

Angèle, prise au dépourvu, hésita quelques secondes puis secoua Alma.

— Que… quoi, grommela-t-elle en regardant, perdue, autour d'elle.

L'homme esquissa son plus beau sourire.

— Bonjour madame, je vous emmène sur le quai.

Alma se redressa avec difficulté, empêtrée dans sa robe, prise de panique. Leur accompagnateur la rassura :

— Prenez votre temps madame, le train entre en gare dans seulement une demi-heure.

Alma se relâcha et toutes trois le suivirent à travers la foule.

Un employé de la gare patientait debout. Bras croisés derrière le dos, il se tenait posté devant une double entrée encadrée de tentures et de drapeaux aux couleurs des Etats-Unis. *Comme dans une fête foraine*, pensa Angèle.

Au-dessus de l'encadrement, un 30 de bronze indiquait sur quelle voie arriverait le train. Voyant son collègue accompagné, l'homme se précipita sur la porte pour l'ouvrir. L'accordéon de fer se plia, grinça puis fit place à un spacieux ascenseur.

— Je vous en prie mesdames...

Il les invita à pénétrer à l'intérieur, avant de rentrer à son tour avec le chariot. L'agent à l'extérieur referma la grille.

Une fois l'ascenseur en route, Alma, bien réveillée, demanda à l'homme :

— Toutes ces décorations... Vous fêtez quelque chose ?

— Oui madame, c'est le jubilé d'argent de la mise en circulation du *20th Century*. Si je peux me permettre, vous allez passer un excellent voyage, vous verrez. Le confort est optimal à l'intérieur du train.

Puis en s'adressant à Angèle :

— Si vous avez besoin de quelque chose pour le bébé, n'hésitez pas à le demander à bord. Le train est équipé de tout le matériel de puériculture nécessaire.

Tous sursautèrent légèrement, l'ascenseur venait de s'arrêter. Un agent ouvrit la grille pour les accueillir.

Sur le quai, l'homme en livrée indiqua à chacune, le positionnement de leur voiture respective. Il leur souhaita un excellent voyage et prit congé, d'autres voyageurs attendaient d'être accompagnés.

Angèle voyagerait loin de sa compagne. Trop de wagons les séparaient et rendaient leur réunion périlleuse. Elle piétinait sur place, nerveuse à l'idée de se trouver seule à bord. Il était temps pour Alma de rejoindre son emplacement. Elle caressa le sommet de la tête d'Alice.

— Bon, je dois me placer devant ma voiture Angèle. Nous nous retrouverons à Chicago dans 20 heures environ. En attendant, reposez-vous. Essayez de dormir un peu. Bon voyage.

La cabine couchette était spacieuse et le matelas bien meilleur que celui du paquebot. Angèle tira sur le rideau pour s'isoler du couloir. Le voyage serait long, elle aurait tout le temps pour réaliser. Elle était en route pour une nouvelle vie. Encore sous le choc, une part d'elle restait coincée au couvent. L'autre était comme une pierre qui ricoche : après le lancer, aucun moyen de ralentir, tenter ensuite d'amortir la brutalité de l'impact, et repartir aussi vite, sans réfléchir.

Elle avait entendu dire que par endroits, la nature était hostile. Elle regarda à travers la fenêtre. Le paysage n'était qu'une épaisse ligne mouvante. Avant de s'asseoir, elle retira sa robe puis poussa un profond soupir avant d'abaisser la bretelle de sa combinaison rose. Alice était bouleversée, elle aussi.

Le voyage ne fut pas aussi pénible qu'elle l'avait imaginé. Une fois Alice endormie, elle tomba dans un sommeil profond, sans rêve. À leur arrivée, le fils d'Alma, Adam, les attendait dans le grand hall clair *d'Union Station.* Les retrouvailles entre mère et fils furent timides : gestes hésitants et légères tensions, reliquats d'un passé conflictuel non totalement résolu. Quelle ne fût pas sa surprise lorsqu'il la trouva accompagnée ! Elle lui expliqua que la petite ne savait pas où aller, qu'elle voulait travailler. Elle lui avait donc promis une place chez son employeur. Adam avait alors pris le même air buté que sa mère. Son regard froncé scrutait Angèle et Alice, contrarié. Après s'être emparé de deux des trois valises, laissant la plus légère à sa mère, il avait lancé un brutal *« on y va »*, avant de les entraîner vers une station de métro. Dans le wagon cahotant, il s'était détendu, parlant de Donald, oubliant pour un temps son amertume adolescente.

Il vivait avec sa femme Dorothy et son fils dans un immeuble de cinq étages avec *bow-window* à l'avant et escalier en zigzag à l’arrière. Passé l’étonnement de trouver deux personnes de plus sur le pas de sa porte, sa jeune épouse sophistiquée – elle portait du rouge sur les lèvres et du rose aux joues – les accueillit en parfaite maîtresse de maison. Alma trépignait d’impatience. Elle voulait tenir son petit-fils dans les bras mais devrait attendre, il dormait. Leur hôtesse les invita à s’asseoir sur le sofa ferme couleur crème du trois pièces puis se retira. Elle revint avec un plateau sur lequel était disposé un service à orangeade avec un pot en forme de fruit. Lorsqu’elle versa la préparation orange vif dans les verres, quelques rondelles tombèrent, éclaboussant ses convives. Son rôle rempli, elle se laissa tomber dans un fauteuil à l’assise molle. Adam tira une chaise sous la table du salon et vint s’asseoir auprès d’elle. La jeune épouse portait une robe légère à bretelles, ne cachant rien de ses bras élancés. Angèle remarqua que les ongles de ses orteils luisaient. Ils étaient assortis à ses pommettes, vernis. Médusée, elle sursauta quand Dorothy s’adressa à elle. Sur ses genoux, Alice luttait contre le sommeil, son menton baveux posé contre sa poitrine.

— Votre petite fille semble avoir besoin de dormir. Nous pouvons la déposer sur notre lit, elle sera au calme. En plus, la chambre est fraîche. Tu es d’accord chéri ?

Angèle lui trouva l’accent étrange, un peu vulgaire. Adam donna son accord et la petite fut déposée sur le couvre-lit en satin molletonné de la chambre parentale. De retour au salon, Angèle n’osa pas toucher à son orangeade. Elle les écoutait parler, mal à l’aise, étrangère à ces coutumes, à cette famille. Adam demanda des nouvelles des voisins, de la vie à Cork. Alma, questionna sa belle-fille sur sa famille, son accouchement.

— Alors ? Que pensez-vous de la proposition de ma mère ?

C’était à elle qu’Adam s’adressait. Elle fut prise au

dépourvu.

— Oui, euh... je p... p... prendrai n'i... importe quel t... t... travail.

Le sang lui monta à la tête, elle rougit. Alma intervint :

— Oui, Angèle bégaie. Mais j'ose espérer que ce n'est pas un problème pour le poste qu'ils proposent. Soit franc, dis-le-nous tout de suite si c'est le cas.

— Non, pas du tout, on recherche juste des personnes sachant compter. Vous savez compter, euh mademoiselle... ? demanda-t-il sèchement, irrité par sa mère.

— Angèle Robinson, intervint Alma.

— Mademoiselle Robinson, répéta-t-il en regardant sa mère en biais.

Angèle répondit par la positive.

— Je crois que c'est pour réaliser des inventaires. C'est bien ce que tu m'avais dit, non ?

— Oui, c'est bien ça. Pour ajuster les stocks, déceler les erreurs.

Alma but une bonne partie de son jus d'orange puis se tourna avec fierté vers Angèle :

— Adam est comptable. Le grand magasin est un bon employeur à ce qu'il dit.

— Oui maman, effectivement. Mon employeur prend soin de ses employés. Si vous faites l'affaire, vous aurez peut-être la chance de faire partie de notre grande famille.

— On l'espère toutes les deux. Quand pourra-t-on commencer ?

— La sélection aura lieu la semaine prochaine. Il faudra vous présenter tôt car on recherche seulement une centaine de personnes. Le test est une formalité. On vérifiera seulement que vous savez compter. Vous n'aurez pas besoin de parler mademoiselle euh... Robinson.

Dorothy avait disparu sans que personne ne le remarque.

Elle déposa une assiette de biscuits sur la table.

— J'espère que vous appréciez toutes les deux le chocolat. J'ai souvent la main un peu lourde. Je trouve qu'il n'y en a jamais assez. Servez-vous, je vous en prie.

— Oui, bien sûr ! Merci à vous.

Alma préleva deux pièces et en tendit une à Angèle. Sa belle-fille essuya quelques miettes tombées sur la table basse. En se relevant, elle reprit :

— Je vais chercher Donald, il se réveille. J'entends aussi votre petite fille. Ils vont pouvoir tous les deux faire connaissance.

Installés, l'un sur sa mère, l'autre sur sa grand-mère, les deux nourrissons se jaugeaient, intrigués l'un par l'autre. Ils finirent par s'accorder sur un babillage commun. Alma n'avait d'yeux que pour son petit-fils et le couvrait de baisers.

— Arrête maman, on va avoir du mal à en faire un homme si tu continues comme ça !

— Il a tout le temps de devenir un homme. Pour l'instant, ce n'est qu'un petit bébé et il est sur les genoux de sa grand-mère.

Dorothy envoya un regard insistant à son mari. Il devait se taire, ne pas envenimer la situation.

— Si nous vous faisions découvrir le quartier ? proposa-t-elle à ses invitées.

Ils logeaient dans le *Old Chicago Water Tower District*, autrement dit, le vieux Chicago. Bien loin des escaliers de bois du numéro 12, l'immeuble était pourvu d'un ascenseur. Après celui de la gare de New York, c'était le second qu'Angèle empruntait. Avant de sortir, Dorothy lui avait proposé de déposer Alice auprès de Donald, tête-bêche dans le landau. Les petits s'accommodaient bien l'un de l'autre et gazouillaient ensemble.

Dehors, la rue était animée et la route large. Là où

s'imposaient pénombre et étroitesse à Dublin, régnaient espace et aisance à Chicago. Une route à double sens dans la grande ville équivalait à quatre juxtaposées en Irlande. La circulation était dense, mais l'écartement entre les voitures suffisant. Il y avait de la place pour tout le monde, même sur les trottoirs.

La petite troupe pérégrinait à son rythme. Adam décrivait les bâtiments à ses invitées, précisait quelle était leur fonction. Il accompagnait ses explications par de grands gestes en moulinant l'air, heureux de faire découvrir son univers à sa mère. Angèle étourdie, essayait de suivre. Elle tournait la tête, à gauche, à droite, ce retournant même parfois sur un détail de décoration ou un passant à l'accoutrement original. Les bâtiments étaient si disparates, parfois même peu harmonieux. Des maisons bourgeoises, minuscules, côtoyaient des immeubles d'une dizaine d'étages pleins d'ostentation. D'autres, encore plus élevés, s'élançaient vers l'azur. Il fallait prendre un bon recul pour pouvoir discerner leur sommet. Bien nommés, Adam les appelait des *gratte-ciels.*

Arrivés en bout de rue, ils bifurquèrent pour rejoindre une grande artère. Sur son trottoir, une succession d'imposantes affiches publicitaires racolait les piétons.

— La voilà ! annonça Adam, désignant du doigt une grande tour, environ deux cents mètres droit devant.

L'édifice singulier paraissait déplacé, tombé du ciel au mauvais endroit. Avec sa fine tour octogonale effilée, sa porte majestueuse, ses tourelles crénelées et ses pierres épaisses de calcaire blanc, elle se rapprochait d'un château de conte de fée. Angèle se souvint en avoir admiré de similaires dans les livres de John Burke. Traité avec révérence, ce monument imposait sa présence. Les structures de métal et de pierres envahissantes restaient à distance respectable. Une façade donnait sur la route mais l'autre était entourée d'un jardin bien entretenu.

— Je ne pouvais pas manquer de vous emmener ici. C'est la *Water Tower*. C'est un des rares bâtiments rescapés de l'incendie de 1871. Il n'est plus en fonctionnement. Aujourd'hui c'est une sorte de mémorial. Regardez de l'autre côté de la rue, c'est la *Pumping Station*, construite en même temps et rescapée, elle aussi.

— Peut-on s'asseoir quelques minutes pour profiter de cette belle tour ? demanda Alma.

Les trois femmes prirent place sur un banc tandis qu'Adam resta debout, leur racontant le grand incendie. Le départ de feu aurait été causé par une vache nommée *Deasy*. La vache des O'Leary aurait rué et renversé une lanterne de kérosène dans leur étable. Le feu se serait rapidement propagé, dévastant une grande partie de la ville. Dorothy connaissait la légende par cœur. Elle empoigna l'anse du landau et commença à bercer doucement les nourrissons. Visiblement chagrinée, elle s'adressa à Angèle avec prudence :

— Nous ne pouvons malheureusement pas vous accueillir pour la nuit, l'appartement est trop petit. Je suis vraiment désolée. Avez-vous suffisamment d'argent pour une chambre d'hôtel ?

Angèle oublia le château. Elle ne pouvait pas fuir la réalité. L'image de Millie lui remettant l'enveloppe la submergea. La gorge nouée, elle répondit à son hôtesse :

— Oui, j'ai s… s… suffisamment.

— Ce n'est pas un problème Angèle, nous vous aurions dépannée au cas où vous n'auriez pas pu payer.

— Oui, tout à fait. Bien sûr ! renchérit Alma à qui la promenade avait donné des suées.

Dorothy serra les mains d'Angèle dans les siennes.

— Nous connaissons une pension tout près de chez nous. Le loyer est correct et la clientèle sûre. La dame qui la gère est très bien et fait attention à qui elle accorde sa confiance. La sécurité, c'est important pour vous et votre petite fille.

L'épouse d'Adam avait raison. La vieille dame qui tenait la pension était affable et aimait les enfants. Elle lui avait même fourni du papier et une plume pour écrire à Millie.

ÉGAREMENT

Chicago Quartier du Loop – Septembre 1927

Au fond de l'étroit canyon de gratte-ciels, la rame glissait à vitesse folle sur les rails du viaduc de fonte. Secoués par les mouvements saccadés du wagon, Angèle, Alma et Adam s'accrochaient aux barres d'appui comme tant d'autres voyageurs. La journée de travail allait bientôt commencer. L'intérieur était bondé, l'air asphyxiant. Avant de quitter l'appartement, Adam avait remis à chacune un plan du réseau, pour ne pas se perdre. Les lignes du métro étaient tracées en rouge.

Avec vélocité, la rame amorça la boucle du *Loop*.

— On descend au prochain arrêt ! leur cria-t-il sous le vacarme de la machine.

En réponse, Angèle se cramponna encore plus fort à la barre, de peur de ne pouvoir descendre à temps, d'être entraînée loin dans les méandres de la ville, seule.

Soudain, un coup de frein abrupt, un son strident, métal contre métal. Tous les passagers furent projetés en avant. Station *Wabash Avenue*. Une porte s'ouvrit, la masse s'agita. Nombreux étaient ceux et celles qui poussaient du coude afin d'être les premiers à pouvoir s'échapper de la gueule de la bête. Angèle et Alma furent expulsées sur le quai sans trop de dommages. Adam leur servit de paravent. Sur le quai, une femme bouscula Angèle et lui coupa le souffle. Pas d'excuse, elle ne se retourna pas, accourant déjà vers une urgence connue d'elle seule.

— Suivez-moi. C'est par ici, leur indiqua leur guide, les orientant dans la direction qu'empruntait la majorité de la foule.

Le quai embaumait : des effluves de nourriture, d'huile automobile, de pneus brûlés et de fer chauffé, provenant de la rue en contre-bas. La structure métallique de l'escalier vibrait, sonore sous les semelles des passants. Dessous, le chemin de fer n'était qu'un ciel de poutres croisées posées sur de longues barres rivetées.

— Et bien, c'est une aventure ! J'espère que j'arriverai au travail en une seule pièce ! s'exclama Alma qui, retirant son chapeau, essuya du revers de la main la sueur perlant sur son front.

— Ne te plains pas maman. Plus que quelques mètres et nous arrivons. L'entrée se trouve sur *State Street*, juste derrière.

Angèle leur emboîta le pas. Dans *Randolph Street*, elle marchait un mètre derrière, concentrée sur sa présentation. Elle avait réussi l'examen d'entrée, était présentable et bien coiffée. Alice était en sécurité auprès de Dorothy. Pourquoi avait-elle si peur alors ? Elle croisa le regard d'un gamin. Il avait les oreilles de Connor, son sourire aussi. À genoux, il cirait les chaussures d'un homme qui gardait le nez coincé dans son journal. Arrivés à l'angle d'un immeuble aux pieds d'une grosse horloge à trois cadrans, ils tournèrent sur leur gauche. *State Street.*

— C'est ici. Vous voyez les colonnes ? C'est l'entrée principale. Je vous fais rentrer comme les clients. Demain vous passerez par l'entrée du personnel.

Ils longèrent les nombreuses vitrines du grand magasin. Il était tôt mais déjà, des badauds sous le charme buvaient du regard les accrocheuses installations.

L'entrée était monumentale. Jamais Angèle n'avait vu de colonnes aussi larges, aussi hautes. Au nombre de quatre, elles incarnaient la grandeur passée et les promesses futures du *Marshall Fiel1 & Co.*

Tout comme Chicago, le grand magasin renaquit de ses cendres après l'incendie de 1871. Ils évoluèrent ensuite de manière symbiotique. Le philanthrope Marshal Field participa à la construction de la culture de la ville. Fils de fermier puritain du Massachusetts, encouragé par sa famille et son mentor qui avait décelé les soubresauts du *féminisme*, il misa tout sur les femmes. Elles firent sa fortune. De manière intuitive, il sut anticiper leurs désirs en matière d'achat : une bonne présentation des articles, des espaces clairs qu'elles pourraient parcourir en toute tranquillité pour admirer, et acheter, des fabrications de bonne qualité, raffinées et provenant de l'étranger. De charmants vendeurs seraient disponibles pour répondre à toutes leurs questions. La légende veut qu'il ait dit un jour à un employé se plaignant d'une cliente : « *Give the lady what she wants!* ». Entre ses murs, tout le monde devait être traité avec la même courtoisie. Des produits abordables étaient proposés au sous-sol. Un article *Marshall Field & Co* avait du cachet. Une certaine sophistication. Du prestige.

Ils pénétrèrent à l'intérieur de l'enceinte de granite. Angèle fut immédiatement happée par la forêt de colonnes. En enfilade, elles attiraient l'œil vers les hauteurs. Une cathédrale dédiée à la clientèle et son pouvoir d'achat. Adam marchait vite, les entraînant à travers les allées et les vitrines de noyer étincelantes. Parfaites de la pointe des cheveux jusqu'aux chaussures vernies, les vendeuses lui souriaient. Mais Angèle ne pouvait pas rendre à toutes leurs sourires, elles défilaient sous ses yeux, lui donnaient le vertige. La représentante de la ganterie la salua. L'arrondi de son carré était impeccable et ses lèvres d'un rose discret. Elle la prenait sûrement pour une cliente. Angèle ignorait encore qu'au *Field*, le modeste, comme le fortuné, devait être traité avec le même respect. Entraînée dans cette folle traversée, elle aperçut du coin de l'œil étinceler de magnifiques parures de bijoux aux cristaux facettés de vert et de bleu dans une vitrine. Dans une autre, des pièces d'argenterie brillaient comme des miroirs. Le parfum de mélanges subtils de fleurs et d'épices dans l'air chatouillèrent ses narines dans la section cosmétique. Enivrée, elle se laissa porter dans ce jardin des délices, ce labyrinthe hypnotique où elle ne croisait que beauté et amabilité.

Elle s'arrêta brusquement au milieu d'un immense atrium. Au-dessus de ses étages de colonnes, son dôme miroitait comme le soleil à la surface de l'eau. Au centre, l'association de minuscules pièces de mosaïque bleues formaient trois cercles oblongs entourés d'une multitude de beiges étincelants. Elle apprit plus tard que les artisans mirent un an et demi pour l'achever et que le verre utilisé portait le nom de *Favrile*.

Subjuguée, elle avait perdu la notion du temps. Lorsqu'elle reprit ses esprits, Alma et son fils n'étaient plus auprès d'elle. Elle paniqua. Perdue, elle tourna un long moment dans l'atrium en ruminant. Le visage baigné de larmes, elle fut surprise lorsqu'une main se posa sur son épaule. Une jeune vendeuse la dévisageait avec inquiétude.

— Vous vous sentez bien ? Puis-je faire quelque chose pour vous mademoiselle ?

— Je s... s... suis p... p... perdue. Je c... c... commence à l'inventaire a... a... aujourd'hui.

Elle ne croisa pas son regard. Elle fixait un carré imprimé de brins de muguets exposé dans la vitrine des soieries.

— Pour l'inventaire, c'est au 12ème. Attendez quelques instants ici, je vais demander à mon superviseur si je peux vous accompagner.

Quelques minutes passèrent. Elle revint, un grand sourire sur les lèvres.

— Suivez-moi.

Cette fois ci, Angèle suivit son guide, sans distraction. Elles empruntèrent un ascenseur puis montèrent encore trois étages à pied.

— Nous y sommes. C'est ici. Je vous laisse, je suis attendue en bas. Bonne journée à vous mademoiselle.

— M... M... Merci, la remercia Angèle, le corps encore palpitant.

La jeune vendeuse la quitta en pressant le pas. Une assemblée de femmes patientait sur le palier. L'une d'elle s'extirpa du groupe et se précipita vers elle.

— Mon Dieu, Angèle ! Ou étiez-vous passée ? Adam est en train de vous chercher partout dans le magasin. Et c'est peu dire si la tâche est rude, c'est un vrai labyrinthe ! Et vous qui êtes là !

— Pardon, je r... r... regardais la m... m... m...

— La quoi ?... Enfin bref, vous êtes là, c'est le principal. Allons y.

Un homme en complet noir arriva à l'étage et se faufila entres les saisonnières pour ouvrir une porte. Il se racla la gorge. Les femmes les plus proches de lui reculèrent d'un pas. Il prit la parole :

— Bonjour mesdames, je vous demanderai d'avoir l'obligeance de me donner vos noms et prénoms avant d'entrer l'une après l'autre, s'il vous plaît. Allons y.

Les employées provisoires composèrent une queue puis déclamèrent leur identité avant de passer calmement la porte.

Arrivé son tour, Alma se permit de demander à l'homme :

— Bonjour monsieur. Mon fils, Adam Murphy, que vous devez connaître, est parti à la recherche de la jeune femme ici, derrière moi.

Elle se retourna. Angèle baissa le regard en se pinçant les lèvres. L'homme lui jeta un regard amusé. Alma poursuivit :

— Pouvez-vous le joindre facilement et lui dire que tout est rentré dans l'ordre ?

— Sans problème madame, je lui dirai, ne vous inquiétez pas. Je vous en prie, veuillez entrer.

— Merci beaucoup monsieur. Je me nomme Alma Murphy.

Puis elle se retourna une seconde fois en soufflant vers Angèle avant de passer la porte.

— Bon sang ma fille ! Ne me refaites plus jamais ça !

À peine audible, Angèle énonça ses nom et prénom, puis pénétra à son tour.

La salle était gigantesque, les rangées de tables interminables. Claustrophobique souvenir du couvent, Angèle hésita. Les premières entrées avaient pris place au fond.

— Avancez, nous allons nous installer auprès de ces femmes, la secoua un peu Alma.

Elles longèrent les tables, évitant les chaises vides. Le dos bien droit, elles s'installèrent. Sur les tables : des livres de stock – entrées et sorties. Combien restait-il ?

Le travail était assommant mais il fallait rester concentré pour compter. Les jours passaient, toutes s'appliquaient. Peut-être seraient-elle embauchées ?

Angèle s'acclimatait doucement. La famille Murphy la soutenait. Dorothy s'occupait d'Alice en journée. À temps partiel au magasin, elle restait disponible pour les tétées. Elle louait toujours la petite chambre dans la même pension. Deux soirs dans la semaine, une fois la petite couchée, elle écrivait à Millie, lui décrivait le Field et ses extravagances. Quand elle trouvait une jolie carte postale, elle lui envoyait. En silence, quand elle se sentait seule, il lui arrivait aussi de pleurer Bessie, John Burke, Millie et Connor, restés de l'autre côté de l'océan.

LE CATACLYSME

Chicago – Quartier du Loop – Février 1930

La mission ne dura qu'un mois. Angèle et Alma donnèrent satisfaction. Par chance, le *Marshall Field* manquait de main d'œuvre roulante. Adam fit jouer ses connaissances, elles furent embauchées. Durant un an, elles aidèrent là où le besoin se présentait. Angèle prêta ses mains fines pour coudre les décorations des vitrines puis les abîma dans l'eau de vaisselle des restaurants du magasin. En novembre 1927, alors qu'elle sortait de la *Narcissus Room* – élégance toute italienne avec son modèle de fontaine emprunté à Pompéi –, elle vit une femme basculer par-dessus la balustrade du $7^{\text{ème}}$ étage. Une chute mortelle. En tombant, elle blessa gravement une vendeuse, et plus légèrement, un étudiant. Le drame fit les choux gras des journaux. Secouée, Angèle mit deux semaines pour recouvrer ses esprits. Le soir de l'accident, d'une plume tremblante, elle décrivit la scène dans une lettre à Millie. Le lendemain, on lui présenta un nouveau poste : confection des colis pour les envois postaux. Elle resta jusqu'à fin 1928. Depuis, elle complétait l'effectif impressionnant de la *kitchen candy* au dernier étage.

Alma, sa colonne inébranlable, obtint un poste pérenne au rayon *chaussures pour dames.* Lorsque trop d'émulation étourdissait Angèle, elle était toujours présente pour l'encourager et la rassurer sur ses capacités.

L'Amérique entrait en crise. Chocolats, pâtisseries, bombons et corbeilles de mariage occupaient la cuisine.

Depuis que le responsable d'une confiserie arrivé de Seattle s'était installé pour transmettre à l'équipe les secrets de fabrications de son fameux chocolat à la menthe, elle était fébrile, contractée. L'équipe dirigeante comptait adoucir le climat déprimant et renflouer les caisses. Par courrier, ils invitèrent leur clientèle à venir tester cette toute nouvelle bouchée sucrée. Le succès fut immédiat. Naquit alors l'idée que le *Marshall Field* confectionnerait sa propre version dans la cuisine du 13ème étage.

Dorothy avait été malade toute la nuit. Alice sur les bras, Angèle n'avait pas d'autre solution, elle devait l'emmener avec elle au travail.

Un pied laborieux après l'autre sur les marches, la petite fille était un poids mort. Reliées par un fil à l'intérieur de son manteau, ses petites moufles oscillaient, suspendues dans le vide. Arrivée sur le dernier palier, Angèle reprit haleine. Elle la déposa sur le sol dès qu'elle passa le seuil de la cuisine et la maintint par le col. Elle lui retira sa cagoule, l'enfouit dans la poche de son manteau et lissa ses cheveux. Le contraste cuisant avec la rue enneigée enflamma ses joues. L'atmosphère était chaude et humide. La cuisine s'étendait sur tout l'étage, le bureau du directeur était à l'opposé. Elle attrapa la main d'Alice. Jusqu'à saturation, l'odeur lourde et ronde des fèves de cacao torréfiées, du glucose caramélisé et des arômes de fruits imprégnaient les murs et recoins de la fabrique aux gourmandises.

— Co... co... lat ! s'essaya à dire Alice.

— Oui, on fait du c... c... chocolat ici, ma chérie. Une gentille p... p... personne t'en donnera un si tu es s... s... sage.

— Voui ! s'exclama la petite fille en gloussant.

Les employés s'installaient. Certaines dames s'extasiaient sur la jolie petite poupée brune qui accompagnait la discrète Angèle. « Tu en as une jolie barrette, dis donc » disait l'une. « Ta maman a de la chance d'avoir une jolie princesse comme toi » disait l'autre. Engloutie sous cet afflux de sentimentalisme maternel, Alice prenait plaisir à la flatterie. Sa mère ne réussit à l'extirper de cette trop grande attention qu'avec difficulté.

Elle frappa trois coups timides contre la porte vitrée. De l'autre côté, le directeur lui fit signe d'entrer. La main de sa fille dans la sienne, elle demanda si elle pouvait la garder auprès d'elle pour la journée. Il l'informa de la présence d'une salle de jeux dédiée aux enfants au 4ème. Elle préférait la savoir proche, si cela était possible. Il lui donna son accord.

Ce n'était pas tâche aisée que de garder un œil sur une enfant dans un lieu de tentation comme celui-ci. Quand elle prit son poste à la réalisation des coffrets, elle l'assit à ses pieds et lui donna quelques boîtes en carton pour l'occuper. Alice en fit bon usage. Elle s'en servit pour marteler le sol, les coiffa sur sa tête en criant puis finit par les déchirer. Un œil sur sa fille, l'autre sur sa tâche, elle manqua de remplir entièrement les coffrets. Elle dut reprendre sa pile pendant qu'Alice léchait avec avidité les bords de la table. Elle la calma avec une bouchée qu'elle avala goulûment, se barbouillant le visage de chocolat. *Qu'est-ce que je vais faire de toi, mon Dieu aidez-moi* pria-elle. Mais la petite fille était déjà partie sous les tables en rampant. Arrivée dans la zone de nappage, une collègue la récupéra. De retour avec la petite diablesse dans les bras, la femme avisée fut de bon conseil.

— Vous savez, il y a une salle vide qui sert de débarras de temps à autre près de mon poste. Si vous voulez, on la dépose là-bas. Elle est vitrée. Comme ça je pourrai la surveiller.

La voisine d'en face dont la charlotte glissait lentement sur le côté de sa tête, ajouta :

— Oui, quelqu'un peut aller chercher quelques jouets dans l'air de jeu. Ça l'occupera et vous serez tranquille pour travailler. J'ai peur que vous nous fassiez un malaise.

— C'est bientôt la pause. Je descendrai lui trouver de quoi s'occuper si vous voulez, proposa celle qui lui avait ramené Alice.

— Oh merci, c'est g... g... gentil à v... v... vous, répondit Angèle, soulagée.

La sonnerie attendue retentit. Elle sortit sur le palier avec la petite, l'occupa à monter les marches d'escaliers à cloche pied en attendant le retour de sa collègue. Lorsqu'elle apparut, satisfaite, ses bras étaient chargés de jouets. Elles déblayèrent la salle et les déposèrent sur le sol. Un petit chien de bois et sa laisse, une poupée de chiffon au visage délicatement peint à la main, un ourson brun et des cubes en bois n'attendaient plus que leur partenaire de jeu sur le sol carrelé.

— Te voilà bien occupée. Tu vas pouvoir laisser travailler ta maman. Je m'occupe de te surveiller, prévint la femme en regardant la petite fille.

— Merci, dit poliment Angèle, reconnaissante.

Elle l'assit derrière le tas de jouets et remonta ses chaussettes. Elles sortirent et l'observèrent quelques instants. De l'autre côté de la vitre, Alice empoigna l'ourson, la poupée, et les plaqua contre sa poitrine, oubliant sa mère et l'atelier. Rassurées, les adultes reprirent leurs activités.

Angèle ajoutait la dernière pièce à un coffret de truffes brunes, quand soudain, elle entendit un homme crier. Quelques employées s'étaient regroupées dans la zone de nappage. L'homme se plaignait. Il haussait la voix à coups de *« ce n'est pas possible ! »* et *« comment je vais rattraper ça ! ». Mon dieu ! Alice !* Prise de panique, Angèle repoussa le coffret sur le côté de la table et courut rejoindre l'attroupement. Les yeux contrits de la collègue qui devait surveiller sa fille croisèrent les siens puis se tournèrent en direction du point d'attention.

La salle dans laquelle était censée se trouver Alice était vide. Angèle s'obligea à regarder à l'intérieur de la pièce contiguë. Elle vit l'homme tourner en ronds, les mains cramponnées à son calot. À ses pieds, un sac de toile renversé et Alice pataugeant dans une marre de sucre cristallin. En se suçant les doigts, elle le regardait gesticuler comme un pantin sur la scène d'un théâtre. Le sol s'effondra sous ses pieds. Sous le coup de la peur, elle entra, releva Alice et la sortit en la tirant par le bras. La petite fille se mit à pleurer en reniflant fort. Arrivées sur le palier, elles se calmèrent toutes les deux. Angèle culpabilisa de l'avoir si violemment malmenée.

L'homme était le laborantin, le testeur, le lanceur de goûts de la cuisine. La grande dépression s'installait dans les cœurs et les foyers. Depuis un mois, il tentait de reproduire presque à l'identique la fameuse bouchée de chocolat noir à la menthe. Chaque poignée de sucre était fondamentale. La bêtise d'Alice, cataclysmique. Tant pis, il ferait avec. À coup de pelles et balayettes, Angèle et l'homme avaient rassemblé ce qu'ils avaient pu de sucre. Bien sûr, il y eut de la perte. Pour se faire pardonner, Angèle assista aux opérations. Tout d'abord, ils broyèrent une quantité déterminée de *grué* dans une cuve, puis obtinrent une pâte de cacao homogène à laquelle ils mélangèrent des jaunes d'œufs, le sucre rescapé et la mesure d'huile de menthe provenant de l'Oregon. Le mélange passa ensuite dans une broyeuse pour en diminuer la granulométrie, puis dans une conche où du beurre du cacao fut ajouté pour l'onctuosité. Pour finir : le tempérage. Angèle versa la préparation lissée sur une grande plaque de marbre afin qu'elle refroidisse.

L'homme à l'uniforme blanc taché de chocolat s'appelait en réalité Franck Nelson. Le lendemain, il se présenta au poste d'Angèle avec un petit plateau sur lequel étaient disposées deux bouchées identiques. Il l'invita à donner son avis.

– Goûtez ça et dites-moi laquelle est de notre fabrication.

Angèle préleva une première bouchée et mordit dedans du bout des lèvres. Sous la couche de nappage noir, la truffe était moelleuse et onctueuse, rafraîchie par la menthe. Un régal. Elle préleva la seconde. Elle était gourmande, mais moins sucrée que la première. Elle réfléchit un instant.

– Alors ?... Qu'en pensez-vous ? lui demanda le chef Nelson, impatient de connaître son avis.

– Le second est m... moins s... s... sucré. La m... menthe est t... t... trop présente.

– Exactement mademoiselle ! Vous arrivez à la même conclusion que moi. La menthe prend trop le dessus sur les autres ingrédients, elle retire un peu de douceur à l'ensemble. Il faut revoir l'équilibre entre sucre et menthe. Moins de sucre, donc moins de menthe. Je rééquilibre tout ça et reviens vous voir demain avec la nouvelle version.

Il lui transmit son enthousiasme. Elle ne manqua pas de raconter son aventure culinaire à Alma, au rayon des chaussures, mais surtout à Millie. Elle lui écrivit le soir même, sa plume grattant le papier avec avidité.

Monsieur Nelson honora sa promesse. Il lui présenta deux nouvelles bouchées. Comme la veille, elle goûta la première. Elle était parfaitement équilibrée. Crémeuse sans être trop sucrée avec juste assez de fraîcheur mentholée. La seconde était légèrement plus ronde en bouche.

– Alors ? Laquelle est celle de Seattle ? Laquelle est la nôtre ?

Elle n'hésita pas une seconde.

– La première est la n... nôtre.

— Bravo ! C'est ça ! Qu'en pensez-vous ? lui demanda-t-il en trépignant sur place.

— Elle est p... p... parfaite, lui répondit-elle timidement.

— Je suis d'accord. Je présente cette version à la direction demain. Croisons les doigts !

Il accompagna sa parole par le geste et repartit se mettre au travail.

Trois jours seulement après l'incident provoqué par Alice, le *Marshall Field* avait trouvé la recette parfaite de son nouvel étendard. Pour se différencier de son homologue partenaire, ils choisirent de présenter les bouchées dans des coffrets plats à la couleur verte emblématique du magasin. Symbole de doux moments partagés en famille, l'onctueux chocolat mentholé deviendrait célèbre, tenant une place particulière dans le cœur de plusieurs générations de *chicagoans.*

LIONS ET SABLE FIN

Chicago – Août 1930

Monsieur Nelson décela très vite le talent d'Angèle, son don pour l'arrangement, l'équilibre parfait des couleurs, des textures et des saveurs. Il se démena auprès de la direction pour qu'elle le rejoigne au laboratoire. Depuis peu, elle apprenait à ses côtés, le conseillait parfois. *Marshall Field* n'embauchait que les meilleurs, les aidait à développer leurs qualités naturelles et savait les récompenser en conséquence. Petit à petit, elle prenait confiance.

Dorothy et Alma s'éventaient pour gagner un peu de fraîcheur sous l'écrasante tiédeur estivale. Angèle conduisait la double poussette. Alice et Donald bavardaient en tête à tête. Elles n'étaient pas les seules à avoir décidé de promener les enfants au *Lincoln Park Zoo* ce jour-là. Toutes les bonnes mères de famille de Chicago s'étaient transmises le mot : *vous ne savez pas comment occuper vos enfants les jours de forte chaleur ? Venez saluer les animaux du zoo !*

Elles venaient de quitter le village des lapins, une méticuleuse représentation d'habitations à l'échelle du rongeur.

— Bon sang ! Je n'aurais jamais pensé qu'il y ait autant de monde aujourd'hui par cette chaleur ! geignit Alma alors qu'elle enfonçait un chapeau de soleil sur la tête de chacun des enfants.

— Donnez-leur un peu d'eau, s'il vous plaît, lui demanda Dorothy en lui tendant un biberon.

Alma enfonça la tétine dans la bouche de son petit-fils. Une fois sa soif étanchée, elle la plongea dans celle d'Alice. Restée silencieuse, Angèle profitait de ce moment de détente, impatiente d'assister au prochain divertissement. Elle jeta un œil sur la petite montre rectangulaire qu'elle venait de s'offrir et se mit subitement à conduire la poussette un peu plus rapidement.

— Vite ! Le n… n… nourrissage va b… bientôt commencer ! s'exclama-t-elle.

— Vous trouvez qu'il ne fait pas suffisamment chaud comme ça ! On arrivera bien assez tôt Angèle ! la sermonna Alma.

— Angèle a raison. Nous ne verrons rien si nous tardons trop, coupa court Dorothy avec douceur.

— Très bien, accélérons la cadence alors ! lui répondit Alma, rabat-joie.

Les pneus de caoutchouc de la poussette crissèrent sur la terre battue. Les enfants éclatèrent de rire, stimulés par la vitesse.

De puissants rugissements percèrent les arbres. L'heure approchait. Avec sa silhouette basse, son toit à faible inclinaison et ses élégantes briques rouges, *the lion house* faisait la fierté du zoo. En harmonie avec le terrain boisé du parc, elle proposait à ses hôtes une totale immersion dans le magique spectacle du cycle de la vie. À l'intérieur, les conversations des familles bondissaient et rebondissaient contre les voûtes du plafond tissé de fines tuiles de terracotta blanche. De nombreux enfants accompagnés de leurs parents se cramponnaient aux grilles de sécurité pour apercevoir les grands félins. Le long de l'interminable couloir de cages, tous guettaient l'arrivée des gardiens.

Comme à chaque fois avant de s'engouffrer dans l'antre, Angèle contempla les élégants lions en mosaïque de brique qui encadraient l'entrée. Elle entraîna ensuite ses compagnes en direction de l'enclos des tigres devant lequel patientaient seulement une mère et sa fille. Nonchalants, les félins parcouraient en cercle leur espace réduit carrelé, toujours dans le même sens. Un locataire féroce grogna et surprit les enfants. Apeurés, ils se blottirent au creux des bras réconfortants de leurs mères.

Les spectateurs se turent quand quatre hommes à casquettes à l'effigie du zoo pénétrèrent dans le bâtiment. L'un d'eux tirait un chariot roulant sur lequel était disposé de grands paniers d'osier. Ils s'insérèrent dans l'espace qui séparait les grilles de protection des cages et entamèrent leur tournée. Passant devant chaque espèce féline, ils lancèrent de charnus morceaux de viande à travers une trappe. Alice s'émerveillait dans les bras de sa mère et Donald, dans ceux de sa grand-mère. Quand ils arrivèrent auprès des tigres, l'homme le plus âgé informa le public qu'ils allaient exposer un lionceau et que les enfants pourraient l'approcher et le toucher. Elles attendirent que les tigres aient festoyé puis rejoignirent la file en formation.

Assommés par le bourdonnement ambiant, les enfants somnolaient dans leur poussette. Angèle, commençait, elle aussi, à s'évader au-dessus du toit de la maison des lions pour retrouver le laboratoire et ses recettes.

Quelqu'un souffla un « mademoiselle » à son oreille et posa sa main sur son épaule. Elle sursauta et se retourna, de nouveau fermement ancrée sur le sol. Elle ne remarqua tout d'abord que le sourire rouge de la femme entre deux âges et les visages fermés de ses deux jeunes adolescents. Sous sa voilette, ses lèvres se mirent en mouvement.

— Bonjour. Oui... Ah c'est bien vous ! J'avais un doute.

Envahie par la gêne, elle ne reconnaissait pas cette femme.

— Bonjour...

— Oh ! Excusez-moi ! Vous ne me reconnaissez pas,

bien sûr. Je suis une fidèle cliente du *Field.* Surtout du rayon confiseries, je dois l'avouer. Vous avez été vendeuse quelques temps dans ce rayon, si je ne me trompe ?

Que lui voulait cette inconnue ? Elle avait raison. Elle avait travaillé peu de temps comme vendeuse à la boutique. Pour aider, elle avait remplacé une employée tombée chez elle dans les escaliers. Mais elle avait vécu cette courte période comme un supplice, une punition. Elle perdait ses moyens dès qu'il s'agissait de conseiller les clients.

— Oui, j'étais v… v… vendeuse, mais je ne le s… s… suis plus.

— Oui, effectivement je ne vous vois plus… Voulez-vous que nous nous éloignions de la file pour discuter loin de ce capharnaüm ?

Angèle confia Alice à Dorothy puis accompagna la femme hors du bâtiment. Elles s'installèrent sur un banc, à l'ombre d'un arbre.

— Ah ! Nous sommes mieux, n'est-ce pas ? Vous devez sûrement me trouver intrusive. J'espère ne pas être inconvenante en vous parlant de cela, mais j'ai remarqué votre handicap.

Angèle se sentit immédiatement attirée par le fond. Jamais elle n'arriverait à s'extraire. Elle se sentit comme aux premiers jours de son arrivée. Elle luttait pourtant, chaque jour. La femme était belle dans sa robe d'été à fleurs blanches, le visage protégé sous la voilette de son chapeau. En comparaison, elle se trouvait sans attrait, douteuse, une fille de rien. Elle aurait voulu fuir. Elle enfonça ses ongles dans la fine toile de sa robe, dans la chair de ses cuisses. Elle retint ses larmes.

— Je pense que je peux vous aider. Mon frère est psychiatre.

Elle me prend pour une folle… parce que je dois être folle, se persuada-t-elle.

— Il pratique l'hypnose. C'est une technique qui se révèle relativement efficace pour soigner les disfluences. Vous connaissez ?

Elle doit sûrement vouloir parler de mon bégaiement.

— Non.

— Le praticien vous met dans une sorte de transe, un état second. Vous n'êtes pas totalement endormie. C'est sans danger. Il tente de faire remonter des souvenirs, d'éventuels traumatismes. Ensuite, il peut modifier la perception que vous avez de vous-même et par conséquent, améliorer votre qualité de vie.

Elle ouvrit son sac en peau de reptile, sortit un carnet de note et un crayon. L'ensemble devait coûter une fortune. Elle griffonna rapidement quelques mots, arracha la page et la lui tendit.

— Prenez. Ce sont les coordonnés du cabinet de mon frère. Vous pouvez vous présenter en confiance. Dites-lui que vous venez de ma part. Je suis heureuse de vous avoir retrouvée. Je tenais vraiment à vous en parler, mais vous aviez disparu avant que je ne puisse le faire.

Ses deux enfants étaient en train de sortir de la maison des lions. Elle leur fit un signe de la main.

— Ah, les voilà. C'était un plaisir mademoiselle. Ayez confiance en cette méthode. Faites-vous aider.

Elle lui serra chaleureusement la main puis s'éloigna rejoindre ses adolescents. Coite, Angèle resta assise, en nage, le papier collé à ses doigts. Plus tard, elle aperçut les roues de la poussette passer le seuil de la maison des lions. Elle venait de manquer son rendez-vous avec le lionceau.

Ceinturée par la circulation automobile de *Lake shore drive* et de hauts immeubles de bureaux, la plage d'*Oak Street* était congestionnée. Il était tôt dans la matinée mais déjà, une multitude de silhouettes d'hommes, femmes et enfants se divertissait au bord de l'eau. Difficile d'apercevoir le moindre grain de sable. C'était parce qu'Alma aimait nager qu'Angèle l'avait accompagnée. Elle avait trempé les pieds d'Alice et les siens dans l'eau fraîche du lac pour lui faire plaisir. Rapidement, elle était ressortie pour retourner s'asseoir sur le sable. Elle n'aimait pas l'eau, Alice non plus. Immobile auprès de sa mère, la petite fille observait, circonspecte, un groupe d'enfants construire un château de sable à coup de pelles et de rires amusés. Un jeune garçon aux cheveux plaqués en arrière slalomait entre les baigneurs. Il passa devant elles, faisant rouler sa bouée en pneumatique à toute vitesse.

Le bonnet de bain d'Alma claqua contre ses oreilles. Dans son maillot à larges bandes noires, elle avait l'allure d'une reine des abeilles.

— Bon, j'y vais. L'eau me semble bonne aujourd'hui. Vraiment Angèle, vous devriez apprendre à nager. Vous manquez vraiment quelque chose, vous savez.

Angèle sourit mais ne répondit rien, elle la regarda simplement disparaître parmi la foule des nageurs. Préoccupée, elle pensait au travail, à Millie qui ne venait toujours pas la voir, mais surtout, à sa rencontre de la veille avec la cliente du *Field*. C'était peut-être une chance. Une chance pour devenir comme tout le monde, de ne plus avoir honte. Travailler pour le grand magasin lui apportait déjà beaucoup. Elle suivait depuis un an des cours de perfectionnement oral et écrit. Ils étaient offerts par la direction. Elle venait aussi de faire sa demande de naturalisation. Chez elle à Chicago, elle serait bientôt américaine.

Des mouettes tournaient au-dessus des têtes, criaient contre le brouhaha et le fracas des hommes frappant la surface de l'eau. Immense, le lac Michigan semblait illimité, comme l'océan. Alma séchait son corps mouillé. Des gouttes froides tombèrent sur les avant-bras d'Angèle et la sortirent de ses pensées.

— Cette petite baignade revigorante m'a fait un bien fou !

Elle étendit sa serviette au sol et s'assit auprès d'elle et d'Alice. Elle ferma les yeux quelques minutes pour prendre le soleil.

— Je ne vous entends pas Angèle, quelque chose vous tracasse ?

— Non…

Elle voulait garder pour elle sa rencontre avec la femme du zoo.

— Ce n'est pas votre travail à la cuisine… Tout se passe bien, n'est-ce pas ?

— Oui, c'est p… p… parfait.

— Très bien… Au fait…

Elle se redressa, fouilla son sac et sortit une brochure.

— J'ai récupéré ça l'autre jour quand je suis allée dans les bureaux pour une question sur ma fiche de salaire. Tenez, regardez. La direction vient juste de finir de faire construire des immeubles d'habitation et propose à tous ses employés des locations à loyers modérés. C'est formidable, vous ne trouvez pas ?

Angèle déplia le document. L'ensemble s'étendait sur dix bâtiments et disposait d'aires de jeux communes pour les enfants à l'extérieur comme à l'intérieur, d'un auditorium, d'une salle de musique et d'une bibliothèque. Les appartements étaient aménagés avec des équipements modernes : chauffage central, four à gaz, prises pour machine à laver et même un réfrigérateur.

— Oui, ça me s… semble b… bien.

— Seulement bien ? Vous vous rendez compte du confort dont nous disposerions ! Pour un loyer modique en plus ! Il faut que nous déposions un dossier le plus rapidement possible. Leur situation est parfaite. Ils sont situés près du *Loop*, des parcs, de la plage, des transports, des écoles et des églises. Il ne faut vraiment pas manquer cette opportunité.

— D'accord, vous avez r... raison Alma, c... comme toujours.

— Ce n'est pas tout Angèle. J'ai appris aussi que des parts du magasin vont être mises en vente pour le public. Une certaine quantité d'actions sera réservée aux salariés. C'est à cause de la chute de la vente en gros. Le nouveau bâtiment en construction qu'ils ont mis en chantier il y a deux ans coûte trop cher. Ils comptent sur la vente des parts pour obtenir plus de fonds. Je trouve que c'est une sacrée opportunité pour nous. Cette crise n'est pas mauvaise pour tout le monde !

— Mais elles ne s... seront pas trop c... c... chères ?

— Tout dépend du nombre que nous achetons. Elles peuvent rapporter gros dans le futur. C'est le principe. Adam m'a conseillé de ne pas hésiter. Il m'a dit que le magasin était solide au niveau vente au détail et qu'il pourrait passer la crise sans trop de dégâts. Notre emploi n'est pas mis en danger.

— C'est un p... peu comme la r... réserve que fait l'écureuil ?

— Oui, tout à fait ! C'est une étrange comparaison, mais oui ! Sauf que dans notre cas, les actions remplacent les noisettes.

Motivée par l'engouement d'Alma, Angèle entraîna Alice au bord de l'eau, avec un peu plus de plaisir cette fois-ci. Fondues dans la foule, elles prirent part aux rires, dans la parenthèse d'insouciance que promettait une matinée sur la plage d'*Oak Street.*

1933
Paris – Printemps 2019

Les écrits d'Angèle sont vivants, optimistes. Elle est entourée d'amis fidèles. Sa petite Alice grandit dans un environnement agréable et sécure. Elles sont naturalisées américaines en 1931. Alors que beaucoup subissent avec violence les affres de la grande dépression, Angèle est protégée dans son grand magasin, consciente de sa chance. Elle modèle la pâte à gâteau, mélange les glaçages sucrés et le chocolat coulant, sculpte sa destinée. Pour soigner son trouble de la parole, elle entreprend une thérapie par l'hypnose. Le travail est long et laborieux, fait de retours tourmentés pour libérer son inconscient troublé. Mais elle progresse, veut réussir. Malgré tout, une ombre plane toujours au-dessus de ses lignes fléchies : Amélia ne lui rend pas visite. Les années passent mais n'atténuent pas son impatience. Elle lui manque.

Et de mon côté ? Je déménage dans une semaine. Ma mère a choisi l'appartement. Une location sans grand charme avec un vieux sol de linoléum cabossé dans toutes les pièces. Je ne suis pas difficile. Pour l'instant, je préfère me plonger dans les courriers. La vie d'Angèle me passionne plus que la mienne. Il me semble même ressentir son influence. Je voyage et son optimisme commence à être contagieux. Une thérapie par l'écrit.

Hier, une lettre datée de 1933 a attiré mon attention plus que les autres. Elle a introduit un nouveau personnage dans l'histoire… Je dirais plutôt, une ébauche de personnage.

Ma Millie,

C'est avec surprise que je réponds à ta dernière lettre. Tante Katie attend un enfant ! Mais n'est-elle pas trop âgée ? Ce n'est sûrement pas sans danger. Que c'est injuste ! J'espère que tu ne désespères pas. Donne-moi le fond de ta pensée dans ta prochaine lettre. J'ai encore prié pour toi dimanche dernier. Le Seigneur reste sourd mais je continue tout de même à avoir foi en lui. Je lui demande d'être bon avec toi, comme il l'a été avec moi. Tu le mérites. Tout ce que je possède, je te le dois. Ton bébé viendra, j'en suis sûre ! Je sais que je suis trop insistante, mais Connor et toi devriez vraiment venir me visiter à Chicago. Vous pourriez constater par vous-même comme la vie est confortable ici. Dimanche dernier, Alice et moi sommes allées à l'exposition universelle au bord du lac Michigan. C'est un sacré événement ici. Je n'avais jamais rien vu de pareil. J'ai trouvé certaines attractions fascinantes et d'autres trop effrayantes à mon goût. Par exemple, l'incubateur à bébés. J'ai vu de minuscules bébés pas encore totalement formés enfermés dans des caissons chauffés. Il paraît qu'ils leur permettent de survivre et de se développer jusqu'à terme. Certains n'étaient pas plus gros qu'un poing. C'était bouleversant. Sans ces machines, les pauvres petites âmes seraient déjà mortes. Il paraît que c'est une chance pour elles. J'ai pensé à leurs parents. Où pouvaient-ils bien être pendant que des étrangers les regardaient comme des bêtes de foire ? Tout cela m'a fait froid dans le dos. Autre chose surprenante, le pavillon appelé le village des nains. Un village reconstitué à l'échelle de ces petites personnes. Tu te promènes dans un village avec un coiffeur, un troquet, une église, une école, habité par de nombreuses petites personnes. Il y avait même des enfants et une armée qui circulait en rang. Une petite dame m'a proposé une manucure et certains ont même rejoué une scène du voyage de Gulliver. Je t'assure que c'était vraiment un étrange spectacle ! Par contre, j'ai apprécié parcourir les rues de Paris. J'aimerais un jour visiter cette belle ville. J'ai un peu moins aimé le village irlandais (je t'envoie une carte pour que tu te rendes compte). Je n'ai pas retrouvé notre pays. Cela m'a fait douter de la représentation des autres nations. Je sais que mes souvenirs se brouillent mais je ne veux pas oublier les petits bonheurs que nous avons partagés lorsque nous étions enfants. L'hypnose m'a fait découvrir à quel point notre esprit a la capacité de nous cacher les mauvais moments pour ne garder que les bons. J'ai confiance, je sais que je ne me souviendrai que de ce qui mérite d'être conservé. Je pourrais aussi te décrire le Sky Ride et la magnifique vue de la rive du lac que j'ai eue de là-haut, te détailler la visite des maisons du futur qui nous promettent de belles innovations, mais je préfère garder de l'encre pour te raconter la belle frayeur qu'Alice m'a encore faite. Tu me diras, une de plus. J'aurais pu faire ma visite seule, la déposer sur l'île enchantée comme les autres parents, mais mal m'en a pris. Je ne voulais pas la laisser. À peine suis-je arrivée que je l'avais déjà perdue ! Je pensais pourtant être sûre de moi. Je l'avais laissée grimper sur l'attraction principale (un château sur une montagne avec un toboggan) mais je ne l'ai jamais vue en redescendre ! Il y avait des enfants partout. J'ai paniqué, cherché dans tous les recoins : le petit train, les petites voitures, derrière les figurines géantes. Elle était tranquillement installée, assise devant un îlot plein de petits singes qui se balançaient aux branches d'un arbre. Je n'aime pas la corriger, mais mon sang n'a fait qu'un tour, je n'ai pas pu me contenir. J'ai eu si peur pour elle. J'ai toujours peur pour elle. Au moment où je t'écris, je lui parle de toi. Elle t'embrasse. Voilà, je crois que j'ai encore trop écrit. Réponds-moi vite et donne-moi des nouvelles de la grossesse de ta mère. Je suis encore stupéfaite par ta nouvelle. Embrasse Connor pour moi.

Je t'embrasse à mon tour.
Ton Angèle

Cette ébauche, c'est celle de mon père. Je ne peux m'empêcher de penser que c'est un peu la mienne aussi.

DU FIELD AUX CONSERVES

Chicago – Le Loop et ses environs – Décembre 1942

Angèle ajouta deux cuillerées de chicorée dans sa tasse fumante. Après trois passages au percolateur, le marc était épuisé et l'eau à peine teintée. Par la fenêtre, une couche épaisse de neige immaculée avait recouvert le sol glacé, noirci par les allers et venues de la veille. Alice dormait encore. Une fois son café mélangé avalé, elle chaussa ses bottes, enfila son manteau et ses gants. Exceptionnellement, elle avait fait l'effort de se maquiller. Elle ne devait pas décevoir. Dans un peu moins d'une heure, elle représenterait le magasin. Elle prit une profonde inspiration et ferma la porte derrière elle.

Désormais, les vitrines du *Marshall Field* proposaient une marchandise différente à sa clientèle. Comme de coutume, le luxe inondait bon nombre de rayons, mais depuis le début de la guerre, le magasin encourageait son public à consommer patriote. Les machines à tisser et autres mécaniques avait été reprogrammées. Des messages d'encouragements aux troupes s'affichaient désormais sur les foulards, les épinglettes, la vaisselle, les draps, et même la peau, pour les plus audacieux. Le mot *restriction* passait mal. Difficile d'accepter ce que l'on n'avait pas choisi de vivre. L'ensemble du personnel du *Field* se donnait du mal pour adoucir toutes ces gorges contrariées. La direction était confiante : *restriction* ne rimerait plus avec *dépression*, mais avec *satisfaction*. Angèle apportait sa contribution au rayon des douceurs. Ses pâtisseries et chocolats avaient rencontré leur public.

La réunion se tenait au 7ème étage, entre les murs du restaurant *The Walnut Room.* Elle préféra la lenteur de l'escalator à l'ascenseur. Il la suffoquait. Soulevée par l'interminable escalier argenté, elle respira posément et répéta silencieusement les phrases toutes faites qui la soutenaient depuis plusieurs années. Elle n'hésiterait pas.

Des bribes de discussions fébriles passaient l'entrée du restaurant et s'évaporaient dans le hall. Elle repensa à son premier Noël à Chicago avec Alice. Elle l'avait emmenée contempler les vitrines sur *State Street.* Elle était ensuite montée au 4ème étage pour lui acheter sa première poupée. Avant de partir, elles s'étaient arrêtées devant le sapin décoré, au centre de la *Walnut Room.* Elle emprunta l'entrée de service en souriant au souvenir. Dans la cuisine, elle déposa son manteau lourd de neige sur l'une des tables et ramena derrière ses oreilles quelques mèches de cheveux collées contre son visage. Sa tenue de présentation était sobre, soumise à restriction. Pour les dames, plus de frous-frous, de jupes trop longues, de manches bouffantes ou d'épaulettes.

Elle se redressa, récita une dernière fois ses phrases rituelles, et pénétra dans la salle.

— Bonjour mesdames.

Pour l'occasion, les tables avaient été repoussées. Des chaises avaient été installées autour de la fontaine aux poissons rouges. Pour les fêtes, le majestueux sapin haut de trois étages avait remplacé les cyprinidés. Minuscule à son pied, Angèle allait prendre pour la première fois la parole en public.

Les chuchotements se turent et les participantes se tournèrent vers l'estrade. Dorothy et Alma étaient là, au premier rang. Les épais panneaux de noyer renvoyaient la lumière aveuglante des chandeliers autrichiens. Eblouie, Angèle adapta sa vision. Devant elle se trouvait, non pas un groupe de maîtresses de maison effacées, mais une sororité communiante et motivée.

— Je suis heureuse de vous trouver si nombreuses aujourd'hui. J'espère pouvoir répondre à vos attentes. J'ai pensé qu'au lieu de vous présenter des recettes les unes après les autres, j'allais plutôt vous laisser me faire part de vos demandes. Est-ce que cela vous convient ?

Une chorale de *oui* guillerets s'éleva le long des colonnes de la salle de restaurant.

— Très bien, je vous écoute.

Une dame aux joues pleines et aux cheveux blancs presque bleus leva la main.

— Oui madame, je vous en prie.

— Je voulais d'abord vous dire que vos préparations sont délicieuses. Vous êtes précieuse pour le magasin madame. Voici ma question : j'ai des doutes sur l'utilisation du lard. Je trouve difficile de le faire fondre puis de l'incorporer tout de suite dans mes mélanges.

— Je vous remercie beaucoup pour votre compliment. Mais vous savez, je dois tout à monsieur Nelson. Malheureusement, il se retire l'année prochaine. Il va manquer à la cuisine… Mais revenons au lard. En réalité, considérez-le comme du beurre. Faite le fondre, récupérez la graisse et conservez-la à froid. Ne tentez pas de tout vouloir gérer en même temps, vous risqueriez de gâcher votre recette.

Avides de savoir, de nombreuses dames dans l'assemblée prenaient des notes sans lever le nez.

— Et la margarine ? Elle peut faire l'affaire pour toutes les recettes ? demanda une jeune femme en se levant de sa chaise.

— Oui, bien sûr mademoiselle. C'est une matière grasse, elle ne donne pas de goût particulier aux préparations.

— Et pour le sucre ? demanda une autre.

— Vous pouvez le remplacer par du sirop de maïs.

— Pouvez-vous nous donner une bonne recette pour *The Devil's Food* ? Mes enfants m'en réclament tout le temps, demanda en même temps qu'elle levait la main, une dame qui n'avait ni retiré son manteau, ni son chapeau.

— Oui. Il vous faudra du lard ou de la margarine, du sucre, du chocolat ou cacao si vous n'en avez pas, de la purée de pommes de terre, de la farine, un œuf, des noix, de la vanille et de la pâte de *marshmallow* pour le nappage.

Les bras se soulevaient les uns après les autres. Pendant qu'elle leur donnait quantités et instructions, ses élèves grattaient le papier, studieuses comme des étudiantes.

— Avez-vous des recettes pour des substituts de crème fraîche ?

— Oui. Je peux vous en proposer deux. Une avec du lait frais et lait en poudre qui contient moins de margarine et de sucre. L'autre, sans lait mais avec plus de margarine et de sucre. Vous pourrez ainsi les adapter en fonction de vos disponibilités.

Elle détailla chaque recette et son processus, sans oublier le gâteau aux carottes et les mousses de fruits. Lorsque certaines demandèrent la formule de la fameuse bouchée au chocolat à la menthe, elle ne céda pas. Le secret du magasin resterait bien gardé.

Elle arpentait les diagonales de son salon, incapable de se calmer. La sève de la victoire circulait encore à vive allure dans ses veines. Elle avait réussi. Elle s'assit sur le canapé fleuri assorti aux rideaux mais se releva aussitôt. Un bruit venait de retentir dans le couloir. En une fraction de seconde, l'énergie reflua, la pesanteur remplaça la légèreté. Elle bondit. Du verre venait d'éclater sur le sol de béton. Quelqu'un frappa contre la porte. Subitement, elle se souvint. Elle marmonna quelques mots pour elle-même avant de courir l'ouvrir.

Alice se faufila rapidement, les bras chargés de bocaux. Elle les déposa prestement sur le comptoir de la cuisine.

— J'en ai cassé un, ma…

Angèle avait déjà rejoint le couloir.

— Regarde-moi ce gâchis Alice. Je t'avais pourtant dit de faire plusieurs voyages !

Sur le sol, les carottes s'étalaient comme un jeu de bâtons à piquer. La règle serait de tenter d'en soulever une sans faire bouger les autres. La saumure avait éclaboussé une partie de la porte d'entrée du voisin d'en face.

— Vas me chercher la serpillère et la pelle, s'il te plaît.

Alice s'exécuta et aida sa mère à réparer les dégâts. En ramassant les morceaux de verre brisé, Angèle se rappela une phrase qu'elle avait lue récemment dans un magazine : *La nourriture est une arme, ne la gâchez pas !*

— Tu sais combien de temps il nous a fallu à tous pour faire pousser ces carottes ?

— Je sais maman, c'est difficile pour tout le monde. Mais mon pied a ripé… J'aurais pu faire pire et laisser tomber toutes les autres.

Angèle jeta un coup d'œil aux souliers que portaient sa fille. Des chaussures fermées à semelle de crêpe.

— Ces talons sont trop hauts. Avec toute cette neige, tu risques de tomber et de te blesser. De toute manière, tu es trop jeune pour porter ça. Je préfère que tu portes tes b… b… bottes en ce moment.

— Elles sont vilaines.

— Je sais, mais tu n'as pas d'autre choix.

Alice fit la moue et soupira.

— D'accord… Tu veux que je t'aide à préparer le dîner ?

— Oui, ouvre-moi les bocaux, retire le liquide et verse les carottes dans un bol. Je m'occupe des tripes.

— Oh ! Non ! Pas encore ! Je déteste ça. Le goût est infâme.

— Elles sont bonnes pour la santé. Demain, je ferai un

pain de viande.

— Sans viande... marmonna Alice entre ses dents.

— Je croyais que tu adorais çà ?

— Oui, oui...

Alice vida les bocaux, dressa la table puis partit rêvasser dans sa chambre.

Au dîner, elle resta silencieuse, préoccupée. Penchée sur son assiette, elle triturait ses carottes sautées refroidies avec sa fourchette. Après les avoir transformées en écrasé, elle se décida enfin à parler à sa mère.

— Maman...

— Oui ? Mange tes tripes. Force-toi. Elles vont refroidir.

Alice piqua sa fourchette dans deux morceaux alvéolés. Elle grimaça de dégoût avant de les avaler, les mastiqua longuement puis les fit passer avec un peu d'eau. Elle reprit :

— Je suis allée chez Alma hier soir.

Elle avala quelques bouchées de sa purée de carotte.

— Oui ? Elle va bien ? Je l'ai aperçue ce matin. Elle assistait à ma présentation avec Dorothy. Mais je n'ai pas pu leur parler, je suis trop occupée en ce moment.

— Elle a toujours ses douleurs à la hanche.

— La pauvre. J'irai impérativement faire un tour *aux chaussures* demain.

— En fait, elle m'a parlé du *Field.* Elle m'a dit qu'ils recherchaient des jeunes femmes pour des postes d'hôtesses d'ascenseur... Je voudrais tenter ma chance maman.

— Pourquoi t'a-t-elle mis ça dans la tête ? Tu n'as même pas encore seize ans. Je préfère que tu te concentres sur de futures études.

— Mais maman, toi et Alma vous vous sentez bien au *Field.* Et puis, de toute manière, on ne sait pas quand on pourra reprendre une vie normale. On vivra peut-être toujours comme ça ? Autant prendre ce qui se présente.

— Ne dis pas de bêtises Alice, rien ne dure jamais. La guerre finira. On ne sait juste pas quand, c'est tout.

— Ils proposent une formation. On sera maquillé, coiffé et on nous donnera des cours de maintien et de diction. C'est bien ça, non ?

— Je ne trouve pas qu'appuyer sur les b… b… boutons d'un ascenseur et sourire béatement les lèvres recouvertes de rouge à lèvre aux clients soit bénéfique à l'avenir d'une jeune fille.

— Moi je trouve qu'apporter un peu de bonheur aux autres, c'est très bien. Surtout en ce moment. Tu le fais bien, toi, avec tes sucreries.

— C'est un vrai travail et la différence avec toi est que je suis adulte et responsable.

— Mais tu as eu seize ans un jour. Rappelle-toi maman.

— Mes seize ans étaient moins insouciants que les tiens. J'ai peu de bons souvenirs.

Angèle se leva de table, retira les plats et les déposa sur le bord de l'évier.

— Tu sais, *Dorothy Lamour* a travaillé au *Field* avant de devenir célèbre.

— J'espère que tu ne veux pas devenir actrice !

— Non maman. Ce que je veux te dire, c'est que travailler là-bas peut ouvrir des opportunités… pour le futur.

Angèle ramena une corbeille de fruits. Sous la table, ses mains se crispaient sur un torchon de vaisselle.

— Tu pourrais faire mieux Alice.

— Si tu acceptes que j'aille aux auditions, je te promets de manger tous les abats que tu voudras sans rechigner jusqu'à la fin de la guerre. Et si elle se termine un jour, je te promets de quitter le magasin pour un emploi que tu trouveras plus convenable pour moi.

— Très bien. Je vais réfléchir. J'en parlerai à Alma

demain pour s… s… savoir ce qu'elle en pense réellement. Maintenant, mange ta pomme.

Le vent soufflait aux pieds des immeubles d'habitation. Nul besoin de lampadaire, la neige éclairait tout le quartier. Elle tourbillonnait sur les trottoirs et cinglait même les peaux les plus dures. Angèle remonta le col de son manteau pour protéger ses oreilles. Il était tard, mais elle avait besoin d'air. Tête baissée, elle marchait vite pour ne pas laisser son corps refroidir. Ses pensées fatiguées se croisaient mais jamais ne s'installaient. Devant ses yeux, Alice rencontra la jeune fille qu'elle avait été à son âge. Elle revit sa mère sur les marches du perron du 12, la bassine de zinc qu'elle partageait avec Millie, et Mary de dos dans la chapelle. En passant devant une boutique, elle crut respirer dans l'air figé le parfum particulier de cuir et de colle de l'atelier de John Burke. Elle maugréa contre Millie et Connor. Après toutes ces années et la guerre, ils ne viendraient jamais la voir. Elle vieillissait. Alice serait bientôt une femme. Elle culpabilisait d'être aussi dure avec elle.

Elle força pour extraire ses bottes de la profonde couche de neige. Le déchaînement impitoyable de la ville du vent enflammait ses yeux fatigués mais elle marcha toujours plus vite.

JARDINS DE LA LIBERTÉ

Chicago – Marshall Field Garden Apartments – Eté 1943

Vu du ciel, les bâtiments du grand ensemble reflétaient l'exacte image d'un assemblage de maillons. De plus près, de la verdure poussait entre les murs, ici et là. Encore plus près, tiges ligneuses et salades s'entremêlaient pour former de petites parcelles soignées.

C'était jour de repos. Les plus indiscrets scrutaient les immeubles. Sur la terrasse du numéro *10 Evergreen avenue*, une silhouette prenait le soleil.

Angèle cherchait Alice. Elle avait autorisé sa fille à assister à un concert de jazz gratuit au théâtre de Chicago, la veille. C'était sa première sortie seule, le soir. Comme elle avait cédé pour le poste d'hôtesse d'ascenseur, elle avait cédé pour la soirée. Elle la savait accompagnée de collègues un peu plus âgées, mais l'imaginer dans un lieu d'amusement la tracassait. Elle ne put trouver le sommeil qu'autour d'une heure du matin, lorsqu'elle entendit la clef tourner dans la serrure.

Elle monta les dernières marches qui la menait sur le toit terrasse. Etendue sur une chaise longue, un magazine ouvert posé sur sa poitrine, Alice paraissait assoupie dans le solarium. Angèle s'approcha d'elle. Le sol renvoyait une chaleur accablante. La jeune femme se redressa. Son maillot de bain deux pièces bicolore rouge et bleu laissait paraître sa peau nue. Son corps luisait, recouvert d'huile de bronzage. Elle observa sa mère au-dessus de ses lunettes de soleil. Angèle réfréna son besoin de vouloir recouvrir son indécence. Le monde changeait, les modes et les mentalités aussi. Les femmes s'accordaient une liberté qu'elle n'oserait jamais se permettre. Leur apparente légèreté d'être lui semblait menacer leur intégrité. Alice posa son périodique sur le sol.

— Ah maman ! C'est toi.

— Tu n'as pas trop chaud ici. Il n'y a pas d'air derrière ces vitres.

— Non… Puis tu sais, ça fait du bien de transpirer, lui répondit-elle en se penchant pour prendre une bouteille d'eau sur le sol près du transat.

C'est alors qu'elle le vit. Un aigle, fier, puissant. Il brillait, plaqué contre son omoplate.

— Qu'est-ce que c'est que…

— Il n'est pas permanent maman. C'est juste une décalcomanie. Il disparaîtra après quelques bains. C'est juste du maquillage. Ils proposaient aussi de peindre des étoiles sur le visage ou un marin sur la cheville, mais j'ai trouvé l'aigle argenté plus joli. On ne le voit même pas quand je suis habillée.

— C'est encore h… h… heureux ! Qui t'a fait ça ?

— Les filles des cosmétiques nous l'on proposé au *Field*. Je n'ai rien payé, ânonna Alice, embarrassée.

Elle replia ses jambes, mal à l'aise sur sa chaise. Elle tentait de dissimuler ses pieds en les recouvrant de ses mains.

— Tu me caches quelque chose. Montre-moi tes jambes, s'il te plaît.

— C'est patriotique, tu sais. Pour encourager les troupes.

— Montre-moi.

Alice allongea ses jambes. Sur ses ongles de pieds, une alternance d'images d'étoiles et d'ancres marines étaient collées sur un vernis blanc opaque. Angèle porta la main à sa bouche.

— Oh mon... Tu trouves ça beau Alice ?

— Toutes les filles des ascenseurs l'on fait aussi. Je te l'ai dit, c'est une manière de participer à l'effort.

— Je préférerais que tu manges tous les légumes que je mets dans ton assiette pour participer à l'effort.

N'ayant plus d'arguments pour plaider sa cause, Alice fit mine de retourner à sa lecture.

— Bon... tu peux garder ce... maquillage. Mais cache-le au mieux.

— Merci maman, lui répondit Alice, cachée derrière son magazine.

— Je vais chercher des légumes au j... j... jardin. Rentre maintenant, il fait trop chaud pour rester en plein soleil.

Angèle courut récupérer deux paniers chez elle, puis redescendit contrariée. Elle rejoignit le carré des pommes de terre après avoir traversé la longue allée située aux pieds des deux rangées d'immeubles. Des outils étaient mis à disposition des habitants de la communauté. Elle empoigna une fourche bêche et donna un premier coup énergique loin du premier pied de pommes de terre.

Elle en donna de nombreux autres, en rouspétant. De lourdes gouttes de sueurs sinuaient le long de son dos jusqu'à ses reins. Son panier s'était rempli sans qu'elle ne s'en rende compte. Appuyée contre le manche de l'outil, elle reprit son souffle et massa ses mains échauffées.

Elle rejoignit ensuite le carré des cornichons situé tout près de l'aire de jeu. La parcelle était luxuriante. Des feuilles vertes serpentaient le long de hautes pyramides, les étouffant comme des reptiles. Elle déposa le panier de pommes de terre près de la balançoire, puis se mit à genoux devant le premier plan pour cueillir les plus gros spécimens. Elle choisit ceux qui étaient au moins de la longueur de sa main et les déposa dans le panier resté vide. À mesure qu'elle la délestait de ses fruits, les feuilles dentelées de la plante caressaient ses bras, reconnaissantes et soulagées de ne plus avoir à porter ces charges écrasantes. Certains autres plans baissaient la tête, misérables, assoiffés. Un jerrican d'eau avait été laissé à proximité à cet effet. Angèle s'en empara à deux mains et soulagea les pieds racornis.

Le poids des victuailles ankylosait ses bras. Elle apprécia d'entrevoir les fenêtres de son appartement en approchant de l'immeuble. Sous l'architectural aigle de pierre, devant les marches du perron, elle aperçut l'agent des postes regarder dans sa direction. Il l'attendait.

— Bonjour madame, c'est une belle récolte que vous avez là. J'allais partir, mais vous voyant arriver de loin, je me suis dit que peut-être, j'allais attendre. Vous êtes mademoiselle Robinson ?

Le postier clignait des yeux sous sa casquette. Son nez retroussé et ses petites lunettes rondes lui donnaient l'air d'un enfant transporté dans le corps d'un adulte.

— Oui, c'est moi.

— J'ai bien fait d'attendre. J'ai un paquet pour vous mademoiselle. Si vous voulez bien signer ici.

Angèle déposa les paniers et signa le registre. L'homme lui remit le colis, la salua avant de continuer sa tournée. Elle le regarda s'éloigner jusqu'à l'angle de la rue et vit disparaître sa volumineuse sacoche en bandoulière. Le paquet dans les mains, les deux paniers pour compagnons, elle contempla le vide quelques instants, reprit ses esprits puis rentra.

Elle déposa sa lourde cargaison sur la table.

— Alice, tu es là ?

Elle reçut la réponse qu'elle attendait.

— Oui maman, dans ma chambre.

Elle se sentait poisseuse. Ses mains, ongles et avant-bras étaient recouverts de boue séchée. Elle laissa couler un moment l'eau, retira la terre avec du savon puis se rafraîchit le visage et la nuque. Elle avait peu l'habitude de recevoir de colis. Elle s'empara d'un couteau et vint s'asseoir à la table.

Le paquet était de taille moyenne. Angèle le fit tourner jusqu'à trouver son affranchissement et l'adresse de son expéditeur. Il provenait de Dublin. C'était Millie. Depuis le début de la guerre, elles s'écrivaient moins. Elle espéra qu'il ne soit rien arrivé de grave et retira prudemment l'adhésif à l'aide du couteau. Il résista. À l'intérieur, des pages de journal froissées protégeaient le contenu. Elle le sortit et le posa sur la table. Lorsqu'elle retira le papier, elle reconnut tout de suite le premier objet. Millie l'avait gardé durant toutes ces années. Elle en avait pris soin... Ses mains tremblèrent. Elle le reposa sur la table. Elle qui n'avait pas pleuré depuis longtemps se mit à sangloter, ramenée violemment à son passé par un objet inanimé. Mais pourquoi ? Pourquoi maintenant ?

L'autre ne lui disait rien : ni passé, ni présent. Elle l'observa longtemps, tentant de comprendre. Elle fouilla le colis. Elle n'avait pas vu la lettre, restée coincée au fond. Elle la déplia soigneusement et la lut...

Adoucir la vérité. Pour mettre un sens sur des mots qui n'en avaient pas, elle la lut, la relut et la relut encore. Pourquoi maintenant ? Elle pleura longtemps. Une fois son corps vide de larmes, elle la parcourut une dernière fois et appliqua ses instructions...

Elle ne la connaissait pas. Vite, elle la remit en place et la cacha dans le tiroir du vaisselier qu'elle n'ouvrait jamais.

Elle n'opposa aucune résistance lorsque le salon se mit à tourner, se refermant sur elle. Elle perdit l'équilibre sur le sol inconsistant, entraînant les pommes de terre dans sa chute sur le linoléum.

— Maman ! Tu m'entends ?

Peut-être... Mais elle était bien, loin... Puis soudain, une chute d'eau glacée sur son visage.

– Maman ! Je t'en prie !

Alice avait renversé le pichet et la secouait. Angèle chercha son souffle, telle une noyée. Ses cheveux ruisselaient, le haut de sa robe était trempé.

– Ça va maman ? Tu as perdu connaissance.

Angèle se redressa. Les pommes de terre avaient roulé un peu partout dans le salon.

– Je...

– Ne parle pas. Je vais t'aider à te lever. Tu vas aller te coucher et te reposer. C'est sûrement un coup de chaud. Attends, je vais te chercher un verre d'eau.

Angèle resta couchée jusqu'au lendemain matin. Mais la cuisine du *Field* l'attendait. Elle avait en charge le laboratoire. Elle ne dit rien à Alice. Fallait-il qu'elle réponde à Millie ? Elle oublierait ce paquet. Il ne changerait rien.

DERNIÈRE LETTRE
Paris – été 2019

Je garde la lettre dans une poche de mon sac. C'est la dernière, datée d'août 1943.

Chère Millie,

Je t'écris mais ma gorge se noue. J'ai reçu ton colis. Que dois-je répondre ? Les mots me manquent et ceux que je vais poser sur le papier seront sûrement trop abrupts. C'est une déflagration, un bombardement. Je ne comprends toujours pas. Pourquoi tant d'années de silence de ta part ? Dis-moi si notre enfance n'était qu'un mensonge ? Ne penses-tu pas que certaines choses devraient rester cachées pour le bonheur de tous ? Toi et Alice, vous êtes celles à qui je tiens le plus au monde. Je te serai éternellement reconnaissante. Je te l'ai dit et redit durant toutes ces années, tu m'as sauvée d'une vie de misère. Je ne sais pas ce qui me peine le plus, que nous ayons vécu dans le mensonge toutes les deux ou cette vérité douloureuse. Te rends-tu compte ? Que vais-je faire de cela maintenant ? Enterrer ce tableau et faire comme avant, quand je ne savais pas ? Oui, c'est une solution. Je ne dirai rien à Alice en tous cas. Si tu veux, attends que je ne sois plus de ce monde pour lui écrire. Je t'aime mais te déteste pour ça. Ne viendras-tu jamais me voir à Chicago ? Je suis fatiguée d'attendre. La douleur nous transforme en monstre. Cette révélation fait de moi une personne que je ne suis pas. Je deviens méchante. Tu t'es libérée d'un poids, mais tu m'as enfermée Amélia. Pardonne-moi pour ces mots et je te pardonnerai peut-être. Pour l'instant, je préfère oublier.

Je pense à Connor et Liam. Sois heureuse.
Angèle

Les trois adolescentes m'attendent debout dans le couloir. L'une d'elles porte un jean trop court et des baskets blanches. En fait, toutes les trois ont les mêmes paires aux pieds, celles qui étaient à la mode dans les années 80. Elles sont à peine sorties de l'enfance mais ressemblent déjà à des femmes, en apparence seulement. Celle du milieu vient demander une contraception d'urgence. Les autres l'accompagnent, bonnes copines. Elles ricanent mais s'interrompent lorsqu'elles aperçoivent les dépliants dans ma main. Elles sont déçues. La demandeuse montre des signes de nervosité. Je m'adresse à elle en tentant de ne pas prendre le ton de la mère trop sévère.

– D'après ce que vous m'avez dit, je ne pense pas que vous soyez enceinte. Dans cette brochure, vous trouverez des informations sur les différents types de contraception. Gardez-la bien précieusement et relisez-la en cas de doute. Vous verrez, il y a des adresses de sites internet intéressants au dos. Je vous conseille d'aller y jeter un coup d'œil. Si vraiment votre doute persiste, revenez au planning.

Trois paires d'yeux étonnés me dévisagent, elles ne s'attendaient sûrement pas à ça. Elles sont trop jeunes. Retournant d'où elles étaient venues, elles passent la porte, sans ricaner cette fois-ci.

Il ne me reste que quelques minutes avant mon prochain rendez-vous, une femme qui vient me présenter son association. Je ressors la lettre de mon sac et la relis encore une fois, toujours sous le coup, sidérée. Que s'est-il passé ? Son ton est si différent. Qu'a donc fait Amélia pour mériter son courroux ? Pourquoi cet arrêt brutal ?

Que vais-je faire maintenant ? Je réagis comme une droguée en manque. En manque d'une vie qui me fait oublier la mienne.

On frappe à ma porte. Je range la lettre, arrange mes cheveux et prends une posture stoïque…

Nous sommes assises sur notre banc favori. Les pupilles de Marion vont et viennent sur la page que j'ai déjà trop lue. Pour une fois, il n'y a pas trop d'enfants au bord de la fontaine. La journée est douce. Même les pigeons nous ont fait faux bond. Seuls quelques parisiens en manque de vacances traînent des pieds le long des pelouses. Je veux savoir ce qu'en pense Marion. Elle me rend la lettre, se ravise, la lit une seconde fois.

— Tu me dis que c'est la dernière ? Tu es sûre ? C'est étonnant que ça s'arrête comme ça, après toutes ces années de correspondance.

— Oui, je suis sûre. Je les ai toutes lues.

— Elle a peut-être disparue en 1943 ?

— Tu veux dire qu'elle serait morte ?

— Oui, ça pourrait être une cause.

— J'y ai pensé, bien sûr. Mais j'ai trouvé une liste de défunts sur un site de généalogie. Angèle est décédée en 1987 à soixante-dix-huit ans.

— En tous cas, on sent bien qu'elle a été choquée de recevoir ce colis… Et ce tableau qu'elle veut enterrer. C'est sibyllin tu ne trouves pas ?

— Le tableau ? Je n'avais pas remarqué ce détail. Je me suis tellement projetée dans sa vie que j'ai l'esprit brouillé.

— Oui je pense aussi ! Si j'interprète bien la lettre, il était dans le colis et il a dû déclencher ses foudres.

Les rayons de soleil traversent les feuilles des arbres comme pour notifier une présence divine. Je reste silencieuse un moment.

— Je ne peux pas en rester là, Marion. Il faut que je sache, j'en ai besoin.

— Savoir quoi ?

— Savoir ce que pourrait m'apprendre Alice Miller.

— Alice Miller ? Qui c'est ?

— Sa fille. J'ai trouvé son nom dans l'obituaire. J'ai aussi trouvé son numéro de téléphone et son adresse. On trouve encore les coordonnées des personnes âgées dans les annuaires. Elle vit toujours à Chicago.

— Pourquoi tu ne me l'as pas dit avant ? Tu es sûre que c'est la bonne Alice ?

— Oui, j'ai fait des recoupements. J'en suis sûre.

— Cachotière ! Essaye de l'appeler alors. Qu'est-ce que tu risques ?

— Tu crois ? Mais je risque de la déranger, de remuer des souvenirs qu'elle veut peut-être oublier. Je ne veux pas jouer les trouble-fêtes ou m'immiscer dans sa vie.

— Tu l'as un peu déjà fait en lisant toutes les lettres de sa mère. Mais ce n'est pas grave ! Imagine plutôt que tu puisses lui faire plaisir. Elle découvrira la branche française de sa famille. En plus, tu viens de me dire que tu ne veux pas lâcher l'affaire. Ce fameux tableau, elle le possède peut-être toujours ?

— Oui, peut-être, lui répondis je, songeuse.

Le soleil tourne vite. Marion jette un coup d'œil à son portable et, sans que j'aie eu le temps d'expirer, se retrouve debout.

— Allez ! Faut retourner bosser, l'heure tourne trop vite. En tous cas, si tu décides d'aller faire un tour à Chicago et que tu veux de la compagnie, je suis partante.

Il doit être environ 14 heures à Chicago. Ici, le générique de fin du journal de 20 heures vient de démarrer. J'hésite. Je tourne en rond chez moi. Je relis la lettre, encore une fois. Je repense à ce mystérieux tableau et à la manière dont il m'avait échappé. Est-ce que je dois lui en parler ? Comment vais-je me présenter à elle ? Il ne faut pas que je lui fasse peur, qu'elle me prenne pour une folle ou une usurpatrice. Je m'empare du bloc note sur la table basse. Je griffonne un discours en anglais. Je serai honnête avec elle, lui parlerai du manque de mon père, de la découverte des lettres d'Angèle et de mon besoin de la connaître, comme j'ai appris à connaître sa mère à travers ses écrits. Peut-être m'aidera-t-elle à remplir les cases manquantes ?

La lune sera bientôt pleine. Je suis assise dans la pénombre avec mon memo et le téléphone posés devant moi sur la table. Pour la énième fois, ma main avance timidement vers le combiné mais reprend sa place aussitôt, trop effrayée par mon trop plein d'émotions. Et si elle refusait de me parler ou ne comprenait pas mon anglais ? Ou pire, si je m'étais trompée ?

Calme-toi, respire. *Carré, carré, carré.*

Je compose le numéro. Les sonneries résonnent et s'allongent comme un *chewing-gum* sous les doigts collants d'un enfant.

— Allo ?

Je panique une seconde, ou plus... Je cherche mes mots.

— Bonjour... Puis-je parler à Alice Miller s'il vous plaît ?

— De la part...

— Je... Heu... Emilie Robinson. Je suis une parente.

— Un moment s'il vous plaît.

J'entends ses pas, elle monte - ou descend - les marches d'un escalier. De sa voix lointaine, elle s'adresse à quelqu'un. Puis une voix différente, beaucoup plus mature celle-ci :

— Oui, allo, Alice Miller à l'appareil.

C'est elle.

L'ÉVÈNEMENT

Chicago Le Loop – Novembre 1944

Alice ne posa jamais de questions à sa mère à propos du colis. Elle crut à une simple insolation. Angèle tenta d'oublier, mais l'impensable la gardait éveillée lors de régulières nuits cauchemardesques. Malgré tout, elle aimait cette période de l'année. La vie se grimait, inspirant chacun à ne voir que le meilleur pour un temps.

Le *Marshall Field* se préparait. Nombreux pensaient à la décoration des vitrines, mais il était aussi indispensable de régaler les clients et faire briller de gourmandise les yeux des enfants. Angèle peaufinait ses recettes de sucres d'orge. Ils avaient la part belle à l'étage des jouets, sans parler du Père Noël et de sa hotte à remplir. La pression était forte, elle hésitait encore : cannelle pomme ? cannelle orange ? bubble-gum ? potiron ?... Non, Halloween était passé. Elle finirait par trouver, comme toujours. Les clients se plaignaient rarement de ses compositions.

En attendant la réception des cadeaux, le *Field* avait prévu de recevoir une invitée de taille dans ses murs. Une invitée qui avait déjà fait parler d'elle par le passé.

L'année précédente, à trente-cinq ans, vendue par le zoo de *Brookfield* à celui de *Lincoln Park*, Judy avait refusé de pénétrer à l'arrière du camion qui devait l'emmener vers sa nouvelle demeure. La dame bornée avait préféré marcher. Ceux qui l'accompagnaient s'en souviendraient longtemps : durant sept heures, elle avait flâné, prenant son temps dans les rues de Chicago. Ce périple lui avait coûté 113 kilos.

Cette année, le *Field* l'avait empruntée pour quelques jours au zoo pour jouer l'actrice. Son rôle : *Eddie, l'éléphant élégant.* Le petit Eddie voulait rejoindre un cirque. Mais sa mère lui avait recommandé de se faire élégant avant de postuler. Alors, pourquoi ne pas se faire peindre des rayures noires pour être beau comme son ami le zèbre ?

Pour connaître la suite, il vous faudra acheter le livre. Et pour rendre cet événement inoubliable, Eddie en personne, sera présent dans les murs du Field pour signer des autographes !

Alice lui en parlait presque chaque jour depuis un mois. L'année précédente, la mort subite de *Deed-A-Day* l'avait bouleversée, mais la butée Judy l'avait rapidement remplacé. Elle aimait tellement les éléphants qu'à l'âge de dix ans, elle réussit à convaincre sa mère qu'un jour, elle partirait vivre dans une réserve en Asie. En grandissant, cette idée avait très rapidement été remplacée par d'autres, mais sa fascination pour l'animal encombrant n'avait jamais faibli.

L'événement allait attirer de nombreux curieux, et pas seulement des enfants. Alice s'impatientait de pouvoir approcher et toucher Judy. Tout l'après-midi, elle ne pensa qu'à l'éléphant en attendant la fin de son service.

Angèle consulta sa montre. Elle devait déjà être en bas. Elle se lava les mains pour retirer les résidus de colorant rouge qui imprégnaient le bout de ses doigts puis retira sa blouse. Elle avait prévenue Alma qu'elle passerait la prendre au 5ème. Désormais, cette dernière supervisait les vendeuses du rayon *chaussures pour femmes.*

Angèle s'avança sur l'épais tapis. Alma rangeait les paires essayées mais reléguées par les clientes. L'âge avait intensifié les rougeurs de son visage et raidi son dos. Elle se redressa, les mains appuyées sur les reins.

— C'est vous Angèle ? Déjà ! Je n'ai pas vu passer la

journée. Ce sont les derniers jours pour la validité des coupons. Toutes ces dames achètent des chaussures dont elles n'auront pas l'utilité. Et on appelle ça des tickets de rationnement ! Trois paires autorisées par an... Deux seraient bien suffisantes à mon avis.

— Vous avez raison Alma. Vous êtes toujours d'accord pour m'accompagner au 3ème ? Alice nous attend.

— Oui. Je descends pour la voir, pas la bestiole. On ne se croise plus qu'en coup de vent. Quand elle vient, je remarque bien qu'elle est plus intéressée par les paires de chaussures que par sa vieille Alma.

— C'est vous qui dites toujours qu'il faut que jeunesse se p... p... passe.

— Oui, exactement Angèle, mais par dépit... Je termine et nous y allons.

L'éléphant attendait derrière une barrière élevée pour l'occasion. La foule s'écarta pour laisser passer une petite fille escortée par sa mère. Sous son béret, une frange masquait ses yeux. La maman tenait dans ses mains le livre qu'elle venait d'acheter. Arrivée près de l'animal, elle l'ouvrit et le posa sur le plat de la barrière. Dans une autre vie, Judy s'était produite dans un cirque. Elle en connaissait des tours. Sa trompe s'allongea puis s'enroula avec habileté autour d'un tampon encreur. Elle cibla la page de garde et pressa au hasard. Immobile, la petite fille impressionnée ne bougea pas un membre. Sa gracieuse maman souriait, ravie. Au suivant ! Derrière, une grand-mère patientait avec son petit-fils.

Angèle scrutait la foule. Pas de trace d'Alice dans cette masse chapeautée de feutre, de plumes, de coiffures savamment roulées.

Sous l'installation de branches de sapin couvertes de boules rouges, l'éléphant piétinait dans son carré sécurisé. Son dos était habillé d'une couverture de velours bleu roi à franges dorées brodée au titre du roman. Un *Eddie* ornait un écusson couvrant son front bosselé. Près de lui, son clownesque dresseur à fausse moustache était accoutré pour l'occasion : une redingote à motif de carrés noirs et un chapeau mou à larges bords. Il donna un discret coup de baguette dans le flanc de l'animal. *Eddie-Judy* s'exécuta. Elle leva son écrasante patte, puis gauchement, la seconde. Le public avait pour consigne de ne pas applaudir, l'émerveillement amusé se lisait sur les visages. Angèle et Alma ne trouvaient toujours pas Alice. Une dame aux cheveux courts se faufila auprès d'elles. Angèle sentit sa main ferme empoigner son avant-bras. La dame souhaitait la complimenter.

— Oh mademoiselle Robinson, j'assiste à presque tous vos cours. J'ai beaucoup de succès à la maison maintenant. J'étais perdue au début des restrictions. On se lasse vite des légumes. Maintenant je suis plus créative grâce à vos conseils… et tant pis si ces messieurs ne sont pas satisfaits !

Ce n'était pas la première. En deux ans, Angèle était devenue la reine de la *cuisine-restriction.* Sa photographie était placardée à tous les étages du magasin. Elle devait se rendre à l'évidence, elle n'était plus une anonyme.

— Merci madame, vous me faites plaisir. Je suis heureuse d'apporter mon aide.

— Vos pâtisseries et chocolats sont fantastiques. Vous devriez ouvrir une boutique. Je ferais à coup sûr partie de vos fidèles clientes. Et à mon humble avis, je ne serais pas la seule.

Elle avait en effet constaté avec plaisir que grâce au bouche-à-oreille, son public s'élargissait.

— Vous avez raison madame. Mademoiselle Robinson est talentueuse. Elle travaille beaucoup, peut-être trop même, renchérit Alma.

Angèle venait d'apercevoir Alice derrière la barrière

opposée. Elle portait encore l'uniforme du *Field* : une jupe verte à plis creux au-dessous des genoux et une veste assortie. Ses cheveux étaient remontés en un champignon de boucles brunes. Ses pieds habillés de chaussures bicolores à talon carré mettaient ses jambes en valeur. Comme ses collègues des ascenseurs, elle avait succombé à la mode du trait tracé derrière la jambe. Il imitait les bas de soie. Elle était sophistiquée mais sans indécence. Sa mère ne l'aurait jamais autorisée.

— Maman, je n'arrive pas à m'approcher d'elle. La séance va bientôt se terminer. On peut attendre jusqu'à la fin, s'il te plaît ? Il y aura moins de monde. Je voudrais tellement la caresser.

— En tout cas, moi je ne vais pas rester longtemps. Cette foule est étouffante et je trouve que l'animal dégage une odeur désagréable. Je n'ai plus l'âge pour ces facéties, lança Alma avant de partir s'isoler dans un coin plus aéré.

— Comment l'ont-ils faite monter jusqu'ici ? demanda Angèle à sa fille.

Elle regardait la tête du pachyderme se balancer. Ses oreilles frémissaient, ridiculement petites par rapport à sa stature compacte.

— Ils l'ont montée par le monte-charge. Sans problème apparemment.

— Quand même, je trouve qu'un magasin n'est pas un endroit pour un animal de cette taille. C'est un peu trop, non ? Tu ne trouves pas ?

— Oui, mais regarde comme les gens sont venus au rendez-vous. C'est un véritable succès pour la vente du livre et une bonne publicité pour le magasin... Alors on reste ?

— Oui d'accord, mais on s'éloigne un peu pour l'instant. Alma a raison.

Elles rejoignirent leur amie. Elle faisait mine de

s'intéresser à un livre sur les trésors du Pérou.

– Je vais vous quitter mesdemoiselles. Viens me voir plus souvent Alice. Passe à la maison.

Alma la serra dans ses bras.

– Oui, je te le promets.

La foule regagnait les ascenseurs et l'escalator. Judy se prêta de bonne grâce aux caresses des dernières curieux.

– Touche-la, maman. Regarde comme sa peau est dure et sèche !

Angèle aimait voir sa fille heureuse. Elle souhaitait lui voir conserver cette joie de vivre le plus longtemps possible. Elle lui sourit et frôla la trompe de l'éléphant pour lui faire plaisir. L'équipe préparait le départ de Judy. Quatre hommes transportant de lourdes chaînes s'approchèrent de l'enclos.

– Nous allons vous demander de vous éloigner messieurs-dames. Nous devons la préparer pour le départ. Allez Judy, dis au revoir à tout le monde !

Si le pachyderme était resté calme jusqu'à présent, il montrait maintenant quelques signes de nervosité. Sous leurs rideaux de cils, ses yeux soucieux fixaient les hommes en uniformes et leurs chaînes. Quand deux d'entre elles furent passées autour de son cou, sa respiration se fit bruyante et saccadée.

Angèle et Alice observaient à bonne distance. Toutes deux silencieuses, elles retenaient leur souffle. Le spectacle n'était pas ordinaire.

Judy refusait de bouger. Mécontente, elle barrissait aussi fort qu'une sirène de pompier. Deux des hommes tentaient de la faire avancer en tirant sur les chaînes. L'homme à la fausse moustache prit en main la situation et la fouetta avec sa baguette. Elle contesta bruyamment mais se mit en marche.

À vitesse passablement acceptable, son imposant

arrière-train se dandina en direction du monte-charge. Quand elle décida de s'arrêter entre deux étagères remplies de livres, Angèle et Alice s'arrêtèrent aussi, un peu plus loin derrière. Il suffit d'un petit coup de baguette, et ce fut reparti… jusqu'à l'approche de l'ascenseur. Elle dut le reconnaître. Apparemment, elle n'en gardait pas un bon souvenir. Elle trompéta, grogna son exaspération, tira sur ses liens. Les hommes dépensèrent sueur et kilos pour l'apaiser. Durant ce laps de temps, elle avait renversé un bon nombre de présentoirs, faisant valser les livres et les tapis persans du rayon tout proche. Un véritable séisme !

— Il faut partir maintenant Alice. Elle ne semble pas vouloir rentrer. Cet endroit est trop étroit pour elle. Je la comprends, moi non plus je n'aime pas les ascenseurs. Pauvre bête !

— Encore quelques minutes maman, elle va y arriver.

— J'ai peur qu'elle nous charge. Regarde tous les rayonnages qu'elle a déjà renversés. Elle pourrait nous piétiner. Prenons l'e… e… escalator et rentrons à la maison.

— D'accord, mais c'est dommage. C'est un sacré spectacle quand même… Il faut que je remonte me changer. Tu m'attends ici ?

— Non, hors de question. Je t'attendrai sous la mosaïque en bas.

Angèle souffrait pour l'animal. Ses cris de colère empreints de désespoir étaient encore perceptibles quand elle atteignit le grand hall du rez-de-chaussée.

Judy était-elle finalement entrée dans le monte-charge ? Et bien… Non. La dame était parée d'avantages non négligeables et était bien trop têtue. Les charpentiers du magasin vinrent à la rescousse de l'équipe désespérée et construisirent une rampe qu'ils installèrent dans la cage d'escalier. S'attardant avec prudence, elle descendit les trois étages, le pinceau de sa queue balançant en cadence.

Elles avaient pu trouver deux places assises libres dans le métro.

– Tu crois qu'elle est descendue maintenant ? En tout cas c'était fou, tu ne trouves pas ?

– Oui bien sûr, Alice. Je pense que la pauvre Judy était aussi fatiguée que moi. C'est pour cela qu'elle a perdu patience. Donner des coups de tampons durant cinq heures n'est pas normal pour un éléphant. Elle était trop proche des hommes et loin de son enclos rassurant.

Alice passa son bras sous celui de sa mère.

– En tout cas, même fatiguée, toi tu es toujours patiente avec moi. Merci pour cette belle expérience maman.

Elle colla son visage contre son épaule.

– Au fait, tu as toujours les tickets pour les paires de chaussures ? Demain c'est le dernier jour de validité. J'en ai vu une jolie avec des semelles en liège. Elles seront parfaites pour l'été prochain. J'en profiterai pour voir Alma comme ça.

Angèle ne lui répondit pas. Elle pensait à Judy l'éléphant et aux similitudes de leurs existences. Leurs mondes se ressemblaient. Entravées, elles devaient lutter pour se libérer des injonctions contraignantes, ainsi que de celles qu'elles s'imposaient à elles même.

Une fois de plus, une maîtresse de maison la reconnut en sortant du métro. Elle remercia sa gentillesse comme elle le faisait avec toutes les autres. Elle mourait de retrouver la chaleur protectrice de son appartement.

MERVEILLEUX CHICAGO
Chicago – Septembre 2019

Je voulais m'installer dans le quartier du *Loop.* Nous avons réservé une chambre au 20ème étage d'un hôtel proche de la tour de l'observatoire et du château d'eau.

Alice Miller a accepté de me rencontrer. J'ai glissé quelques lettres d'Angèle dans ma valise. Eloignées les inhibitions ! Je me suis lancée, exaltée.

Cette fois ci, les décontractants m'ont fait faux bond dans l'avion. *Mon Dieu, les trous d'air!* Par bonheur, je n'ai pas perdu mes nerfs. Merci aux charmantes hôtesses, mais surtout à Marion d'avoir su me rappeler avec patience comment respirer pour éviter la panique.

La rencontre est prévue cet après-midi. Madame Miller réside tout près, sur la *Golden Coast.* Devant l'entrée du zoo de *Lincoln Park*, deux lions de bronze et une fière bête à corne accueillent les visiteurs. Sur le nattage de branches de métal feuillues de son portail, un iguane vert s'est téléporté d'une jungle lointaine, emportant dans son sillage un toucan et un énorme reptile. Ce tableau évocateur nous prédit une visite dépaysante.

Angèle et moi sommes jumelles. À presque un siècle d'intervalle, nous découvrons ensemble, la démesure de la culture américaine, nos cœurs trépignant au pied de sa corne d'abondance.

Les yeux de Marion et les miens ne sont pas assez grands pour contenir les visions merveilleuses que nous contemplons depuis deux jours. Je désirais visiter les endroits qu'Angèle avait mentionnés dans ses lettres.

Dès notre arrivée, en nocturne, un ascenseur sidéral nous a propulsées à la vitesse de la lumière vers un océan d'étoiles mouvantes du haut de la tour de l'observatoire.

Le lendemain, nous avons déambulé dans la partie centrale du *Loop* contenue par le métro aérien. Nous avons parcouru ses rues sombres, cernées par des buildings dévorant le ciel. Appuyées contre les rambardes des ponts, nous avons enjambé la rivière Chicago. Juste en-dessous, des bateaux naviguaient, laissant la surface de l'eau ondoyer après leur passage. Ensuite, nous sommes passées devant le théâtre à la mythique enseigne rouge et à la façade rococo, puis, j'ai reconnu l'image de carte postale. Mon cœur s'est mis à battre plus fort sous l'une des deux horloges à l'angle de *State Street*. Il frappa encore plus fort lorsque que nous passâmes les énormes colonnes et pénétrâmes dans le grand magasin. Les escalators qu'Angèle appelait à leur installation en 1932 les *escaliers mécaniques* ne sont plus les mêmes depuis longtemps, comme les propriétaires du magasin d'ailleurs. J'ai littéralement traîné Marion au rayon des confiseries, je voulais découvrir les fameux chocolats à la menthe. Elle a détesté, j'ai adoré. Elle a aussi fini par céder pour un déjeuner à la *Walnut Room*. Là-bas, entourée des colonnes et des panneaux de bois, j'ai imaginé Angèle concentrée devant son auditoire, voyant ce que je voyais. *Grant Park* était plus au goût de ma compagne de voyage. Je crois qu'elle a eu un coup de cœur régressif pour le haricot géant et les images déformées qu'il renvoyait de nos silhouettes. Pour ma part, je n'ai pas trop insisté ! En fin de journée, nous avons flâné le long de la côte, sous les cris des mouettes et les frôlements des joggeurs appareillés. Le soleil est encore chaud en cette période de l'année, sur la plage d'*Oak Street*, des baigneurs brassaient ou crawlaient, leurs serviettes vides étalées sur le sable.

Le jour suivant, nous avons pris le métro direction le *Field Muséum*. Marion est restée un peu trop longtemps dans le grand hall, fascinée par *Sue*, le *tyrannosaure rex*. Elle a un bon coup de crayon. Je pense que de tête, elle pourrait la reproduire sans pièce manquante. Dans leur vitrine, les fameux *lions du Stavo* sont impressionnants. Ou est-ce plutôt l'histoire qui leur est rattachée ? Dire qu'ils avaient fini en descente de lit ! Marion et moi, nous nous sommes tout de même accordées sur une chose : la salle des totems amérindiens. Larges et hauts comme des arbres centenaires écrasants, ils imposent le respect.

Les immenses serres de *Lincoln Park* raviraient sûrement mon père et tous les amoureux de botanique. J'envoie plusieurs photos à ma mère. C'est la fin de notre visite. Nous devons prendre la direction d'*Astor Street*. En ressortant, nous relongeons le lac du parc. La vue est photographique : au-delà des rives de la petite étendue d'eau, un bois verdoyant et en arrière-plan, un assemblage de buildings dominé par la tour aux deux pointes.

Nous longeons *Lake shore drive*. La rue se trouve non loin de la plage d'*Oak street*.

— Tu n'as pas l'impression que nous tournons en rond ? me demande Marion, perplexe, en apercevant les premiers nageurs de l'autre côté de la voie de circulation.

— Non, nous tournons autour du même quartier d'où ta sensation, mais c'est bien là. On va bifurquer sur la droite pour quitter la côte… Tiens, *Goethe Street* c'est là, on tourne.

J'entraîne Marion hors du boulevard bruyant envahi de voitures pour pénétrer dans une rue richement arborée, au mélange de bâtiments commerciaux et d'habitations modernes.

— Ah, il fait meilleur, on a moins de vent ici, c'est sympa… Le moment approche, comment tu te sens ?

— Je commence à angoisser. Tu te rends compte, c'est comme la recherche du graal !

Marion réinstalle une des bretelles de son sac à dos sur son épaule.

— Je me demande à quoi elle ressemble ?

— Et bien... je dirais, à une vieille femme. Elle a quatre-vingt-douze ans... Tiens, *Astor Street*, c'est ici. On tourne à gauche.

La longue rue est plus intime, bordée de maisons victoriennes en enfilades d'un côté, et d'immeubles contemporains de l'autre. Sous l'ombre des arbres, l'ambiance est fraîche. Sur les larges dalles du trottoir, nous marchons entre les demeures et les voitures garées. Marion s'extasie sur les propriétés.

— Regarde celle-là, un vrai petit palais élisabéthain ! Et celle-là, à droite, avec ses tourelles noires, elle fait peur. Je n'aimerais pas vivre là-dedans. Les nantis du 19ème rivalisaient vraiment tous d'imagination pour en mettre plein la vue aux autres.

— Oui. Après, c'est affaire de goût... En tout cas, tous ces arbres rendent le quartier apaisant. Les gens qui vivent ici sont privilégiés.

La rue est interminable. Je jette un œil au téléphone. La petite flèche m'annonce que nous nous approchons de notre destination.

— On arrive bientôt. C'est au bout, sur la droite. Et devine... Nous sommes dans les temps !

La maison est étroite. Sa façade rue est un montage de pierres compactes grossièrement taillées d'un beige soutenu. Au rez-de-chaussée se trouvent trois grandes fenêtres aux petits carreaux colorés, agrémentées de grandes jardinières de fleurs. Au premier, un bow-window et au troisième, de petites fenêtres en ogive et une terrasse, surmontées par un fronton classique. L'entrée se trouve sur le côté. Cette façade n'a rien d'exceptionnel, juste peinte en blanc, lisse, sans charme.

Devant la porte, je fixe le heurtoir en laiton à tête d'animal mythologique. Je remarque qu'il est lustré avec soin.

Marion me coache :

— Ca y est. Nous y voilà. Respire calmement avant de sonner. Tout va bien se passer. C'est vrai que cette maison et ce quartier en imposent mais rappelle-toi pourquoi tu es là. N'oublie aucun détail, je veux un rapport précis de ce qu'elle te dira... Et au fait, ton anglais est parfait.

Je respire longtemps... longtemps. Je finis par appuyer sur la sonnette.

LA MAISON D'ASTOR STREET
Chicago – Septembre 2019

La porte s'ouvre. Nous sommes attendues. Ce n'est pas Alice Miller qui nous accueille, mais une jeune femme à l'uniforme bien repassé. Nous pénétrons dans le lobby. Les semelles de nos baskets émettent un son désagréable sur le marbre poli. Elle s'excuse, nous laisse patienter quelques minutes. Agrippées à nos sacs à dos, nous attendons, immobiles. Le décorum accentue notre allure d'excursionnistes. L'entrée est vide, excepté une console aux pieds tournés à pattes de lions supportant un gigantesque bouquet de dahlias rouges, rehaussé de boules jaunes de craspédias. Arborant une politesse de rigueur, l'employée de maison nous rejoint. Nous la suivons. Devant le monte-escalier, Marion esquisse un léger sourire. Sur la pointe des baskets, nous longeons ensuite un long corridor. Au fond, une porte est ouverte. Notre guide nous invite à entrer.

Une épaisse moquette amortie soudainement nos pas. Il flotte dans l'air une légère odeur de violette... non, de lilas. Une large porte-fenêtre invite le jardin dans le salon. Un défilé d'éléphants est exposé dans une vitrine plaquée d'acajou. Chacun présente fièrement sa trompe porte bonheur à qui veut bien y croire.

Je suis impressionnée. Madame Miller est assise dans un fauteuil à haut dossier, droite. Elle nous invite à nous asseoir en face d'elle, sur un canapé satiné, derrière une table basse. Dépendante de mon bilinguisme, Marion me suit comme un caneton. Nous posons nos sacs à nos pieds.

La moquette d'un vert amande est impeccable. Le regard vif de la vieille femme nous examine. Je reste muette. Elle prend l'initiative.

– Bonjour mesdemoiselles, j'espère que vous profitez bien de votre séjour à Chicago ?

Elle comprend rapidement que Marion ne parle pas anglais. Son regard navigue entre elle et moi. Elle est avenante. Je me détends.

– Oui, merci madame. La ville est fascinante. Nous sommes ravies.

– C'est très bien. J'aime beaucoup Paris aussi… Vous avez fait ce long voyage pour venir me voir, je me sens flattée. J'ai vraiment été intriguée par votre appel et par les lettres de ma mère que vous avez en votre possession.

Sa voix chevrote légèrement. Elle s'exprime lentement. Marion lui sourit pour se donner une contenance. Je me penche sur mon sac.

– Oui. Je vous ai justement apporté ses premières lettres. C'est un échantillon. Elles sont nombreuses, les autres sont chez moi en France.

Elle me tend une main parcourue de veines bleues. Ses doigts sont habillés de bagues voyantes. Elle tremble. Ses lèvres se mettent légèrement en mouvement alors que son regard parcourt les premières lignes écrites par sa mère en 1927. Une fois sa lecture terminée, elle la dépose sur ses genoux.

– Rappelez-moi qui vous êtes déjà. Le grand âge nous oblige souvent de faire répéter les choses.

– Je suis Emilie Robinson, la fille de Liam Robinson, le cousin de votre mère. Les lettres étaient en sa possession, héritées de sa sœur, Amélia Dunne. C'était à elle que votre mère écrivait. Il y avait une grande différence d'âge entre mon père et sa sœur Amélia… Et à côté de moi, c'est mon amie Marion, elle m'accompagne.

Pataugeant dans sa mare d'incompréhension, Marion identifie son prénom, se redresse et lance un sourire à notre hôtesse.

— Oui, oui, ça me revient. Votre pauvre papa vient de décéder, n'est-ce pas ?

— Oui, mais nous nous étions malheureusement perdus de vu. J'ai été élevée par ma mère.

— Nous avons cela en commun Emilie. Je peux vous appeler Emilie ?

— Bien sûr !... Puis-je me permettre de vous poser quelques questions ?

— Oui, vous êtes là pour ça, non ?

— Merci. J'ai cru comprendre que votre maman était seule avec vous lorsqu'elle s'est installée aux Etats-Unis ?

— Oui, pas de mari. Juste moi. Je n'ai jamais connu l'identité de mon père. Je sais juste qu'il était de Dublin, comme elle. Elle parlait peu de ses années en Irlande, seulement de sa cousine Millie, en effet. Je la revois écrivant ses lettres, penchée sur la table. L'image est lointaine, mais je me souviens qu'à l'époque, j'avais la sensation qu'elles me volaient son attention. Je n'ai jamais vu cette femme. Pour moi, elle est restée un prénom associé à cette image.

— Votre mère ne s'est jamais mariée ?

Nous sommes interrompues, l'employée vient de rentrer dans le salon en portant un plateau d'argent fumant. Elle le dépose sur la table. La fumée s'échappe du bec d'une théière, elle est accompagnée d'une assiette de cookies. La jeune femme verse le liquide brûlant dans chacune de nos tasses. Madame Miller déplie une serviette qu'elle dépose sur ses genoux pour ne pas tacher son ensemble de coton blanc. Elle est sophistiquée, son teint maquillé est mat, ses cheveux, d'un blanc nuageux.

— Merci Hannah. Prenez un cookie mesdemoiselles... Où en étions-nous déjà ?

Marion pique un biscuit avec bonheur, heureuse d'être enfin occupée.

— Votre maman ne s'est jamais mariée ?

— Oh non ! Elle était mariée à son travail. Quelques hommes ont parfois déjeuné à la *Walnut Room* avec nous pour les fêtes de Noël, mais très peu, deux ou trois d'après mes souvenirs. Elle était rigide, mal à l'aise avec les hommes. Je pense que cela venait de ses convictions religieuses, elle était fervente catholique… Etes-vous allées au *Marshall Field* ?

— Oui, le magasin est magnifique. Votre mère en a fait de belles descriptions dans ses lettres. Mais il a dû beaucoup être modifié depuis son rachat, non ?

— Oh oui. Je suis trop âgée, mais si j'en avais eu les moyens, je pense que je serais allée manifester mon mécontentement en compagnie des autres *chicagoans.* Je reste très attachée à ces lieux. J'ai travaillé dans ses murs et ma mère a seulement quitté le magasin dans les années 50, pour ouvrir sa première boutique.

— Oh ! J'ai cru comprendre qu'elle était pâtissière ?

— Oui. Pâtissière, chocolatière et confiseur. Durant la guerre, elle était une célébrité du *Field.* Nous avons cinq boutiques. Trois à Chicago et deux à New-York.

— C'est une belle réussite.

— Oui, pour une petite immigrée irlandaise.

— Vous avez travaillé à ses côtés ?

— Pas au début, non. Nous avions un accord. Après la guerre, je devais faire des études. J'ai choisi la comptabilité. J'ai commencé à travailler pour une entreprise de fabrication de papier dans laquelle j'ai rencontré mon mari Harold. Paix à son âme. Il m'a fait deux beaux garçons. Paul vit en Allemagne et Aaron en Floride. Ce travail n'était pas fait pour moi. Ma mère a accepté de me prendre comme apprentie et je suis restée travailler auprès d'elle.

— Comment était-elle ? Je me suis faite une idée d'elle à travers ses lettres mais je me trompe peut-être.

Elle réfléchit, repense au passé, ou tout simplement, reprend son souffle. Je profite de cette pose pour grignoter le cookie posé devant moi. Marion mange silencieusement son troisième en regardant par la fenêtre les parterres de fleurs du jardin.

— Comment était-elle ? C'était une mère, soucieuse de ce que je mangeais, portais et de qui je fréquentais. Elle était parfois ferme, mais j'ai toujours obtenu ce que je voulais. Nerveuse, elle passait souvent rapidement de la joie sincère à la mélancolie. Une fois adulte, je me suis rendue compte qu'elle fuyait dans son travail. Elle se sentait souvent insécurisée. Pourtant, elle maîtrisait toujours les évènements, ne laissait rien au hasard. Je me rends compte aujourd'hui que son besoin de contrôle dévorait ses réussites. Je ne sais pas si un jour elle s'est trouvée satisfaite de sa vie... J'ai pu être difficile pour elle, nous étions différentes. J'ai toujours été maladroite. Je gâchais souvent ce qu'elle mettait tant de temps à mettre en place... Nous ne nous parlions pas. Par pudeur, je ne lui demandais rien. C'est une question de génération, je pense. Je regrette de jamais lui avoir dit mon admiration. Je ne sais rien d'elle finalement, seulement ce qu'elle voulait montrer, et elle montrait peu de choses. Maintenant, elle reste le souvenir flou d'une vie bien lointaine.

Voir cette femme au crépuscule de sa vie me dire qu'elle ne connaissait pas sa mère me bouleverse. Je me retiens de pleurer.

— Je vous ferai parvenir toutes les lettres. Vous pourriez la découvrir différemment ? Le lien qu'elle avait avec sa cousine était très fort. Elle se confiait à elle.

— Merci Emilie, avec plaisir... Tout cela est épuisant, je n'avais pas parlé d'elle depuis des années.

— Je vous resserre une tasse de thé si vous le souhaitez madame ?

— Oui, merci Emilie.

Elle ne dit rien mais semble secouée. Sa tasse cogne contre un côté du plateau.

— Voulez-vous voir quelques photos mesdemoiselles ?

Je lui réponds *oui* avec plaisir.

— Hannah, s'il vous plaît !

Quelques instants plus tard, l'employée de maison se présente dans le salon. Madame Miller lui transmet ses instructions.

— Dans le dressing de ma chambre, tout en haut, vous trouverez des albums photos ainsi qu'un coffret. Descendez-les, s'il vous plaît.

— Bien sûr madame, je vais les chercher tout de suite.

Hannah arrive les bras chargés. Elle dépose les albums et le coffret sur la table après l'avoir débarrassée du plateau. Alice Miller en feuillette un et s'arrête sur une photo couleur.

— Regardez celle-ci. Elle a été prise le jour de l'inauguration de la première boutique.

Marion attrape un bord de l'album. Moi, l'autre.

— Ma mère est au centre à mes côtés. Nous sommes entourées des Murphy : Alma, son fils Adam et sa belle-fille Dorothy. Mais il manque leur fils Donald, il vivait déjà en France à cette époque. Après le débarquement, il a vite trouvé une petite française à marier. Je lui en ai longtemps voulu, j'étais amoureuse. Nous formions tous une famille.

Je découvre enfin Angèle. Après Amélia, j'avais fini par lui prêter mes traits. Mais elle est tout autre. En réalité, elle est petite, le corps fluet d'une femme de 40 ans comme celui d'un enfant. Elle fixe l'objectif, me regarde. Ses cheveux bruns sont tirés en arrière. Elle semble un peu raide dans son tailleur classique sombre et sa jupe à mi-mollets. Elle sourit timidement. Alice a passé son bras sous le sien, d'une tête plus grande, elle est brune comme elle. Sa chevelure volumineuse tombe sur ses épaules. Elle porte un pantalon large taille haute qui met ses courbes féminines en valeur. Son sourire franc transpire le bonheur. De l'autre côté se tient Alma. Je la reconnais dans les descriptions qu'Angèle en avait faites. Elle est juste plus âgée. Dorothy est une belle femme et son mari, le portrait craché de sa mère.

Les photos défilent là où les courriers s'étaient arrêtés. Au fil des pages, je vois sa silhouette se transformer, vieillir de tout ce qu'elle ne révélera jamais. « C'est émouvant » me dit Marion.

— Ouvrez le coffret. Ce sont des objets qui ont appartenu à ma mère. J'ai bien failli m'en débarrasser à plusieurs reprises. Je vous les offre si vous les acceptez.

Il n'y a pas grand-chose à l'intérieur, seulement deux médailles identiques de la Sainte Vierge sans valeur au bout de chaînes rouillées et une pièce de bois sculpté gardant quelques traces de peinture.

— Vous connaissez l'histoire de ces objets ?

— Malheureusement non, me répond-elle en se réajustant avec difficulté dans son fauteuil.

Marion s'est rapprochée de la fenêtre et tourne le morceau de bois dans tous les sens. Madame Miller et moi sommes surprises lorsqu'elle s'exclame :

— C'est un chat ! De l'artisanat… Sûrement un jouet.

Elle revient s'asseoir auprès de moi.

— Regarde, là, ce sont les oreilles et ici les yeux. Il reste un peu de peinture jaune.

Elle a plus d'imagination que moi. Je lui donne raison. Elle me glisse à l'oreille :

— Demande-lui pour le tableau, c'est le moment.

— Madame Miller, la dernière lettre datée de 1943 que j'ai en ma possession mentionne un tableau. Est-ce que cela vous dit quelque chose ?

— Un tableau vous me dites. En 43 ? C'est la dernière lettre ?

— Oui, votre mère semblait avoir été bouleversée.

— Laissez-moi réfléchir. Il faut remonter jusqu'à la guerre. Ma mère ne collectionnait rien. Elle n'avait pas de tableaux. Il y a à peine un mois je me suis débarrassée de certains meubles et de vieux objets. J'ai effectivement remis à un antiquaire un petit tableau. Une nature morte, sans grande valeur apparemment.

— Il appartenait à votre mère ?

— Oui je pense. Ce n'était pas un de mes achats. Je ne l'ai jamais vu décorer les murs de l'un de nos appartements.

— Pouvez-vous me donner l'adresse de cet antiquaire ? Je souhaiterais pouvoir l'examiner s'il n'a pas encore été vendu.

— Oui, il se trouve dans le *Loop*, proche de l'*Art Institut.*

— Oui je vois, nous sommes passées devant en nous promenant.

Je note l'adresse qu'elle me donne sur mon téléphone.

— Quand retournez-vous en France ?

— Après demain.

— Donc vous avez encore du temps.

Marion me fait remarquer que justement, le temps tourne.

— Il se fait tard madame. Nous ne voudrions pas abuser de votre gentillesse. Merci pour votre hospitalité. J'espère que nous pourrons rester en contact. Je souhaiterais savoir ce que vous avez pensé des lettres de votre mère.

— Oui bien sûr, dites-moi aussi si vous avez trouvé le tableau. N'oubliez pas de prendre les souvenirs de ma mère. Vous semblez vous être attachée à elle. J'aimerais qu'ils vous reviennent.

— Oh merci ! Je suis touchée madame. Oui, avec plaisir.

Je prends les médaillons et le supposé chat, et les range dans la poche intérieure de mon sac.

— Très bien. Hannah va vous reconduire.

— Ne la dérangez pas, nous trouverons notre chemin.

Nous nous levons pour la saluer. Sa poignée de main reste encore ferme.

Nous retrouvons la circulation de *Lake shore drive.*

— Tu veux vraiment courir chez ce brocanteur maintenant ? me demande Marion.

— Oui, nous avons le temps. Ce serait dommage qu'il vende le tableau avant la fermeture du magasin, non ?

AUGUSTINE

Giverny – Juin 1903

Ils devaient le visiter fin juillet. Il les avait pressés : la floraison des dernières iris de la saison est immanquable. Chaque période de l'année apporte sa palette au jardin, mais juin l'inspire particulièrement.

Les valises sont déposées au premier. Dehors, il les invite à respirer le doux parfum des roses sous les arceaux du *Clos Normand.* Il les guide à travers ses parterres, émerveillé comme aux premiers jours par toutes les beautés botaniques qu'il assemble avec soin par couleur : bleu, rose, violet... Il leur décrit ainsi : *Mon jardin est une œuvre lente, poursuivie avec amour, qui ne vieillit jamais.* Les iris sont exquis, le jardin d'eau et ses grappes de nénuphars – lilas, mauves – mystérieux.

Sa mère lui avait tant vanté le peintre. Elle l'avait imaginé, non pas vivre dans une simple maison de campagne, mais dans une opulente demeure. Couverte de crépi rose, ses volets peints en vert, elle est coquette mais rustique comme l'homme : de taille moyenne, enveloppé, le regard sombre et le visage caché sous une épaisse barbe.

C'est un être d'habitudes. Il déjeune tous les jours à 11h30, ne déroge pas, même pour ses invités. Sa salle à manger est recouverte d'une tapisserie jaune citron chargée d'estampes chinoises achetées pour trois sous en Hollande. Avec son épouse Alice, il les régalent tous les trois de riz-de-veau aux épinards, de volailles et d'une merveilleuse tarte aux cerises. Repus, ils traversent ensuite le petit salon bleu et descendent quelques marches pour rejoindre l'atelier du maître et déguster un café.

Augustine le refuse poliment. Son père connaît le critique d'art qui connaît l'artiste. Accompagnée de ses parents, elle est à Giverny afin qu'il réalise son portrait. Un cadeau pour son fiancé. Assise sur le canapé au motif de roses anglaises, elle observe les toiles sans cadres qui tapissent les murs de l'atelier. Le peintre converse avec ses parents. Jamais il ne s'adresse à elle, elle n'est qu'un sujet. Il veut la peindre sous le grand saule de Babylone, proche du petit pont à dos d'âne, à la sortie du jardin d'eau. Il veut la peindre à la lumière en train de fuir.

Ils patientent jusqu'au milieu de l'après-midi puis transportent les fauteuils en osier de l'atelier pour s'installer sur les berges du bassin. Le peintre cherche l'emplacement idéal. Sourcils froncés, il réajuste son chapeau, s'éponge le front… Le moment dure… Puis, enfin, il est satisfait. Augustine prend place dans le fauteuil. Sa mise est simple : une cotonnade bayadère bleu ciel, un canotier de paille.

Elle est installée sous le saule majestueux. Dans l'angle du chevalet, son ramage doré tombe en rideau, frôlant la surface miroitante de l'eau. Derrière, une assemblée de fougères, d'azalées et de rhododendrons s'épanouit. Plus loin, le petit pont vert est couronné d'une lourde guirlande de glycines violettes.

Le peintre s'installe, s'empare de ses pinceaux, les nourrit de peinture. Cigarettes après cigarettes, la cendre tombe, le soleil tourne. Ses reflets évoluent à la surface de l'eau. La clarté s'assombrit et l'ombre s'éclaire. Les parents d'Augustine se retirent. La jeune femme est assise depuis trop longtemps, ses membres sont engourdis. Sa respiration s'écourte, prisonnière de son corset. Des gouttes de sueurs roulent librement le long de ses joues.

La toile vibre sous les coups de pinceaux du peintre. Il

lève les yeux vers elle, puis les replonge dans son ouvrage. Il ne parle pas. La faune aquatique, elle, communique sans entrave. Le coassement assourdissant des grenouilles est narcotique, le bourdonnement des insectes, autoritaire.

D'une berge à l'autre, Augustine perçoit les feuilles des végétaux bruire et se répondre. Elle pense à l'homme auquel est destiné ce tableau. Un homme plus âgé, qu'elle n'a seulement vu que deux fois, sous chaperon. Elle ne le connaît pas, pourtant, il deviendra bientôt son époux. Elle ne sait rien de ce que cela implique. C'est le choix de ses parents. Elle obéit, c'est le rôle que sa destinée lui a choisi.

Un papillon confiant se pose sur sa main. Elle l'observe sans bouger, résiste à la tentation d'effleurer ses ailes. Dans un recueil, elle a lu que la poussière les recouvrant est en réalité une multitude de petites écailles. Elles s'imbriquent pour leur apporter couleurs et motifs. Elles sont leur identité. Leur retirer ne les tuent pas, ni ne les empêchent de voler. Leur retirer les rend vulnérables aux prédateurs et méconnaissables aux yeux de leurs semblables. Toucher un papillon le condamne.

Augustine plonge son regard dans celui du peintre. Sur le bout des lèvres, elle répète le nom de celle dont elle ignore tout pour l'instant mais qu'elle deviendra bientôt : *Madame la comtesse, épouse de Monsieur le comte Burot Des Roziers.*

Le papillon prend son envol. Frôlant la surface de l'eau, il croise une libellule puis s'évanouit dans les airs. Augustine se redresse. Elle entre dans le tableau.

NATURE MORTE
Chicago – Septembre 2019

Je pousse la porte de la boutique d'antiquité. Le tic-tac désaccordé d'une multitude d'horloges nous accueille de manière agressive. Est-ce le fait de ces trophées de chasse qui semblent nous observer ? De la girafe sans corps au chapeau planté sur la tête ? Du King Kong géant de fête foraine en papier mâché ? Mais entre ces murs, tout est sombre et étrange. Parmi cet amoncellement d'objets hétéroclites, comment trouver le tableau ? Prudemment, nous évitons d'avaler la poussière et de trébucher sur les tapis élimés. Marion se fige soudainement devant un mur de masques mortuaires. Je manque de lui rentrer dedans.

— Bon sang, c'est le musée des horreurs ici, grimace-t-elle.

— Oui, qui peut collectionner ça ? Ça fait froid dans le dos. Mais regarde là-bas...

Des tableaux sont exposés au fond du magasin. Moins excentrique que sa boutique, un homme âgé semble sortir de nulle part. Il se poste sous un *LOVE* de néon rose, ne s'impose pas, nous laisse découvrir les lieux à notre rythme. Nous restons dubitatives devant l'amoncellement de toiles.

— Madame Miller t'a parlée d'une nature morte, mais de quoi ? Fruits, fleurs, animaux ? Il y en a pour tous les goûts ici.

— C'est un panier de poires.

— Des poires auraient fait tourner la tête d'Angèle ? Vraiment là, tu me perds Emilie.

Nous examinons le mur à la recherche du fruit. Sans succès. Le vieil antiquaire pourra peut-être nous renseigner.

— Attends-moi là, je vais demander au vendeur.

— Pas de problème, je vais examiner la vitrine de bijoux là-bas. J'ai repéré des colliers ethniques.

L'homme est en train de disposer des figurines de porcelaine sur une table.

— Excusez-moi ?

Il se retourne et me sourit.

— Oui bonjour madame, je peux vous aider ?

— Oui. Bonjour monsieur. Je recherche un petit tableau représentant un panier de poires. On vous l'aurait confié il y a quelques semaines. Est-ce que ça vous dit quelque chose ?

— Une nature morte ? Un petit format ?

— Oui, un peu plus petit qu'une feuille A4.

— Vous savez, j'en reçois tellement !

— Oui, heu... C'est une dame âgée, Alice Miller qui vous l'a amené, ou quelqu'un pour son compte. Vous la connaissez ?

L'homme place la dernière petite bergère sur la table. Je le suis ensuite en direction d'une mezzanine.

— Oh oui, bien sûr. Madame Miller me vend des objets depuis des années. Certains très beaux d'ailleurs. Attendez, tous les tableaux ne sont pas exposés, je vais voir dans la réserve.

Je vois Marion revenir vers moi, un collier de grosses turquoises autour du cou.

— Sympa, non ? Ça sera mon souvenir de Chicago. On dirait qu'il est indien.

Il est finement ciselé, les pierres semblent véritables.

— Oui, il est joli. Il plairait à ma mère.

— Tu pourrais lui en trouver un, il y en a plein d'autres, viens voir.

Je la suis, reste un moment indécise devant le choix, puis trouve finalement une belle paire de boucles d'oreilles.

L'homme revient… Il l'a trouvé !

— Voilà madame, c'est bien celui-là, j'ai vérifié.

C'est effectivement un panier de poires. Je ne suis pas spécialiste mais peux affirmer qu'il n'a pas été peint par un artiste chevronné. Le tissage du panier n'est pas très délicat et la queue des fruits trop épaisse.

— Bon, le voilà notre tableau. Tu en penses quoi ? me demande Marion, perplexe.

— Pas grand-chose à vrai dire. Il est décevant.

— Quelque chose m'échappe. Je n'arrive pas à faire le lien avec la lettre.

— Bon… Je l'achète, on verra bien. Il ne doit pas en vouloir cher.

— Négocie quand même, me conseille-t-elle.

Je me tourne vers le vieil homme et lui tends le tableau.

— Je le prends. Combien ?

— Trente dollars.

Je me retourne vers mon amie. Elle m'encourage d'un signe de tête.

— J'en veux vingt-cinq dollars, pas plus.

Il accepte, me l'encaisse avec les boucles d'oreilles.

Le métro est bondé mais le courage nous a manqué pour retourner à l'hôtel à pied. Marion se moque gentiment de *ma croûte* en rêvant de prendre une bonne douche.

Ses cheveux courts plaqués en arrière, elle sort de la salle de bain, le visage rouge. Je suis encore assise sur le canapé, impuissante devant l'œuvre de mauvaise facture posée sur la table basse.

— Tu es restée là sans bouger depuis tout à l'heure ?

— Oui, je ne sais pas quoi penser de tout ça. Le tableau qu'elle mentionne dans sa lettre est peut-être un autre ? On s'est peut-être trompé ? Angèle ne l'aurait pas gardé si longtemps.

Confortable dans le peignoir emprunté à l'hôtel, Marion vient s'asseoir auprès de moi. Elle l'attrape et l'observe sous tous les angles.

— Voyons voir. Son cadre doré est de qualité, ce qui tranche un peu avec l'aspect des belles poires. Regarde, il y a quand même des traces de moisissures à certains endroits on dirait, non ? Et regarde, là. Un morceau a sauté.

Encore un détail que je n'avais pas remarqué.

— Oui, tu as raison. Le tableau est vieux. Le bois est fragile.

— Oui… Il n'y a aucune note ou marque à l'arrière. Ça ne nous aide pas.

Dépitée, elle le repose sur la table et s'enfonce dans le canapé. Je l'accompagne. Nous méditons quelques minutes puis il me vient une idée.

— Compte tenu de la petite somme que j'ai investie pour l'obtenir, de sa qualité, on va dire médiocre, j'ai pensé qu'on pourrait essayer d'enlever le cadre. Tant pis s'il passe à la poubelle.

— Ah bon ? Tu ne veux pas l'installer dans ton salon ? ironisa Marion.

— Non, pas vraiment !

— Alors OK. Il nous faut quelque chose.

Elle se lève pour aller farfouiller dans son sac à dos.

— Le voilà ! Mon couteau suisse. Ce n'est pas avec les trucs en plastique qu'ils offrent dans les hôtels qu'on va pouvoir démantibuler ce tableau !

— Parfait, je préfère te laisser la main alors !

Elle insère la lame entre la toile et le cadre. Je serre les dents, retiens ma respiration.

— Tu devrais peut-être plutôt essayer par l'arrière, non ?

Elle le retourne. Le châssis est clouté contre le cadre. Marion retire un clou puis un second avant de s'arrêter.

— Ca va être long, il y en a un bon paquet !

Je sens qu'elle voudrait employer une manière un peu plus expéditive.

— Mais c'est la seule solution pour ne pas l'abîmer. Je prendrai ton relais quand tu en auras marre.

Mes doigts commencent à se crisper. Quand je retire le énième clou, le cadre m'échappe des mains. Les parties se désolidarisent et glissent les unes contre les autres. Je lis le soulagement dans les yeux de mon amie. Lorsque j'empoigne le cadre, le châssis y est toujours accroché. Par contre, une feuille cartonnée et un papier plié en plusieurs morceaux sont restés sur la table. Nous nous regardons quelques secondes, interdites. Marion s'empare du carton et le retourne. C'est le panier de poires. Qu'est-ce qu'il y a sur le châssis alors ? ...

— Voilà ce qu'a réellement vu Angèle en 1943, dis-je ébahie, plus pour moi que pour Marion.

— Oui... Regarde-le, il ne te rappelle rien ?

— Il est éclatant de couleurs, ou alors c'est la femme assise sur le fauteuil ? Je ne sais pas...

— Mais le pont vert japonisant, l'eau, les nénuphars...

Incapable de lui répondre, je prends le morceau de papier et le triture entre mes doigts. Bien sûr. Je reconnais ce paysage pour l'avoir vu tant de fois sous différents points de vue dans des livres d'art. Je suis juste incapable de l'associer à Angèle.

— Les nymphéas... Emilie !

— C'est juste une imitation.

— Peut-être. Seul un expert pourra nous le dire. Mais tu pourrais bien avoir fait une sacrée affaire... Et le papier, il dit quoi ?

— Quel papier ? Ah oui, celui-là !

Je l'avais oublié. Je le déplie et apparaissent les lignes d'une lettre manuscrite. Je retiens mon souffle. Elle est signée Millie, datée de 1943 :

Ma petite Angèle,

Tu seras étonnée quand tu recevras mon colis. J'ai mis des années à me décider à te dire la vérité que tante Bessie m'avait confiée. C'est juste parce que je ne la croyais pas. C'était un an avant qu'elle parte, j'étais encore qu'une gamine. Elle buvait, tu comprends. Puis un jour, je me suis décidée. Je suis allée vérifier. J'ai honte d'avoir douté d'elle, elle ne m'avait pas raconté d'histoires Angèle. Je ne veux plus garder ce secret, tu dois savoir.

Elle m'a dit qu'elle avait regretté d'avoir été aussi naïve. Elle était tombée amoureuse d'un brigand. À l'époque, elle travaillait pour un comte à Paris. Elle était nourrice du premier enfant du couple. Elle était heureuse et bien traitée, elle n'a rien vu venir. Il l'a embobinée. C'était pas ses beaux yeux qu'il voulait, c'était l'argent du comte. Il avait profité que Paris soit perturbé à cause de grosses inondations pour monter un plan. Tante Bessie était sa complice. Elle devait lui permettre de rentrer au domicile du comte en son absence, pour rafler tout ce qui pouvait avoir de la valeur. Malheureusement le destin s'en est mêlé. Elle lui avait dit que la comtesse s'exerçait au piano toujours aux mêmes heures et que l'accès aux chambres serait libre. Mais ce jour-là, la comtesse en avait décidé autrement. Elle l'a surpris et le salaud lui a sauté dessus avec un couteau. Elle n'a pas survécu. Si tante Bessie avait assisté à la scène, il l'aurait sûrement tuée elle aussi ! Quand il l'a rejointe, il avait le bébé dans les bras en plus de son butin. Il voulait en faire une monnaie d'échange, faire chanter le comte. Paniquée, elle a fui avec lui et l'enfant. Elle ne voulait pas finir ses jours en prison, tu comprends. Ils sont restés cachés quelques jours.

Elle s'occupait du bébé mais avait peur qu'il s'en débarrasse. Alors elle a pris des risques. La veille, elle l'a fait boire et au petit matin elle s'est enfuit avec une partie du butin et le bébé. Elle a ensuite trouvé refuge quelques semaines auprès d'un hospice de sinistrés puis a décidé de retourner à Dublin. Mais avant de partir, elle devait récupérer sa petite fille qu'elle avait confiée avant de travailler pour le comte. Malheureusement, la pauvre petite était morte d'une grosse diarrhée peu de temps avant. Elle m'a dit qu'elle s'appelait Lucy.

Tu dois commencer à comprendre maintenant. Tante Bessie est revenue vivre à Dublin avec toi. Elle m'a juré qu'elle t'aimait comme sa fille. Tu as sûrement déjà trouvé le tableau. Sous les poires, il y a un portrait. Il faisait partie du butin. Il paraît que c'est l'œuvre d'un grand artiste français. C'est ta vraie mère qui est peinte dessus. J'espère que je me souviens bien de son nom : la comtesse Burot Des Roziers. Angèle, c'est ton vrai prénom, celui qu'elle t'avait donné. Tante Bessie a voulu que tu le gardes.

Les poires, c'est l'idée de Connor. Il a dit que c'était trop risqué de laisser un tableau comme ça dans la nature, alors il a demandé à un ami de lui peindre quelque chose pour le cacher. Tu verras, il est facile à retirer. Il est juste posé dessus, il te suffit d'une petite pointe et il se détachera tout seul du cadre.

Je regrette de ne pas t'avoir parlé quand elle est morte. Elle avait caché le tableau dans une boîte et l'avait enterré près de la porcherie. Ça fait maintenant longtemps que je l'ai retrouvé. Après toutes ces années passées dans la terre, c'est un miracle qu'il soit encore dans cet état. Il est à toi maintenant. Tu voudras peut-être connaître l'histoire de ta vraie famille ? Je t'envoie aussi le petit chat de monsieur Burke. Je l'avais gardé bien précieusement. J'espère qu'il te fera plaisir.

S'il te plaît, ne m'en veux pas d'avoir attendu toutes ces années.

Ta Millie qui t'aime.

Sans un mot, je tends la lettre à Marion.

Sans un mot, elle la lit.

INAUGURATION

Chicago – Septembre 1951

C'était une belle journée. À l'angle des deux rues, la façade avait été repeinte en beige, les huisseries en vert tendre. L'air sentait encore la peinture fraîche. Angèle et les Murphy avaient longtemps parlementé autour du nom de la boutique, de la typographie à appliquer. Les pare-soleils à rayures avaient été livrés la veille. Tout était enfin prêt pour recevoir les premiers clients.

Debout devant la devanture, ils posaient pour immortaliser cette journée.

— Souriez ! cria le photographe.

Angèle se prêta au jeu, mal à l'aise. La guerre exigeante et ses rigueurs l'avaient épuisée. Désormais, elle s'apprêtait à découvrir l'indépendance. Ses proches – sa véritable réussite – étaient auprès d'elle. Sans Alma et ses conseils avisés, jamais elle n'aurait acheté d'actions au *Field*, ces morceaux de papier, qui pourtant, venaient de payer son fonds de commerce.

Elle était heureuse, mais un espace vide manquait à se combler. Millie. Elle n'avait plus de nouvelles depuis huit ans. Pourtant, aujourd'hui, elle aurait tant souhaité partager son bonheur, la prendre dans ses bras, la remercier. Elle espérait, attendrait éternellement une lettre de sa part. Elle, ne pouvait plus écrire. Retenue depuis toujours par cette force ennemie qui l'empêchait d'être entièrement elle-même avec les autres. Millie avait agi par amour, comme Bessie. Elle en avait conscience, se trouvait ingrate.

Sa vie se trouvait désormais derrière la vitrine de l'*Angel's kitchen*. Enterré sous une pile de linge, le portrait de la comtesse française resterait dans la commode de sa chambre, mais l'inconnue, elle, ne serait jamais oubliée.

Le col de la bouteille de champagne frappa contre le bas de la porte d'entrée et se brisa. Tout le monde applaudit. Les bulles pétillèrent dans les verres. Un baptême parfait.

Les douceurs étaient toutes en place. Sur des tables, des pyramides de marshmallow colorés attendaient de régaler les gourmands. La vitrine centrale proposait des barres chocolatées de toute sorte : caramel, cacahouètes, menthe, fruits...

Alice croqua dans une tablette de chocolat recouverte de fraises confites.

— Non mais Alice. Tu ne vas pas commencer à manger le gagne-pain de ta mère !

Alma lui tapa sur les doigts avec le bout de sa canne.

— Tu sais bien que je ne résiste pas aux chocolats de maman !

Tout le monde s'affairait dans la petite boutique. Peu satisfaite de l'emplacement de l'étale des bonbons à la gomme, Angèle demanda à Adam de le transporter en face de la porte d'entrée. Il se précipita, heureux de rendre service. Dorothy passa un dernier coup de balai sur le carrelage. Alice lui tint la pelle.

La vitrine réfrigérée recevrait bientôt les pâtisseries mais posait souci. Angèle ne voulait pas risquer de gâcher sa marchandise.

— Alma, pensez-vous que la température est assez froide ?

La vieille femme ajusta ses lunettes.

— Oui, je ne vois pas bien clair, mais je pense que c'est suffisant. Un peu moins et vous proposerez des crèmes glacées... Alors mademoiselle Robinson ?

— Alors ?
— Qu'est-ce que je vous avais dit, il y a bien longtemps ?
— Je ne comprends pas Alma ?
— Et bien, pour les actions !

Alma fronça le nez. Son visage se plissa comme un éventail. Angèle ne sut quoi répondre. Avec elle, il fallait s'attendre à tout.

— Ah ! Vous avez la mémoire courte ma fille ! Je vous avais dit qu'elles pourraient rapporter gros. Regardez autour de vous. Qu'est que vous voyez ?

— Des heures de labeurs, des imperfections.

— Et bien, moi je ne vois que votre talent. Et ce talent, c'est à vous qu'il va profiter maintenant. Alors profitez-en ! Venez dans mes bras, je suis fière de vous.

Elle s'approcha d'elle. Ses mains étaient gelées d'avoir manipulé le présentoir.

— Je suis chanceuse de vous avoir rencontrée sur ce bateau Alma… Je s… s… suis chanceuse.

Son amie la serra dans ses bras, comme une enfant.

— Chut mademoiselle Robinson…

Alice rêvait accoudée au comptoir. Elle se redressa d'un seul coup.

— Maman, regarde ! Les premiers clients arrivent… Il y en a beaucoup !

Angèle reconnut de nombreux visages familiers du *Field*. Soudainement étourdie, elle se cramponna au bois du comptoir. La voix impérieuse d'Alma retentit en elle : *vous avez du talent Angèle !*

Digne, elle se redressa, sourit et regroupa sa petite troupe.

— Allez vite mettre vos tabliers ! La journée va être longue !

ÉPILOGUE
Dublin – Novembre 2019

Nous nous sommes longtemps posé la question : devions nous révéler la vérité à Alice Miller ? Marion me conseillait de le faire. Ce fut un arrache cœur, mais j'ai préféré ne rien lui dire. Je reste une étrangère et le repos des morts mérite d'être préservé. Alors j'ai menti : nous avions bien retrouvé le tableau mais il était sans intérêt. Par contre, j'ai promis de lui faire parvenir tous les courriers dès mon retour. Dès leur réception, elle m'a chaleureusement remercié par téléphone. Elle avait l'air heureux.

Je ne pouvais me résoudre à abandonner les cartes postales. Gardiennes de nos souvenirs entremêlés, elles sont rangées précieusement dans le bas de ma penderie.

J'ai cherché la confirmation des dires d'Amélia, de l'identité de la femme sur le portrait. Hasard inattendu, Marion et moi avons résolu un fait divers vieux de plus de cents ans. Elle n'avait pas fait erreur, la comtesse Burot Des Roziers a bien perdu la vie le lundi 31 janvier 1910. J'ai retrouvé trace de cet événement facilement grâce à la mention des grandes inondations dans son courrier. Dans les journaux d'époque, j'ai traqué les faits divers logés parmi les photographies de la capitale sous les eaux. Loin du Paris idéalisé du début du 20ème siècle, les crimes et délits étaient déjà nombreux. Aucun détail scabreux n'était épargné aux lecteurs. Au bout d'un moment, les pages tournées se ressemblaient toutes. J'ai failli le laisser m'échapper. L'encart discret était placé sous une publicité vantant un produit retirant poils et duvets superflus et les résultats des courses de Vincennes.

> *Assassinat abominable boulevard Saint Germain*
> **Une comtesse est poignardée à mort dans son hôtel particulier**
> Paris 1er février – Alors que le quartier Saint Germain est encore sous les eaux, Madame la comtesse Augustine Burot Des Roziers – âgée de 25 ans – a été assassinée dans la journée d'hier. Elle a été retrouvée dans sa chambre par ses gens de maison, baignant dans une mare de sang.
> Le crime est sans doute d'origine crapuleuse. De nombreux bijoux et pièces d'art ont été dérobés. Pour ajouter au drame, le nouveau-né de sexe féminin du couple prénommé Angèle, est porté disparu. Il est à noter que la nourrice, elle aussi, a disparu.
> L'arme du crime n'a pas été retrouvée. Il est encore trop tôt pour envisager que la nourrice soit impliquée dans le meurtre et la disparition du nourrisson. Une enquête est ouverte.

Je viens de remettre mes gants. Le vent se lève, glacé. Quelques voitures sont garées dans le parking du fond. La rue est calme. Je l'imagine envahie de gamins dépenaillés aux joues sales. Ils courent sur ses pavés en riant, se chamaillent. L'un fait tomber la casquette d'un plus petit. Le petit lui renvoie la pareille. Leurs robes dans la poussière, deux fillettes sont assises sur le trottoir. L'une est grande et fine, l'autre petite et fluette. Je me demande ce qu'elles se racontent ? Je vais à leur rencontre. Popeye trotte à mes côtés. Elles le caresse en souriant. Je voudrais leur parler de destinée mais mes mots gardent le silence. Qui suis-je ? Comme elles, je ne le sais pas vraiment. Elles s'évaporent lentement, laissant place aux pavés patinés par les ans.

Des briques manquent aux façades, ici et là. Certaines portes sont condamnées, recouvertes d'affiches collées les unes sur les autres. D'autres bâtiments semblent entretenus : des rideaux sont posés aux fenêtres et les huisseries sont propres.

De grandes plaques de bois calfeutrent le rez-de-chaussée du numéro 12. Aux étages supérieurs, les petits carreaux des vitres sont brisés. Je grimpe les quelques marches du perron envahi d'herbes folles puis jette un œil à travers les planches… Rien. Rien à voir, ni même à deviner. Je plaque mon oreille contre le mur… Aucun murmure. Il n'a rien à me dire, lui non plus. Je recule. Immobile, j'observe les deux colonnes de la porte d'entrée lentement grignotées par le gris.

Je n'apprendrai rien de plus. Le lieu gardera ses secrets.

Je m'assois sur les marches, un peu déçue. Les pierres sont gelées. J'ouvre mon sac à dos, sort le carnet à la couverture embossée et un crayon noir à pointe fine. À l'avant dernière page, sous le prénom de Bessie, je rajoute celui d'Angèle, puis celui d'Alice et ses deux fils. Il reste encore de la place. Ils ont peut-être des enfants, des petits-enfants ?

Excepté le prénom de mon père, la dernière page est vide. J'écris lentement les lettres de mon prénom sous le sien et le referme.

— Voilà. La boucle est bouclée. Tout le monde est à sa place.

Ma mère, qui était restée debout appuyée contre les grilles, vient s'asseoir auprès de moi.

— C'est parfait. Tu as fait ce que tu voulais… ce petit pèlerinage. Mais je vois bien que quelque chose te chagrine. Tu n'es pas heureuse d'être là ?

— Si, bien sûr maman, c'est émouvant.

— Mais ?

— Mais, je ne sais pas. Il me manque quelque chose.

— Toi et Marion avez déterré un vieux secret dramatique. Tu es juste bouleversée. C'est normal.

— Mais j'ai un sentiment mitigé. Quand j'ai trouvé ces lettres, j'ai commencé à les lire comme on lit une bonne histoire. Angèle n'était qu'un personnage. Puis elle a pris de la substance, je me suis reconnue en elle. Elle détenait peut-être les pièces manquantes de mon identité. Et puis est arrivée la rupture des courriers et cette histoire de tableau... Et cette révélation... Elle n'était pas une Robinson.

— Pourquoi dis-tu ça ? Par le sang, non, mais sa mère l'aimait apparemment. Elle était une Robinson au même titre que toi.

Elle me prend le carnet des mains, le brandit en le secouant.

— Autrement, pourquoi aurais-tu voulu noter son nom et celui de sa fille là-dedans ?

— Oui, tu as raison. Mais je me sens frustrée. Il reste tellement de zones d'ombres.

— Lesquelles ?

— Et bien, pourquoi a-t-elle eu besoin de fuir Dublin avec sa fille ? Est-ce qu'elle a un jour renoué le contact avec Amélia ?

Tant de questions qui ne trouveront sûrement jamais de réponses. Assises sur les marches, nous restons recroquevillées. Les pneus d'une voiture heurtent les pavés. Elle s'arrête et se gare un peu plus loin dans la voie sans issue.

— Tu en sais déjà beaucoup Emilie. Angèle n'est pas une de ces femmes à laquelle tu dois te sentir obligée de soigner les maux comme au travail. Elle a vécu sa vie comme nous tous, en tentant de s'adapter et en faisant sûrement beaucoup d'erreurs en cours de route. Dis-toi qu'elle t'a fait un magnifique cadeau. Tu as voyagé d'abord à travers ses mots, puis tu as honoré sa mémoire par ta propre expérience... et ce tableau. Que vas-tu en faire ? J'espère qu'il ne va pas rester caché un siècle de plus dans un de tes placards !

— Mon Dieu ! Je n'en sais rien maman !

— Pourquoi ne pas le proposer à des musées ou des fondations ? Tu pourrais avoir une vie plus confortable, plus harmonieuse. Je t'accorde que c'est du travail mais j'ai confiance, tu vas y arriver !

— Merci maman... Je vais déjà contacter les descendants des Burots Des Roziers. Ils seront peut-être curieux de connaître l'histoire d'Angèle ?

— C'est un bon début. Mais surtout ne leur offre pas le tableau. Je sais que tu en es capable ! Il est à toi maintenant.

— Je ne ferai pas cette bêtise maman...

— Bon... On va se transformer en statue de glace si on reste encore ici longtemps sans bouger. Tu es prête à y aller ?

Elle me rend le carnet. Je lève une dernière fois la tête vers les fenêtres aux carreaux brisés.

— Oui, on peut partir maintenant, lui dis-je en souriant.

Debout, mes jambes sont tétanisées. Je les dégourdis, l'une après l'autre.

— Aide-moi à me lever chérie. Tu m'as parlé d'un bon *Coddle*. Le pub est loin ?

Elle m'attrape la main.

— Non, il faut juste marcher un peu.

— Tant mieux ! Ça nous réchauffera !

Mirage de mon désir, au centre des deux rangées d'immeubles de briques rouges, il me semble tous les voir me saluer une dernière fois.

Dépôt légal décembre 2021

Librinova

www.librinova.com

Imprimé en France
FRHW010700300522
30962FR00005B/9